*PRIX : **60** centimes.*

URBAIN RATTAZZI

LA

GRAND'MÈRE

PARIS

ERNEST FLAMMARION, Éditeur,

26, rue Racine, 26.

LA

GRAND'MÈRE

ÉMILE COLIN — IMPRIMERIE DE LAGNY

MADAME URBAIN RATAZZI

LA

GRAND'MÈRE

PARIS
ERNEST FLAMMARION, ÉDITEUR
26, RUE RACINE, PRÈS L'ODÉON

LA GRAND'MÈRE

Il y avait un an qu'ils s'aimaient, un an que durait leur liaison, si poétique, si discrète, que ceux-là mêmes qui la soupçonnaient n'en parlaient qu'à voix basse. Toutes les convenances étaient respectées. Ils avaient la chance de n'être pas nés dans une de ces positions en vue qui attirent l'attention indiscrète du public. Ils n'étaient célèbres ni l'un ni l'autre ; leur cercle était restreint. Ils éprouvaient, d'ailleurs, pour le reste du monde, l'indifférence un peu hautaine de ceux qui se suffisent à eux-mêmes.

C'était une fête pour les yeux de les voir passer ensemble, parleurs ou silencieux, occupés de leur seul amour. Ils semblaient créés l'un pour l'autre et paraissaient avoir le même âge.

Leur démarche était harmonique, leur stature proportionnée ; leurs gestes étaient empreints de la même élégance juvénile ; leur voix vibrait de la même note sonore.

Ce n'était qu'en les voyant de près qu'on s'apercevait des légers contrastes qui existaient entre eux.

Il était grand et brun. Son regard était franc et loyal, sa physionomie respirait la fierté.

Elle était fine et svelte, à la fois mince et potelée. Ses yeux profonds étaient d'une nuance indéfinissable et d'une douceur angélique. On devinait la femme craintive, heureuse de s'appuyer bien fort au bras de l'homme aimé. Un sourire d'une adorable mélancolie errait sur ses lèvres, un peu trop charnues peut-être.

Depuis qu'elle aimait, qu'elle était aimée, Madeleine embellissait chaque jour. Les jouissances ineffables de cet amour partagé mettaient une auréole de bonheur à son front et la rajeunissaient encore.

Pour Raymond, il ne passait pas de jour qu'il ne bénit le Ciel de lui avoir envoyé une si adorable maitresse, à la fois naïve et spirituelle, comprenant tout, ayant l'intuition de tout, parlant de tout à ravir, incarnation charmante de la vraie camarade que tout homme intelligent désire rencontrer dans la femme qu'il a choisie.

Leur liaison avait commencé de la façon la moins banale du monde.

Mariée de bonne heure à un homme qui l'avait beaucoup aimée et qui lui avait procuré une existence ensoleillée, Madeleine Luéville avait vu son mari devenir fou à la suite d'une fièvre cérébrale.

Tant qu'elle le put, c'est-à-dire dix ans durant, elle le garda à ses côtés, lui prodiguant les soins les plus touchants, se dévouant corps et âme au malheureux.

Un jour, la folie devint furieuse et nécessita l'internement. Le cœur déchiré, Madeleine dut y consentir ; mais elle s'installa tout près de lui.

On était au printemps. Elle choisit sur les bords de la Marne, entre Joinville et Saint-Maur, un petit appartement au rez-de-chaussée. Elle avait un coin de jardin

fleuri, et devant ses fenêtres le spectacle mouvant des ca-
notiers. Elle avait choisi cet endroit parce qu'il lui rappelait de douces heures passées là avec lui. Et puis, le trajet
était si agréable pour aller le voir ! Elle prenait à travers
bois, après le plateau de Gravelle, jusqu'à Saint-Maurice.
Elle suivait d'habitude ce délicieux ruisseau des Minimes
qui coule vers le lac. Çà et là des îlots de verdure, de petites pelouses et des clairières donnent de l'imprévu au
paysage. Elle s'arrêtait au hasard des ombrages, le long
des taillis, abîmée dans des méditations ou perdue dans
des lectures. Et ce calme des bois, cette fraîcheur de l'eau
courante lui rendaient moins douloureux le sentiment de
sa vie brisée. Parfois elle restait là longtemps, oubliant
les heures.

C'était surtout après sa visite à son mari, d'où elle revenait toujours plus navrée. Le malheureux ne cessait de
l'appeler dans ses accès. « Madeleine ! » criait-il. Et quand
elle était là, il la voyait de ses grands yeux vides, d'où
l'intelligence était partie. La pauvre femme repartait,
désolée. Et la nuit la trouvait souvent assise, inconsciente,
le long de cette route devenue son calvaire.

Raymond, qui était allé passer quelques jours de villé-
giature à Saint-Maurice, avait plusieurs fois remarqué
cette belle rêveuse. Il l'avait suivie, s'était renseigné, se
rapprochant d'elle peu à peu. Ils avaient fini par échanger
quelques paroles, comme des promeneurs rendus fami-
liers par l'habitude et l'amour des mêmes chemins. Ils
furent aussitôt surpris de se trouver si semblables de
goûts. Ils avaient la même façon de sentir et de juger les
lectures courantes et les menus faits de la vie. C'était
tellement frappant qu'ils en riaient eux-mêmes quand
des phrases identiques jaillissaient au même instant de
leurs lèvres. Bientôt la jeune femme goûta un charme

-discret à se retrouver ainsi, moins malheureuse, près de cet inconnu si respectueux et si doux. Sans se l'avouer à elle-même, elle devançait parfois l'heure de sa promenade pour se retrouver plus tôt à la place où elle était sûre de le rencontrer.

Certes, elle n'était pas amoureuse, à ce moment-là. Elle éprouvait seulement la curiosité de quelqu'un qui, se penchant sur un abîme, y voit des choses attirantes et nouvelles. Elle écoutait son cœur, elle le sentait ardent et jeune ; la vie courait dans ses veines. Malgré elle, ses regards se levaient vers le ciel, après avoir si longtemps été abîmés vers la terre. C'était un trouble, un effroi délicieux.

Enfin, ce qui devait être arriva. A force de se voir, ils s'aimèrent, et, par un beau soir d'automne, après des mois de délicieuses et chastes rêveries, Madeleine tomba aux bras de Raymond, sans qu'on pût dire s'il l'avait prise, ou si elle s'était donnée.

Puis, l'hiver venu, Madeleine revint à Paris, et ce fut, dans le mystère de leur amour caché à tous, un bonheur intime et délicieux.

Elle sortait peu. Elle n'avait qu'un cercle restreint de rares amis, âgés pour la plupart, et elle ne recevait pas. Un jour, pourtant, à l'occasion de la fête de l'un d'eux, le président de T..., elle fut invitée à dîner chez lui. Elle portait une robe princesse lilas très tendre, moulant sa taille superbe. Dans ses cheveux, une simple bandelette grecque en acier miroitait. Il n'y eut qu'une exclamation à son entrée : « Comme madame Luéville est belle, ce soir ! »

Elle rayonnait, en effet. L'amour heureux avivait l'éclat de ses yeux, mettait une douceur exquise dans son sourire. Un incarnat charmant empourpra ses joues un instant, quand elle vit debout devant elle, dans l'attitude la plus respectueuse, Raymond Rocca que lui présentait le président de T... Ce lui fut une joie de pouvoir s'appuyer à son bras pour faire le tour des salons et s'arrêter aux bibelots précieux, de lui murmurer tout bas des mots de tendresse, à la vue du monde, sans pour cela trahir leur cher secret

En général, repliée sur elle-même, mélancolique et douce, elle eut, ce soir-là, un de ces jolis accès de gaieté qui vont si bien aux femmes de ce caractère. Elle fut étourdissante de verve, de raillerie fine et mordante. M. Rocca n'en revenait pas et jouissait de cette alacrité, de cette beauté, de ce succès dont il se sentait l'auteur mystérieux.

Quand Madeleine, qui se retirait de bonne heure, fut partie, un concert de louanges s'éleva sur ses pas. Chacun vantait sa beauté, son intelligence, sa grâce, enfin, tout ce qui lui faisait une féminité si personnelle et si exquise.

— Oui, elle est charmante, s'exclama une voix de femme, dominant les autres, comme une note discordante rompt une harmonie. Elle a, surtout, une qualité rare : elle ne vieillit pas. On croit rêver quand on songe qu'on a devant soi une grand'mère, dont la petite-fille aînée va sur ses neuf ans.

— C'est, ma foi, vrai, fit le général L...; sa petite-fille a même plus que cela, puisqu'elle a fait sa première communion en même temps que la mienne, il y a deux mois. Elle a bien onze ans.

Si Raymond eût été un homme supérieur, il n'eût ressenti devant cette révélation inattendue qu'une impression d'affection redoublée pour Madeleine. La femme qui a vaincu le temps, qui garde sa force, son intelligence et sa beauté, malgré la fuite des années ; qui reste jeune à l'âge où les autres ont vieilli ; celle-là est digne de tous les amours, de toutes les adorations, parce qu'elle est d'une essence supérieure aux autres ; elle est deux fois belle. Ce qui distinguait les déesses des mortelles, c'est qu'elles étaient vieilles sans avoir vieilli. Le temps respectait leur beauté. C'était leur privilège divin. Hélène était aussi belle qu'Aphrodite, mais la fille de Tyndare connut les rides, en son palais de Sparte, pendant que la blonde Vénus

> Sourit, encor debout, dans sa divinité,
> Aux siècles impuissants qu'a vaincus sa beauté.

Les femmes, belles après la jeunesse, sont deux fois adorables et méritent qu'on se mette à deux genoux devant elles, comme devant les déesses éternellement souriantes. Et puis, l'âge est sur la figure et dans le cœur, rarement dans les registres et sur les calendriers. Les amoureux vulgaires peuvent apporter dans leurs préoccupations le souci étroit de ce détail ; ceux dont le cœur est haut placé se mettent au-dessus de ces petitesses.

Raymond était bon, affectueux, capable de certaines délicatesses, mais dépourvu d'élan, sans grandeur et sans horizon. Il jugeait toutes choses au point de vue borné d'un honnête homme sans perspective. Pour rien au monde il ne se serait mis au-dessus des préjugés bourgeois, des conventions établies.

Grand'mère ! Madeleine était grand'mère ! Il n'en entendit pas davantage. Une sueur froide l'inonda des pieds à la tête. Il partit, hors de lui. Il marcha longtemps, comme un fou.

Arrivé inconsciemment devant la maison où Mme Luéville l'attendait, il recula, pris d'une subite aversion, comme honteux de son amour.

Il reprit sa course, le visage inondé de larmes amères.

Et ce fut, pendant toute la nuit, une plainte errante, une fuite vague et douloureuse à travers la ville. Dix fois il revint près de la maison, comme attiré par une force supérieure. Dix fois il s'arrêta. Il n'osait plus maintenant. Sa honte de lui-même l'avait pris.

Comment expliquer cette extravagance ? Comment cacher ses larmes, dissimuler ses yeux, rouges d'avoir tant pleuré ? Comment revenir ?... Et il repartait au hasard. Enfin, vers l'aube, malade d'émotion, ravagé d'insomnie, il se décida et rentra sans bruit, comme un voleur.

Dans le boudoir gris de lin à larges rayures semées de fleurettes pâles, Mme Luéville dormait, la tête penchée sous le poids de sa lourde chevelure.

Son souffle, léger et régulier comme celui d'une enfant, soulevait sa poitrine ferme. Raymond la regarda longuement, dans la clarté grandissante qui entrait par les fenêtres. A peine un trait de bistre alanguissant le regard décelait-il la fatigue d'une nuit passée dans l'attente. Sous le grain ténu de la peau courait un sang généreux. C'était bien minutieusement qu'il fallait regarder la tempe, veinée délicatement, pour y découvrir le soupçon léger d'une ride encore prochaine.

Raymond étouffa une larme de regret, de colère contre lui-même, de mépris pour ceux qui avaient parlé de Madeleine. « Où donc avais-je la tête ? Évidemment, avec cette curiosité malsaine, ce désœuvrement empoisonné des provinciaux, ces gens ont deviné les liens mystérieux qui m'unissent à Madeleine. Ne sachant que m'en dire, ils m'ont dit qu'elle est vieille. Oui, ce doit être cela... c'est cela. On me guettait comme mari pour une des pimbêches montant en graine qui ornent le salon du président. Je ne me marie pas : les mères se vengent. »

Tout à coup, sous l'obsession du regard aimé, Madeleine s'éveilla. Ce fut une explosion de caresses et de questions. «Comme tu as tardé! Quelle heure est-il? C'était donc bien amusant, là-bas, quand je n'y étais plus? Le vilain! Qu'as-tu donc fait? Tu ne m'aimes donc pas?»

— Si je t'aime! tu me le demandes?

Et Raymond, noyant ses regards dans ceux de Madeleine, l'embrassa longuement.

Un proverbe oriental parle d'une graine qui met sept ans à germer. Celui qui, d'une main distraite, l'a jetée au vent, peut croire qu'elle est perdue; mais au bout de sept ans la plante sort de terre, vigoureuse et triomphante. Il en est ainsi de certaines paroles tombées sur nous par hasard. Nous croyons parfois les avoir oubliées: tout à coup, au bout d'un long temps, elles réparaissent vivantes.

Le souvenir de cette soirée pénible semblait s'être effacé. Raymond s'était repris pour Madeleine d'une plus belle ardeur. Cependant l'impression restait au fond du cœur, et parfois il se reprochait à lui-même cette passion, cet aveuglement qui l'empêchaient de reconnaître une vieille femme, une grand'mère!

Un jour, elle venait de rattacher lentement les brides étroites de sa capote lilas et jetait une large pelisse sur ses épaules. D'un mouvement onduleux elle se pencha vers lui pour déposer sur ses lèvres le baiser délicieux qu'on donne à travers la voilette. Raymond, un bras enlaçant sa taille, la conduisait doucement vers la porte du boudoir. Tout à coup, la regardant longuement jusqu'au fond des yeux, il l'arrêta devant la psyché et la força de s'y mirer.

— Vois, chérie, comme tu es belle!

— Tu trouves? Il me semble parfois que je suis vieille, laide, que sais-je? Je voudrais tant être digne de ton amour, jeune comme toi!...

— Ne l'es-tu pas?

— Ne parlons pas de ces choses, mon ami. Aimons-nous sans rien dire. L'oubli est doux. Ne nous réveil-lons pas. Qui sait si le réveil ne serait pas douloureux ?

Et son étreinte se fit plus douce. Mais lui, brusquement repris de ses soupçons, sentit renaître les pensées cruelles. Il insista.

— Pourquoi dis-tu que tu voudrais être jeune comme moi?

— Je t'en prie, Raymond!... Tu m'aimes, je t'adore; le reste n'existe pas pour nous. A quoi bon nous inquiéter?

Mais cette hésitation et l'embarras visible de Made-leine ne firent qu'aigrir son impatience.

— Voyons, pourquoi ce refus de répondre à une ques-tion si simple? N'es-tu pas de celles qui peuvent parler et à qui l'on peut parler de leur âge? A toute autre que toi, je me garderais d'adresser pareille question ; mais à toi, ma chérie, qui es la jeunesse en sa fleur, l'amour à son aurore, je puis dire : Quel âge as-tu?

Toute la signification de ces paroles dépend du ton dont on les dit. Raymond avait l'air si étrangement sup-pliant que Madeleine en fut saisie. Elle comprit aussitôt qu'il y avait quelque chose de grave. Elle prit un air sé-rieux, posa ses deux mains sur les épaules de son amant, comme pour le mieux voir dans les yeux, et d'une voix lente, presque solennelle, lui dit :

— Mon ami, pourquoi cette question? J'étais si heu-reuse auprès de toi, que tu m'avais fait oublier mon âge. Mais, puisque tu veux le savoir, sache qu'il n'est plus ins-crit depuis huit ans sur le tableau de la roulette. J'ai donc... compte toi-même !

Elle avait prononcé ces derniers mots avec une fixité du regard que Raymond ne lui connaissait pas et dont il se sentit pénétré.

Elle l'embrassa longuement et disparut sans tourner la tête.

Il resta anéanti, avec un malaise et un remords. Il s'en voulait maintenant de sa curiosité brutale, qui avait amené la question bizarre et douloureuse. Il rentra dans le boudoir, empli encore du parfum de Madeleine, et, la tête cachée dans ses mains, il se répéta les paroles de Madeleine :

— Depuis huit ans... — Trente-six et huit : quarante-quatre... Et moi qui n'ai pas trente ans ! Il y a, entre nous deux, quinze ans de différence. Que dirait-on de moi si l'on me savait l'amant d'une vieille femme ?

Que dirait-on ? Pour son esprit un peu vulgaire, tout était là. Il était de ces gens qui excusent une jeune fille de s'unir à un vieillard et qui trouvent à redire quand un homme choisit une femme un peu plus âgée que lui. C'est absurde, révoltant, mais c'est un préjugé contre lequel le bourgeois n'ose pas aller.

Plus rien ne prévalut contre cette idée qui martelait le cerveau de Raymond. En vain voulut-il essayer de réagir en évoquant les grâces, les attraits de cette femme. C'en était fait. Il se voyait l'amant d'une vieille femme, et ce mot, qu'il se redisait à lui-même, le cinglait en plein visage, comme une flétrissure.

C'en était fait de leur amour... parce que Madeleine avait quarante-quatre ans.

Il n'y eut pas de rupture. Ils se revirent. Aucune allusion à ce qui s'était passé. Mais il y avait, désormais, entre eux une contrainte qui grandissait chaque jour. Sans s'en rendre compte, Raymond ne cherchait plus les lèvres de Mme Luéville, dont la tendresse plus voilée prenait une allure plus mélancolique.

Le jeune homme l'embrassait sur les cheveux, sur les

joues, mais les longs baisers de jadis n'unissaient plus leurs lèvres dans la même étreinte passionnée. Cette caresse, propre à l'amour jeune, ardent, n'était plus la leur. Madeleine s'étonnait en silence, trop éprise pour ne pas sentir, mais trop fière pour se plaindre.

Peu à peu leurs rendez-vous mêmes devinrent moins fréquents. Madeleine voyait tout cela. Elle comprit que c'en était fait de son bonheur. Dans les heures d'angoisse de ses abandons, maintenant, elle cherchait une solution, sans rien trouver qui ne fît souffrir son cœur ou son caractère.

Elle préféra sacrifier son cœur. Sans doute, la situation aurait pu se prolonger indéfiniment avec des alternatives de déchirements et de tendresses. Mais ces compromis lui parurent indignes d'elle et de lui. Sa résolution prise, elle eut le courage de l'exécuter sans faiblesse.

Un jour, au moment de se séparer, elle dit :

— Embrasse-moi plus fort, Raymond, car nous allons être séparés quelque temps.

— Séparés ? Quelque temps ? Tu vas donc faire un voyage autour du monde ?

— Pas si loin : je vais assister en Poitou à la naissance d'un petit-fils ou d'une petite-fille. Quand on est grand'mère, on a les obligations de ses quarante-quatre ans. Car je puis tout dire, depuis que j'ai dit mon âge.

— Madeleine... je t'en prie !

— Oui, mon ami, j'ai une fille mariée depuis dix ans, qui a déjà...

— Madeleine !

— ... Qui a déjà deux petites filles ravissantes. Je vais voir naître la troisième. Ce sont là des détails de ménage que je ne t'aurais pas dits il y a quelque temps, mais puisque...

— Par pitié !...

— Je ne veux pas te faire de peine. Mais pourquoi te cacherais-je aujourd'hui ce qu'hier tu désirais savoir ?

Et, la joue pâle, la lèvre tremblante, elle partit après avoir étreint les mains de Raymond.

Celui-ci courut après elle, espérant la rejoindre en route. Il n'y parvint pas et arriva devant la porte de Mme Luéville. Il sonna. Madame avait pris le train quelques heures auparavant. Il restait sans adresse et sans explication... Ce fut pour lui, pendant des semaines, une attente vaine de chaque jour, des demandes inutiles, des inquiétudes sans trêve.

Enfin, au bout d'un mois, Madeleine écrivit une de ces lettres dont les femmes ont le secret. Elle disait tout sans rien dire.

« Sa fille avait eu des couches très douloureuses. La petite fille attendue s'était changée en un gros garçon qui s'appelait Raymond. Il fallait énormément de soins à la jeune mère, et grand'maman n'était pas de trop pour veiller à tout. Elle resterait donc quelque temps encore loin de Paris, mais elle espérait avoir bien vite des nouvelles de l'ami absent, etc., etc. »

Le premier mouvement de Raymond fut de froisser cette lettre sur laquelle il ne sut pas voir les traces des larmes soigneusement séchées. Il se révolta contre celle qu'il jugeait oublieuse. Lui aussi, il voulut oublier. Il prit du papier et écrivit quelques mots.

Raymond avait en province des parents dont il était l'idole. Sa mère y vivait depuis son veuvage, c'est-à-dire depuis de longues années. La vie de Paris n'avait pas pris tout entier ce grand garçon à l'âme tendre. Souvent il faisait des échappées qui mettaient en fête la Maison-Blanche : ainsi se nommait la propriété habitée par madame Rocca. — Il embrassait tout le monde, faisait danser une nuée de cousines, montait à cheval ou chassait avec les cousins, puis repartait en disant : «Au revoir ! A bientôt ! »

Quand il pressentit un chagrin, une déception, il se souvint de la mère aimée ; il voulut exhaler sur ce cœur toujours tendre la tristesse de son âme. Il écrivit :

« J'arrive demain à six heures. »

Dès qu'il fut arrivé, Raymond fut réconforté par l'atmosphère de tendresse qu'il respirait auprès des siens. Il était si bien choyé, dorloté, avec les adorables câlineries qu'ont les mamans pour leur fils retrouvé, qu'il oublia un instant sa douleur.

La nature elle-même semblait lui faire fête. On était en septembre. Le paysage avait les tons voilés qui conviennent à certains états d'âme. Ce n'était pas encore l'automne avec ses étranges mélancolies, mais ce n'était plus l'été radieux. C'est la période indistincte et troublante imprégnée du charme exquis des choses finissantes.

Il allait à travers champs, son fusil sur l'épaule, et rentrait le soir, enivré de grand air, le corps succombant sous le poids de lassitudes qui apaisaient les douleurs de son âme.

Sa mère était tout heureuse de le voir ainsi soulagé, car elle avait vite compris ce qui se passait en lui. D'un regard elle avait vu que son Raymond avait souffert. Aussitôt elle avait soupçonné une de ces liaisons tant redoutées des mères, une de ces passions si difficiles à guérir, parce que la femme, honnête parfois, qui les inspire, sait les entretenir habilement et y tient d'autant plus qu'elle leur sacrifie davantage. Ne fallait-il pas quelque chaîne de ce genre pour retenir aussi longtemps garçon un jeune homme beau, riche, indépendant, auquel on ne connaissait pas de maîtresse, et qui prenait la fuite quand on lui parlait d'une jeune fille à marier ?

Bien des fois la pauvre femme lui avait fait l'aveu de ses secrets désirs. Avec la délicatesse infinie des mères, elle lui avait parlé de ses rêves. Ce serait si doux de voir la maison emplie de petits enfants, qui lui rappelleraient son Raymond et lui rendraient les illusions d'autrefois !... Mais, devant l'obstination de son fils, elle n'avait pas insisté, bien qu'elle eût son plan.

Un jour, il y eut dans la maison un remue-ménage mystérieux qui l'intrigua. Il lui sembla voir passer certain service de table à fleurettes brodées qu'on réservait d'ordinaire pour les grandes occasions. On sortait même une vieille vaisselle bleue et des verres de Bohême qui n'avaient pas servi depuis des années.

— Il y a donc beaucoup de monde, ce soir ? demanda Raymond.

— Tu sais bien que nous n'avons jamais beaucoup de monde.

— Alors c'est un grand personnage, car je ne me souviens pas d'avoir vu pareille émotion chez nous depuis la visite de Monseigneur, il y a dix ans.

— Nous n'avons ni grande foule, ni archevêque, mais j'ai mieux que cela, puisque j'ai mon fils !

— Tu fais la cachottière, maman. Ce n'est pas gentil d'avoir des secrets pour moi.

— Mais je t'assure... Nous n'avons que tante Eulalie.

— Ah ! Et c'est pour tante Eulalie qu'on met les assiettes de Monseigneur et les verres de Bohême ?

— Tante Eulalie et sa fille. Tu sais bien : ta petite cousine Germaine ?

— Ah ! je me doutais bien qu'il se cachait quelque intrigue là-dessous... Enfin, maman, je te pardonne.

Et il embrassa sa mère en riant.

A six heures, tante Eulalie arriva avec Germaine et une escorte de petits cousins. Il y eut des effusions, une pluie de baisers, avec ces démonstrations familières des gens de province. En un moment la maison fut remplie, envahie, prise d'assaut. Puis on se mit à table. Naturellement, Raymond se trouva à côté de Germaine.

C'était une jeune fille de dix-neuf ans, sans expression et sans attraits au premier abord.

Il la regarda. L'œil était trop petit, le nez trop long, la bouche trop grande. Germaine était laide. Sa tenue n'avait rien de ces extravagances élégantes qui plaisent chez nos Parisiennes de dix-huit ans.

Sa robe était toute simple, en zéphir bleu pâle rayé blanc, et rattachée par une ceinture et des nœuds de moire blanche. Son chapeau n'affectait aucune de ces formes capricieuses imposées par les filles à toutes les honnêtes femmes. De toute sa personne se dégageait une impression de modestie tranquille, sans la beauté qui dispense d'être élégante, sans l'élégance qui dispense d'être belle.

— Bon, se dit Raymond, j'aime mieux cela. J'espère bien que ma mère n'a jamais songé à marier son fils à cette petite-là ! Je vais lui demander comment elle fait ses confitures.

La conversation s'engagea, banale, tout d'abord, et un peu contrainte. Mais Germaine prenait peu à peu confiance. Au bout d'un quart d'heure, Raymond commençait à se dire que sa cousine n'était peut-être pas absolument sotte. Il la poussa et la trouva charmante. Elle avait tant d'aimable gentillesse dans l'esprit, de si joyeuses reparties, qu'il était impossible de ne pas rester sous le charme. Raymond lui parla un peu de tout, sauf de toilettes et de politique. Elle répondit à tout avec une aisance parfaite.

Elle fut réservée avec grâce, rieuse et légère avec pudeur, un peu sceptique et railleuse, comme il convient à une jeune fille moderne, mais sans prendre des airs évaporés. Raymond n'en revenait pas. Cette petite pensionnaire, cette provinciale qui n'avait rien vu au delà de sa préfecture, ne s'étonnait de rien. Elle ne savait pas tout, mais elle avait presque tout deviné. Il lui parla littérature. Elle avait lu plusieurs livres récents, permis ou défendus. Elle en parla simplement, sans prétentions ridicules. Elle eut le courage d'avouer naïvement ses préférences pour certains auteurs moins à la mode.

Raymond l'observa de nouveau ; son visage s'était transformé : son œil brillait, ses cheveux étaient superbes, sa bouche était rieuse, l'ensemble de la physionomie séduisant et bizarre, d'une adorable étrangeté, étincelant, surtout, de santé et de jeunesse. Sa taille haute était souple, malgré l'ampleur naissante des formes, qui était peut-être le côté inquiétant pour l'avenir. Ce n'est pas à elle que Glatigny eût adressé ses vers inoubliables de *Maigre vertu*. C'était la beauté pleine, qui semble prédestinée aux luttes de la vie et aux maternités vigoureuses.

Ses mains manquaient d'élégance, les attaches de finesse. C'était une fille du peuple, qui trahissait dans toute sa personne la force robuste de sa race. Mais il y avait tant de grâce affinée dans ce corps vigoureux, tant de fraîcheur dans sa voix et sur son visage, qu'une impression de séduction et de charme s'en dégageait, dont Raymond ne put se défendre.

Le dîner dura longtemps. Le jeune homme ne fit rien pour hâter l'heure des adieux.

Tante Eulalie accabla Raymond de compliments et d'invitations. Celui-ci embrassa en riant sa cousine et monta se coucher.

Le sommeil fut lent à venir. L'image de Madeleine lui remonta au cœur et aux lèvres comme un reproche. Pour la première fois, il y avait quelqu'un entre elle et lui. Il s'en voulut de cette infidélité et, tout bas, il lui demanda pardon.

Raymond était un honnête garçon, plein de scrupules et de bons sentiments. Il lui semblait que, malgré tout, une sorte de devoir le liait encore à sa maîtresse. Cette émotion d'un instant, éprouvée à côté d'une autre, lui paraissait une grosse trahison.

Avec le défaut de mesure qui caractérise ces âmes bonnes mais étroites, il prit subitement une grande résolution. Il repartirait le lendemain, afin de ne pas se prêter un jour de plus aux projets de sa mère. Et quand la décision fut prise, il en fut tout heureux. Il revit Madeleine lui souriant, il oublia toutes les pensées mauvaises, et, toute la nuit, il rêva doucement qu'il reposait à ses côtés.

Il repartit, en effet. Aux questions de sa mère il répondit par des raisons évasives. Une lettre le rappelait pour affaires urgentes... un ami avait besoin de lui... La pauvre femme n'était pas dupe, mais elle ne dit rien, ne laissa rien voir.

— Va, mon fils, et reviens-moi bientôt.

Elle l'embrassa, un sourire mélancolique aux lèvres, et courut bien vite cacher ses larmes.

Sitôt arrivé à Paris, Raymond décacheta fiévreusement son courrier. Madeleine n'avait pas écrit. Il fronça le sourcil. Pourquoi ce silence obstiné ? L'homme est naturellement égoïste. Fait-il un sacrifice, si petit qu'il soit ? il en veut la récompense immédiate et centuplée. Il « sacrifiait » Germaine à Madeleine. Donc Madeleine n'avait pas le droit de l'oublier un seul instant; son silence était une trahison, une indignité.

Elle l'oubliait, lui, l'amant des heures enfiévrées ? Et
pourquoi ? Sans doute pour un bobo insignifiant de son
dernier petit-fils, pour un de ses sourires...

Il en arriva à une vraie crise de rage contre Mme Luéville. A coups de pied, à coups de poing, il ravagea tout
ce qui ornait le boudoir gris de fer à rayures de fleurettes
pâles. Il cria des mots, jeta des injures dans le vide, puis
il repartit comme un fou.

.·.

La maison de Mme Rocca est en fête. Des fleurs jonchent
l'allée où, sous les branches des châtaigniers qui se rejoi-
gnent, va passer tout à l'heure le cortège nuptial. Les
violoneux, perchés sur leurs tonneaux, attendent le signal
et préludent par un *mezza voce*. Sur le perron, Mme Rocca
apparaît, élégante et radieuse dans sa robe gris cendré :
« Surtout, pas trop foncée, maman, a dit Raymond ; ne
te vieillis pas ! »

Et la chère femme lui a obéi avec orgueil, flattée dans
ses coquetteries innocentes et dans ce charmant désir de
plaire qui survit à toutes les prétentions, même chez les
mamans.

Cette robe toute neuve, un peu étroite à la taille, ser-
vira encore le printemps prochain, certainement, quand
on baptisera le premier-né.

Que d'occasions on va avoir de faire fête, bon Dieu,
maintenant que la joie est entrée, avec la fiancée, dans la
vieille demeure, si longtemps silencieuse !...

Car Raymond se marie, enfin ! Il a revu Germaine souvent ; Madeleine ne lui a plus écrit ; Mme Rocca a insisté
doucement ; tout s'en est mêlé : le mariage s'est fait.

Dans cet isolement, Germaine s'était prise pour son
cousin d'une bonne et belle passion. Très droite, très pure,

très sensée, elle lui portait toutes les jeunes ardeurs de
ses vingt ans. Dans l'ingénuité de son âme, elle n'avait
pas compris les secrètes insinuations dirigées contre elle.
Elle s'était ouverte à Mme Rocca de son trouble.

— Croyez-vous que Raymond m'aime? demanda-t-elle
enfin.

— Mais oui, il t'aime, mon enfant, ou, du moins, il t'ai-
mera; sois gentille et laisse faire. Ces choses-là ne s'ob-
tiennent que quand on ne les cherche pas.

Raymond n'aimait pas, mais il était jeune et désabusé.
Il se croyait obligé de tirer vengeance de Madeleine. Il y
avait bien en un coin caché de son cœur un peu d'amour
naissant pour cette jeune fille, qui emplissait la maison
de sa grâce; mais il ne voulait pas se l'avouer à lui-
même. Il eût été très mécontent et très confus de s'être
ainsi laissé prendre par une pensionnaire. Il ne voulait pas
être le petit cousin séduit par la petite cousine. Son honneur de grand jeune homme et de Parisien était engagé.

Mais, tout en prenant de belles résolutions, il était
chaque jour vaincu et gagné. Si bien que Germaine elle-
même s'aperçut qu'elle était aimée.

Le jour du mariage arriva rapidement, précédé par de
courtes fiançailles. Rien ne fut plus poétique. Vêtue d'une
robe de mousseline nuageuse et transparente, Germaine,
pâle d'émotion sous son long voile de tulle illusion, ra-
baissé sur son frais visage, était charmante. Raymond fut
encore plus frappé de sa beauté candide et ingénue.

Elle était nimbée de soleil, la joue en fleur, son long
voile effleurant comme un nuage léger les hautes herbes
à peine ployées sous son pas aérien. Raymond lui tendit
les mains et, sans un mot, il échangea avec celle qui
allait être sa femme un long regard, caressant comme
un baiser.

Trois jours se sont écoulés. Les derniers invités sont partis. La Maison-Blanche est silencieuse. Mme Rocca sommeille au rez-de-chaussée. Au premier, Mme Raymond rêve, accoudée à une fenêtre encadrée de glycines. Elle n'a pas voulu partir pour Paris tout de suite. Son mari n'y tenait pas plus qu'elle. Ils passeront quelque temps auprès de « maman », qui en est ravie.

Elle n'avait qu'un fils ; elle a maintenant une fille douce, bonne, jolie, qui la cajole. Vingt fois par jour elle l'appelle « madame Raymond ! » Et « madame Raymond », souriante et rougissante, accourt, l'embrasse et murmure : « Je suis bien heureuse ! »

Raymond est-il heureux ? Non ! L'autre, la rivale, est toujours entre Germaine et lui. Il croyait l'avoir oubliée. Plus que jamais il songe à elle, plus que jamais il éprouve la soif ardente de son corps divin, le besoin de se griser d'elle, le désir furieux de la maîtresse troublante, dont le souvenir brûlant lui est une obsession sans trêve, de la grand'mère, enfin, parée de toutes les beautés, de toutes les séductions de la femme aimée uniquement. Appuyé sur son oreiller, il regarde dormir la jeune femme — sa femme ! — très calme, chaste en son sommeil comme au couvent.

Ses mains croisées sur sa ferme et robuste poitrine, belles de forme, d'un large modelé, sont trop épaisses.

Où sont les mains de l'autre, d'une finesse si adorable ? La peau de Germaine est colorée par un sang généreux. Mais où est le tissu transparent de l'autre, cette blancheur de lait coupée de veines bleues, sa pâleur ambrée, à peine avivée aux pommettes d'un rose maladif ? Les yeux sont brillants, mais où est la flamme voilée des autres, de l'amoureuse aux étreintes folles ? Et puis ce sommeil est sans expression. Madeleine souriait en dormant. Blottie contre lui, elle avait le repos intelligent, se réveillant vite, se rendormant sous une caresse.

C'était la femme, celle-là ; c'était la compagne, la maîtresse, l'amie. Et des regrets lui venaient, comme d'un bonheur perdu. Pourquoi l'avoir laissée s'en aller ? De là à dire : « Pourquoi ne pas la rejoindre ? » Il n'y avait pas loin.

Il étend les bras vers l'apparition divine et se retrouve aux côtés de sa femme dormant paisiblement sur son bras robuste, sa chemise aux élégances provinciales fermée jusqu'au cou, exhalant une bonne odeur de lessive campagnarde. Où sont les chemises de batiste flonflonnées de dentelles, à travers lesquelles la chair de Madeleine apparaissait rosée ? Où s'est envolé le parfum subtil, pénétrant et doux qui se dégageait d'elle ? Il ferme les yeux. Il ne veut pas voir l'image obsédante. Il ne voit qu'elle. Il n'y veut plus songer : sans relâche, comme en une prière suprême, ses lèvres prononcent son nom. Il étreint Germaine qui dort d'un lourd sommeil, le repousse et se retourne en murmurant des sons inintelligibles. Son souffle égal, un peu fort, emplit la chambre.

A l'aube elle se réveille. « Es-tu malade, Raymond ? » interroge-t-elle, en voyant son mari les yeux grands ouverts perdus dans le vague.

— Non.

C'est tout. Elle n'insiste pas. Comment eût-elle pu soupçonner le secret de Raymond ? Elle le supposait simplement très froid, très maître de lui, et se croyant aimée, ne sachant de l'amour que ce que le mariage lui en avait appris, elle se trouvait heureuse de bonne foi, se

disant seulement que le bonheur est grave, presque aus-
tère comme le devoir.

Cependant Raymond continue son rêve éveillé. Dans
les bras de sa femme, il poursuit Madeleine. Il revoit ses
formes ténues et pleines à la fois, ses pieds mignons
« qu'un baiser eût chaussés », ses reins souples et cam-
brés. Il entend son rire frais et argentin ; il lutte avec
cette ombre que chaque jour qui s'écoule rend plus maîtresse de ses sens et de son cœur. Jusqu'ici il s'est tu.
Maintenant il ne le peut plus. Il veut troubler à son tour
ce sommeil, dont l'inconscience tranquille l'irrite : « Pourquoi celle-ci attachée à mon flanc, mienne aux yeux du
monde, celle-ci que je n'aime pas ? Pourquoi pas l'autre
que j'adore, mienne bien plus malgré tous les obstacles ? »

Une nuit, il n'y tient plus. Il éveille Germaine en sur-
saut.

— Dis-moi, quel âge as-tu ?

— Quelle question ! Je suis vieille, va ! J'aurai bientôt
vingt ans.

— Alors, tu as encore, toi, seize numéros sur le tapis
de la roulette ?

Germaine éclata de rire.

— Ne ris pas, je t'en supplie, continua Raymond. C'est
donc bien gai de demander à une femme l'âge qu'elle a ?

— Ce n'est ni triste ni gai, répliqua Germaine, piquée
du ton bref de son mari. Peut-être est-ce triste lorsqu'on
vieillit, mais je n'en sais rien encore ; je te le dirai plus tard.

Elle se rendormit, ou feignit de se rendormir, écoutant,
surprise, les soupirs de Raymond. « Ne serait-il pas un peu
fou ? se demanda-t-elle le lendemain. Je l'observerai, et je
tâcherai de sonder adroitement sa mère. »

Elle oublia, cependant, cette impression fâcheuse et se
dit qu'elle s'était trompée, lorsqu'elle vit la sérénité de sa

belle-mère. Elle s'habitua même aux boutades, aux brus-
queries d'expressions, aux inégalités et aux caprices de
son mari.

— Sais-tu, lui dit-il, une fois qu'elle s'habillait lentement, serrant un peu plus qu'il ne le fallait le lacet de son
corset, sais-tu que lorsque tu approcheras de la quaran-
taine, tu auras l'air d'une matrone, avec ta tendance à
l'embonpoint?

— Mon ami, répondit Germaine avec sa douceur accoutumée, c'est prendre là, vraiment, un souci prématuré. Je
suis mariée, je ne veux plaire qu'à toi. L'habitude aura,
d'ici là, consacré notre affection, et tu ne t'apercevras
probablement pas, ayant vieilli toi-même, que je ne serai
plus jeune.

En disant ces mots, elle continuait sa toilette, ratta-
chant les rubans de sa chemise brodée et cousue à la
main, comme tous les objets de son trousseau, dont on
avait soigneusement banni la lingerie, si délicatement
finie, de mode parmi les raffinées du luxe pour tout ce
qui touche leur corps.

« Quelle poésie apportait Madeleine dans tous les
détails de sa vie intime ! pensait Raymond. Quand,
d'aventure, je la voyais se déshabiller, j'admirais ses
belles épaules faisant un transparent à peine rosé aux
emmaillements de malines de sa chemise. Ce n'est pas
elle qui eût mis un corset autrement que pour monter à
cheval, ou pour aller en voyage ! Son luxe était pour elle
seule. On en jouissait comme d'une vertu exercée dans
l'ombre. Mais Germaine vient de dire un mot qui m'a
frappé. Moi aussi je vieillirai, j'ai vieilli, peut-être déjà,
avec mes chagrins, les pensées lancinantes qui se cho-
quent dans ma tête à la faire éclater. Oui, vraiment, ma
barbe, mes cheveux ont blanchi !... C'est moi, mainte-

nant, qui, avec ma mine morose, mon âme chagrine, suis trop vieux pour l'exquise beauté de Madeleine, pour sa jeunesse éternelle : car tu n'es pas jeune, toi, continua-t-il *in petto* en regardant Germaine ; tu es jolie peut-être, bien élevée, instruite même, et vertueuse ; tu seras une compagne irréprochable, mais jamais je ne t'aimerai comme la *grand'mère* qui fut tout cela, elle aussi, et de quelle façon, alors ! avec quel charme, quelle poésie !... »

— Allons dîner, mon ami, fit Germaine interrompant ce soliloque. Le potage se refroidit.

A dîner, la conversation prit un tour familier qui ravit les petites cousines et fit sourire Raymond. Mᵐᵉ Rocca, excellente femme, adorée de tous, se laissait mener à qui mieux mieux par son entourage. Ce jour-là elle avait acheté un chapeau, sans consulter personne. Prévoyant quelque orage lorsqu'elle l'arborerait, elle prit le parti de le présenter à sa petite famille.

— Mais il n'est pas à la mode, ton chapeau, tante, fit Maria, la plus bavarde des petites.

— Peu importe, s'il est joli, répondit timidement Mᵐᵉ Rocca.

— Non seulement il n'est pas à la mode, mais encore il n'est pas joli, maman, dit Germaine résolument. Je ne veux point que tu le portes. Je suis coquette pour toi, et je ne veux pas que tu t'affubles comme une grand'mère !

A ces mots, Raymond, livide, jeta brutalement sa serviette sur la table. Il étendit le bras vers sa femme et laissa retomber son poing sur un verre, qui se brisa en miettes. Puis il sortit et s'enfuit vers les champs. Sa mère le suivit seule. Germaine, terrifiée, n'osait bouger.

— Mon Raymond, mon enfant, qu'as-tu ?

— Rien, mère ; une crise au cœur, une défaillance, ce que tu voudras... Je suis fou !

— Raymond!...

— Tu as raison, mère. Je suis un mauvais fils, un ingrat... Ah! que je suis malheureux!

Et il éclata en sanglots.

— Je ne sais ce que tu as, je respecte ton secret, mais tu souffres : tes larmes m'appartiennent. Viens !

Mᵐᵉ Rocca entraîna son fils vers un banc. Là, assis par terre, la tête cachée sur les genoux de sa mère, un bras passé autour de sa taille, il pleura longtemps, amèrement, secoué par les sanglots, relevant parfois son visage pour recevoir les baisers de sa mère et ses larmes, à elle, qui se mélangeaient aux siennes.

Quand il fut calmé, sans une parole, elle l'emmena chez elle et le fit se coucher dans son lit comme autrefois, lorsque, bébé, il passait par les petites maladies de l'enfance.

— Et toi, maman? dit-il d'une voix mourante.

— Moi! ma vieille Brigitte me prêtera sa chambre, près de la tienne. Je te veillerai ce soir, du reste.

— Et... Germaine?

— Germaine ! Elle te tiendra compagnie aussi tard que tu le voudras, et me cédera, j'en suis certaine, le plaisir de te soigner.

Une heure plus tard, tout le monde dormait à la Maison-Blanche : Raymond, vaincu par le sommeil de plomb qui suit les crises cérébrales ; Germaine, rassurée sur le sort de son mari par la contenance intrépide de sa mère.

Seule, Mᵐᵉ Rocca, libre enfin de donner cours à ses inquiétudes, méditait avec une tristesse emplie d'effroi sur la scène qui venait de se passer.

Debout à chaque mouvement de son fils, elle allait, venait, légèrement, sans qu'il l'entendît. Ce ne fut qu'à l'aurore qu'elle s'étendit enfin sur le lit de Brigitte pour laisser croire à une bonne nuit et cacher ainsi à tous les yeux cette veillée du jardin des Oliviers.

Raymond ne cherchait pas plus à lutter qu'à se dissimuler qu'il était plus ardemment épris que jamais de Mme Luéville, que cet amour s'était accru durant leur séparation et depuis son mariage à lui, et qu'il mourrait s'il ne la revoyait pas. Un enfant, amour nouveau et sacré, eût peut-être été un lien le retenant à ce foyer, dont chaque jour l'éloignait davantage. Malheureusement Germaine demeurait stérile, en dépit des apparences qui avaient séduit Mme Rocca. L'enfant, d'abord si désiré, ne venant pas, elle se résigna et se prit de passion pour les voyages. Raymond ne trouva rien à objecter à cette fantaisie. Le ménage devait rentrer à Paris en novembre. Trois mois pleins le séparaient de ce moment ; on les emploierait donc à voir du pays. Peut-être Raymond en espérait-il un soulagement à sa tristesse, dégénérée en une maladie, frappant non seulement son cœur, mais encore sa chair. Ils partirent donc, et visitèrent d'abord l'Italie, sans goût, banalement, d'après les guides. Raymond, artiste, intelligent, cultivé, poète même à ses heures, eût pu faire quelque chose de charmant de ce voyage. Mais à quoi bon, puisque Madeleine n'était pas auprès de lui, que ce n'était pas elle qu'il eût amusée et instruite, puisque sa femme se contentait de ce que ses yeux embrassaient, de ce que ses souvenirs de couvent lui rappelaient ?...

Hautain, indifférent, il allait donc d'une ville à l'autre, sentant ses très légers remords envers sa compagne se dissiper à mesure que, souscrivant à tous ses caprices, il dépensait autant d'argent qu'il le fallait pour qu'elle fût parfaitement heureuse. Germaine, douée d'un caractère égal et paisible, très engraissée depuis son mariage, peu

romanesque, ne cherchait rien au delà de ses relations,
restées très froides, avec son mari. Essentiellement honnête, elle s'imaginait que le mariage était pour elle ce
qu'il était pour les autres femmes : une union très intime,
faite d'estime et d'amitié. Raymond malade, au lit, elle
l'eût soigné avec zèle comme la meilleure garde, n'épar-
gnant ni la peine ni la fatigue. Quant à ce qu'elle consi-
dérait comme des mièvreries sentimentales, elle n'y
songeait pas. Le côté roman de la vie, ce côté mystérieux,
poétique, attirant, était lettre close pour elle. Elle ne lisait
pas de mauvais livres, car cela rentrait, à son point de
vue, dans le domaine absolument interdit à une honnête
femme.

On comprend donc ce que la vie avait de fermé pour
elle, et la liberté qu'elle laissait à Raymond de penser, de
rêver, de souffrir sans qu'elle s'en aperçût. Ils se parlaient
peu, ou de choses presque toujours insignifiantes. Un
tiers était toujours le bienvenu, car ils s'ennuyaient
formidablement, et ils ne s'en apercevaient pas.

Octobre finissait, pluvieux et froid prématurément; il
annonçait un long hiver.

— Veux-tu que nous rentrions à Paris quelques jours
plus tôt ? demanda Raymond.

— Si tu le désires, mon ami.

Deux heures après, le jeune ménage se mettait en route.
Germaine, le visage tourné vers le paysage, le regardait
avec indifférence. Raymond, absorbé dans ses réflexions,
pensait à *grand'mère*, dont chaque tour de roue le rap-
prochait. *Grand'mère!* ce mot, abhorré jadis, était devenu
pour lui la plus douce des caresses, la plus divine des
harmonies. Cent fois par jour il se le répétait; c'était elle
qu'il chérissait si ardemment, elle qu'il convoitait, qu'à
tout prix il voulait... L'arbuste est-il moins beau, moins

vivace, parce que, à côté de la fleur qui le pare, sont nés des boutons qui, à leur tour, fleuriront demain?

Voici qu'il prenait en haine la jeune femme stérile, attachée à ses côtés, tandis qu'il songeait paternellement à la fille de sa maîtresse, qu'il ne connaissait pas, et non seulement à elle, mais encore aux enfants issus d'elle.

Son émotion en arrivant à Paris fut donc intense. S'il allait la rencontrer? Si au détour d'une rue elle allait surgir et le voir avec une autre femme au bras? Savait-elle seulement qu'il fût marié? Il ne lui avait pas écrit, mais elle avait dû l'apprendre par leurs amis communs. Vaguement il avait attendu un mot d'elle, reproche, souhait ou adieu. Rien n'était venu. Elle souffrait, sans doute; mais ne se plaignait pas. Et qui sait encore si elle souffrait, si brusquement elle n'avait pas rayé de son cœur le nom de l'insensé, de l'oublieux, de l'ingrat? Que ce serait donc mal à elle, si elle en était capable; quelle perfidie si elle cessait de l'aimer, juste au moment où, souffrant cruellement, il avait besoin lui-même de mille consolations!...

Il ne put dormir cette nuit-là. Germaine avait insisté pour qu'ils allassent demeurer dans sa garçonnière dont il lui avait parlé jadis. Raymond s'y était refusé avec une telle énergie, d'un air si farouche que, blessée pour la première fois, elle n'avait pas soufflé mot et s'était couchée sans murmurer même un bonsoir.

N'y tenant plus, il se leva avant le jour et traça fiévreusement quelques mots dans lesquels il mit toute son âme, toutes ses angoisses.

Errant comme un somnambule par les longues rues encore désertes, il alla déposer sa lettre chez la concierge de Mme Luéville, qui, tirée brusquement de son sommeil et maugréant, ne le reconnut pas. Huit jours mortels se passèrent, sans réponse. Dès le quatrième, Raymond, miné par la fièvre, s'était alité : « Docteur, avait-il dit au médecin appelé par Germaine, vous êtes jeune et intelligent Vous me comprendrez donc. Je souffre d'un mal que vous ne pouvez guérir et qui provient de mon état d'esprit. Ne m'interrogez pas. Ordonnez-moi seulement le repos le plus complet, le silence ; puis, si vous le voulez, venez tous les jours ; peu m'importe. »

Le docteur s'inclina et lui serra la main. Grâce à ses prescriptions, personne ne pénétra auprès de Raymond. Germaine se hasarda une ou deux fois dans la chambre, aux volets, aux rideaux clos hermétiquement. Rassurée par le médecin, elle cessa bien vite de s'inquiéter d'un mal qui, pour si mystérieux qu'il fût, ne présentait pas l'ombre d'un danger.

Dans la journée du huitième jour, le médecin, qui s'était attaché au jeune homme et en avait obtenu des demi-confidences, ouvrit fenêtres et rideaux et, s'approchant de son lit :

— Voici pour vous, fit-il. J'ai rencontré à la porte un domestique chargé de vous remettre cette lettre, et j'ai voulu, en vous la donnant moi-même, pouvoir constater votre guérison.

Raymond, les yeux brillants, le visage radieux de joie, de reconnaissance, sauta de son lit et saisit la lettre.

Elle était d'une écriture presque enfantine, aux caractères tremblés, tracés d'une encre pâlie, comme si des larmes eussent coulé au fond de l'encrier :

« Puisque vous le voulez, venez me voir une fois, mais que ce soit la dernière. Je n'ai pas le droit de vous faire du mal, mais je ne pourrais plus vous faire de bien. »

— Docteur, vite, emmenez-moi : *elle* m'appelle, *elle* veut me voir.

Et avec des gestes de délire, Raymond cherchait, sans les trouver, les objets nécessaires à sa toilette, s'arrêtant vingt fois pour relire les deux lignes si chères, si désirées, si douloureusement laconiques.

— Grand Dieu ! fit-il, c'est vrai, Madeleine est en deuil, le papier porte une large rayure noire... Veuve ! Elle est peut-être veuve !...

L'annonce de la voiture vient arracher Raymond aux sombres réflexions que lui avait inspirées ce papier de deuil. Il monte fiévreusement dans le coupé. Le docteur, redoutant une réaction inévitable dans une crise aussi violente, est resté blotti au fond. Raymond est inondé d'une sueur froide, son regard se trouble ; c'est d'un pas incertain qu'il franchit le seuil de la maison de Madeleine : il ouvre la porte du boudoir où elle l'attend.

Debout, vêtue de noir, le visage pâli, assombri par la douleur, Mme Luéville a les yeux cernés par des pleurs récents. Quelques fils d'argent se mêlent vers les tempes aux ondes lustrées de sa chevelure noire. Elle s'appuie sur une fillette de douze ans environ, également vêtue de noir. Plus loin, une jolie femme, son vivant portrait, plus belle peut-être et moins fine, mais éclatante, brode auprès d'une fenêtre, pendant qu'une enfant d'une dizaine d'années découpe des pantins sur du papier bleu.

D'un coup d'œil Madeleine a compris que Raymond l'aime comme autrefois ; elle a deviné son martyre, elle a embrassé les ravages que les remords et les regrets ont exercés sur lui. Une larme roule sur sa joue pâlie. Elle tend les mains vers l'homme aimé ; oubliant tout, elle va l'attirer sur son cœur... Les enfants sont là, curieuses, dévisageant le nouveau venu qui s'appelle Raymond comme leur frère. Madeleine revient à elle.

— Ma fille, madame Derval ; mes petites-filles, Gene-

viève et Camille, fait-elle. Maria, monsieur Rocca, le parrain de notre Raymond.

La jeune femme tend sa main potelée à l'ami de sa
mère. Les fillettes ébauchent une révérence. Sans bruit,
toutes les trois disparaissent et sont déjà loin quand
Mme Luéville s'aperçoit de leur disparition. Raymond
s'est approché d'elle. Il ne lui parle pas, il la regarde. Il
presse ses mains longues et fines et les couvre de larmes
et de baisers. Madeleine a compris qu'une émotion la per-
drait. Elle se raidit, elle détourne les yeux de ceux de
son amant. Elle affermit sa voix, et, rapidement, avec
ces tons heurtés décelant une douleur surhumaine :

— Allez-vous-en, mon ami.

— Par pitié, un moment ; laisse-moi là près de ton
cœur...

Raymond la regarde. Elle est vêtue de noir.

— Pourquoi ce grand deuil ?...

— J'ai perdu mon mari...

Son mari ! Il n'en avait presque pas été question entre
eux depuis leurs premières rencontres. Par un sentiment
de réserve bien naturelle, Madeleine évitait la moindre
allusion à un homme qu'elle n'avait cessé de plaindre,
peut-être même d'aimer un peu. Elle allait toujours le
voir aussi souvent que possible. Son état, après être
resté longtemps stationnaire, avait brusquement empiré,
et, un beau jour, il avait été emporté par une crise terrible.

Ainsi donc la mort de cet homme, qui les avait séparés
jusque-là, la faisait libre. Raymond ne vit que cela. Il
eut quelque peine à ne pas laisser voir un éclair de joie
dans ses yeux.

— Vous êtes veuve ! s'écria-t-il.

Et il y eut dans ce cri spontané tant de choses, tant

d'élan, tant d'ardeurs mal contenues et de passion enflammée, que Madeleine en fut comme gênée.

— Vous êtes libre. Je puis l'être ou le devenir, Madeleine... et je t'aime toujours !

— Laissez-moi, je vous prie, mon pauvre ami ! Laissez-moi le courage dont j'ai besoin. Songez que je pourrais presque être votre mère. Songez que, dans dix ans, vous serez un homme jeune encore, tandis que je serai, moi, une vieille femme. L'amitié seule peut exister entre nous, une amitié douloureuse, faite de souvenirs et de regrets.

— L'amitié ! Vous aimer d'amitié, vous, Madeleine !... Mais vous êtes la dernière personne que je puisse aimer d'amitié, vous que j'ai possédée, chérie, désirée, vous pour un baiser de qui je donnerais ma vie avec joie ! Non, tu es libre, je t'adore, tu es à moi, tu m'appartiens maintenant ; viens, suis-moi. Nous mettrons un monde entre le passé et nous, nous recommencerons une vie nouvelle... Viens !

Et Raymond, affolé, saisit violemment Mᵐᵉ Luéville ; il la serra contre lui. Une fois encore il sentit frémir sur son cœur ce corps superbe. Une fois encore il vit ce regard troublant chercher le sien et s'y perdre. Cette défaillance dura l'éclair d'une seconde. Madeleine, se redressant, s'arracha à cette étreinte furieuse.

— Non, va-t'en ! j'appartiens à mes enfants, tu te dois à ta femme. Nous revoir est impossible : ce serait une lâcheté. Sache que mon cœur reste à toi, que tu es le seul homme que j'aie vraiment aimé, et que j'oublie tout pour ne songer qu'aux heures ineffables que je t'ai dues.

Raymond lut une résolution irrévocable sur ce visage adoré. Les rires des enfants troublaient de loin, comme les notes claires d'un harmonica, le silence tragique tombant autour d'eux. Madeleine, debout, plus pâle qu'une morte, épiait la rentrée de sa fille et de ses petites-filles.

— Adieu, murmura-t-elle encore d'une voix affaiblie ; adieu !

Comme Raymond, sortant à reculons, soulevait la portière du boudoir, elle fit un mouvement vers lui. Plus impétueux que le vent, il se précipita, l'enveloppa tout entière sur son cœur, brûla ses lèvres au contact de lèvres qui, inconscientes, lui rendirent son baiser ardent ; puis il s'enfuit, la tête perdue, ivre, rattrapé par le docteur qui l'avait attendu.

Le lendemain, puis le surlendemain, Raymond se présenta chez Madeleine.

— Madame est sortie, lui fut-il répondu.

Le troisième jour, il lui écrivit, lui renouvelant ses propositions, lui dépeignant en termes de feu ce qu'il avait souffert, lui montrant à nu son âme remplie d'elle, de son souvenir, de son nom, du désir de vivre auprès d'elle, pour elle, le restant de son existence. Il lui parla de sa femme qui, moins qu'une autre, souffrirait d'un abandon auquel il donnerait l'apparence la plus honorable pour elle. Ce fut moins la lettre d'un amant que celle d'un homme qui joue sa dernière carte, avec sa vie pour enjeu.

Le cœur déchiré, Madeleine répondit en annonçant son départ pour de longs mois. Elle ne lui conseillait pas l'oubli, qui n'existait pas pour des âmes comme les leurs, mais elle lui demandait de lui laisser son courage, de ne pas mettre de nouvelles tristesses dans sa vie brisée à jamais.

Le regret, un regret déchirant, s'exhalait de chaque ligne, de chaque mot, sans que le mot cruel, brutal, le *non*, tranchant comme un coup de couteau, fût prononcé.

Raymond en conçut un espoir.

« Madeleine, répondit-il, relis ma lettre. Puis, dis-moi

un mot, un seul, *oui* ou *non.* L'arrêt, quel qu'il soit, sera
définitif. »

Une semaine entière s'écoula encore dans des alternatives folles. Un matin, arriva un billet froissé, à l'adresse
à peine lisible. Sans un tressaillement, sans une hésitation, Raymond l'ouvrit.

« Non, disait Madeleine. Fais l'impossible, oublie-moi ;
vois-moi telle que je suis, avec mes cheveux qui blanchis-
sent, comme une vraie grand'mère. J'ai compris trop
tard que l'amour entre nous était absurde ; aujourd'hui
il serait odieux. Le cœur déchiré, je te dis *non.* Plus tard
tu me remercieras. »

Cette fois, Raymond comprit que Mme Luéville serait
inflexible, que rien ne la ferait revenir sur sa décision.
Son parti fut bientôt pris. Ne pouvant vivre sans elle,
ne voulant pas lui laisser un remords éternel, il se con-
damna lui-même, se donnant trois mois pour mettre les
apparences du côté de sa résolution. Il ne réussit qu'à
demi. Celle qu'il voulait tromper, Mme Luéville, ne se mé-
prit pas au sens du fait divers paru, il y a quelques semaines, dans tous les journaux : « M. Raymond Rocca,
l'un de nos plus distingués sportsmen, vient de périr
d'une façon tragique dans un *lancer* chez le comte ***. »

Des détails suivaient sur cette variété d'accidents de
chasse, toujours les mêmes : un fossé franchi au pas de
course, le cheval buttant en plein obstacle, et roulant si
malheureusement sur le cavalier que celui-ci expirait au
bout de quelques heures, sans avoir repris connaissance.

— Pauvre Raymond ! s'écria Germaine, dont la douleur fut très convenable et aussi correcte que possible.
Mère, fit-elle en recevant dans ses bras Mme Rocca inanimée, mère, vivez pour moi et pour l'enfant qui vous
rendra votre fils !

Cette maternité tardive, qui eût peut-être sauvé Raymond, et qu'il ignora, donna seule à Mme Rocca le courage de survivre au fils adoré, disparu en pleine jeunesse. L'aïeule a sauvé la mère de son désespoir, et parfois, quand on passe devant la Maison-Blanche, de doux propos, une chanson voilée se mêlent aux premiers rires, aux premiers bégaiements d'un bel enfant qui s'appelle Raymond.

J'ai rencontré Mme Luéville dernièrement. Ses cheveux sont blancs comme la neige, sa taille splendide s'est courbée, ses mains sont agitées d'un tremblement fébrile. Cette année a été pour elle l'année terrible. La maternité ne la console pas, elle ! Elle se souvient que ses petites-filles ont été l'instrument inconscient de ses douleurs. Elle s'accuse de la mort de Raymond et le pleure jour et nuit avec des regrets qui ressemblent à des remords.

C'est aujourd'hui une vieille femme, dont le corps émacié, usé, flétri, renferme une âme brisée pour toujours. Raymond lui-même ne reconnaîtrait plus celle qu'il adora comme la beauté, l'esprit, la grâce faits femme.

Il dort, lui, sous une tombe sans cesse fleurie, là-bas, dans le vieux cimetière du village, mettant une blancheur au creux sombre de la montagne.

Le soir, les amoureux rôdent autour. Et leurs baisers, et les sanglots furtifs de Madeleine troublent seuls la solitude de ce mort d'amour.

ÉNIGME SANS CLEF

ESSAI PSYCHOLOGIQUE

Comment ! Vous voulez qu'on puisse aimer un être déchu, une de ces femmes perverses comme les annales du crime nous en montrent tous les jours, une Fenayrou, une Bompard ? que sais-je ?

Et le vieux philosophe, d'ordinaire si bienveillant, presque sceptique, s'animait.

En un instant les autres conversations tombèrent, et chacun prêta l'oreille.

Jean Paullet n'aimait guère les discussions oiseuses des salons. Rarement on le voyait s'y aventurer. L'habitude des études sévères lui avait communiqué une sorte de mépris souriant pour les futilités dont se nourrissent les gens du monde. Mais il avait toujours fait exception pour la comtesse de Grasseval. Elle l'avait autrefois accueilli et encouragé lors de ses modestes débuts, quand, jeune lauréat des concours, il avait publié ses premiers travaux. Elle les avait signalés à ses amis, en avait fait dire un mot dans les journaux. Enfin elle avait soutenu de son mieux ce vaillant. Paullet était un de ces rares cœurs pour qui le bienfaiteur ne devient pas un ennemi. Il avait passé par tous les honneurs, jusqu'à celui de l'Institut, sans devenir prétentieux et sans oublier son point de départ. Volontiers même il prenait plaisir à le rappeler, exagérant presque la part de gratitude qu'il devait à la comtesse.

— Sans vous, madame, je serais sans doute professeur inconnu dans quelque collège de province.

On était obligé de l'arrêter sur la pente de cette touchante modestie. Ce n'était pas pour entendre ce concert de reconnaissance que la comtesse de Grasseval tenait à voir M. Paullet à ses réceptions. Il lui semblait que sa seule présence élevait toujours un peu le niveau des discussions et des causeries. Sans rigueur ni pédanterie, il apportait dans ce salon un peu d'érudition souriante et de philosophie. Il y avait foule, ce soir-là, dans l'hôtel de la rue Bellechasse. Tout le noble faubourg, comme on disait il y a cinquante ans, s'y trouvait réuni. C'était un essaim de belles dames qui tourbillonnaient avec un frou-frou de jupes et une envolée de dentelles. Des hommes très nobles et très graves y causaient sport et politique, ces deux futilités. C'était bien l'hôtel où l'on s'ennuie avec distinction.

Ce soir-là, l'arrestation d'Eyraud y avait mis un peu d'agitation. Tout ce beau monde était divisé en deux camps : les partisans de Gabrielle et ses détracteurs. Notre esprit est ainsi fait que nous nous sentons involontairement attirés vers les êtres mystérieux. Le crime lui-même trouve parfois chez nous quelque indulgence, et il n'est pas rare de voir l'héroïne fâcheuse d'une affaire retentissante reconduite chez elle, au sortir du tribunal, par une escorte d'amoureux.

Gabrielle Bompard avait ses fanatiques. D'innocentes mères de famille, sans pitié pour une faiblesse chez d'autres femmes, avaient pour cette malheureuse d'étranges indulgences ou compassions.

— La pauvre fille ! Elle a dû tant souffrir ! criait-on en chœur.

Et la victime donc ? Mais personne n'y prenait garde. Les assassinés ont toujours tort.

Cette existence incertaine, à la suite d'un terrible compagnon, cette horrible fuite avec un homme qu'on sait capable de tout (il l'avait bien prouvé), donnaient le frisson.

Et puis, fallait-il qu'elle eût été aimée, celle-là, pour qu'un homme eût poussé jusqu'au crime le désir de lui plaire ! Combien sentaient leur cœur battre à l'idée de cette passion folle qu'elles n'avaient jamais connue et qu'elles rêvaient avec toute l'ardeur de leurs âmes inassouvies ! Gabrielle eut, ce soir-là, presque autant d'envieuses que d'ennemies.

Pendant quelque temps, la conversation fut générale. Chacun plaça son mot. Puis, comme il ne faut pas qu'une discussion s'éternise sur le même sujet, l'attention tomba.

Seuls, la comtesse, le duc de Pounis et Jean Paullet la poursuivaient en philosophant. Le duc, esprit railleur et bien moderne, qui ne s'indignait jamais de rien et prenait toutes choses par la pointe de l'anecdote, poussait doucement le philosophe,

— Il me semble, maître, que vous êtes un peu sévère pour ces pauvres détraquées.

— Ah ! oui, détraquées ! On dit détraquées pour ne pas dire perverties. C'est ainsi qu'on arrive peu à peu aux négations des idées morales. Le vice n'est plus qu'un défaut d'équilibre. Les aliénistes ne voient, dans la plupart des criminels, que de pauvres inconscients, des malades dignes de compassion, et non des criminels dignes de châtiment. Ce qu'il leur faut à ces détraquées, comme vous dites, c'est un médecin et un bon hôpital, et non plus le geôlier, ni la prison.

— Savez-vous que ce sont là des idées tout au moins généreuses ?

— Généreuses peut-être, mais il y aurait sûrement de meilleurs emplois de notre générosité. Il reste encore assez d'honnêtes gens à secourir pour que nous fassions un peu attendre les autres. Avant de travailler pour les assassins, il serait peut-être bon de songer à ceux qui n'ont tué personne.

— Vous êtes terrible. Je croyais que vous aviez puisé aux pures sources de la philosophie antique un peu plus de bienveillance.

— Les anciens étaient un peu souriants, mais leur bon sens robuste ne se laissait pas ébranler par certaines de nos hésitations ; jamais ils n'auraient songé à défendre une Bompard.

— Ne faisons pas de semblables rapprochements, cher maître. Il est inutile de se demander comment Platon et les Grecs eussent jugé l'affaire Gouffé. Dans leurs âmes tranquilles, il n'y avait pas de place pour pareilles exceptions. Mais s'il n'y avait pas, chez eux, de petites névrosées de ce genre, il y en avait d'autres. A défaut de Gabrielles, il y avait des Phrynés, et j'ai entendu dire que l'Aréopage n'était pas toujours très sévère pour ces aimables filles, qui s'étaient cependant un peu écartées de la vertu.

— Oh ! que nous sommes loin de notre sujet ! On voit bien que vous êtes nourri de l'esprit socratique, à l'aisance de vos aimables diversions. Platon lui-même, que vous avez dû lire plus que moi, ne savait pas mieux que vous esquiver une difficulté. Phryné était peut-être plus belle que mademoiselle Bompard, mais elle était certainement moins compromise. Elle n'avait pas mené une existence fort régulière. Elle avait été trop peu cruelle aux jeunes Athéniens, charmés de son esprit et de ses grâces. Mais vous oubliez qu'on ne fait même pas comparaître devant nos juges de paix la courtisane coupable de ces complaisances. Les héliastes conquis purent l'absoudre, mais aucun n'eût songé à lui donner son amitié ou son cœur.

— Comment ! mais que faites-vous de Périclès et d'Aspasie ? Tous les jours il arrivait à un fort honnête homme de donner une certaine estime et une entière confiance à des femmes sans vertu. Ils ne plaçaient pas l'amitié sur un roc inaccessible, avec des dehors d'austérité peu seyante. L'amitié et l'amour, comme toutes les autres nymphes, étaient pour eux d'aimables personnes, un peu dévêtues, le sourire aux lèvres. Les Romains eux-mêmes ont représenté l'amitié sous les traits d'une jeune fille toute blanche, la gorge nue, couronnée de myrtes et de fleurs de grenadier.

— Je m'incline devant votre spirituelle archéologie. Mais si les statuaires romains ont donné à cette figure symbolique des dehors si engageants, leurs philosophes ont été moins modernes. Vous savez, duc, que Lœlius, l'ami du second Africain...

— Vous voulez me parler du dialogue de Cicéron. Nous l'expliquions autrefois en cinquième avec cet excellent père Wailly, qui est mort votre collègue. N'avez-vous pas écrit vous-même quelque chose là-dessus ?

— Vous le demandez, duc ! s'écria vivement la comtesse, qui n'avait pas perdu un mot de la conversation. Un de ses meilleurs titres littéraires...

— Toujours trop indulgente, comtesse.

— Précisément je le relisais un de ces jours, et je l'ai encore là sous la main. J'avais même été frappée d'une citation de La Boétie que vous rapprochiez de Cicéron : « L'amitié est un nom sacré ; c'est une chose sainte. Elle ne se met jamais qu'entre gens de bien, ne se prend que par une mutuelle estime. Elle s'entretient, non tant par un bienfait que par la bonne vie. Ce qui rend un ami assuré de l'autre, c'est la connaissance qu'il a de son intégrité. Les répondants qu'il en a, c'est son bon naturel, la foi et la constance. Il ne peut y avoir amitié là où est la perfidie, là où est la bassesse, là où est la déloyauté, là où est l'injustice. Entre les méchants, quand ils s'assemblent, c'est un complot, non pas une compagnie. Ils ne s'entretiennent pas, mais ils s'entrecraignent. Ils ne sont pas unis, mais ils sont complices. »

— En effet, c'est du pur Lœlius, et je m'étonne que le père Wailly ne nous ait pas fait le rapprochement. Il est vrai de dire que le seizième siècle était bien frotté de latin, et ce n'est pas Montaigne qui eût pu donner un autre courant aux idées de son ami.

— Vous trouvez La Boétie trop peu moderne. Vous ne ferez pas le même reproche à Voltaire. Il est bien Français, celui-là, bien nôtre de toutes façons.

— Eh bien ?

— Eh bien ! il a dit la même chose. Il s'est contenté de changer la forme, substituant aux périodes un peu longues sa phrase concise et brève, libre d'allures, prête à faire le tour du monde.

— Je serais curieux de savoir comment s'exprime Voltaire sur les sentiments qu'un honnête homme peut avoir pour Gabrielle Bompard.

— « L'amitié est un mariage de l'âme entre des hom-

mes vertueux. Les méchants n'ont que des complices. Les
voluptueux ont des compagnons de débauche. Les inté-
ressés ont des associés. Les politiques assemblent des
factieux. Les princes ont des courtisans. Les hommes
vertueux seuls ont des amis. » Est-ce clair ?

— Comme du Voltaire.

— D'où vient que vous n'avez pas fait cette jolie citation dans votre livre ? s'écria la comtesse.

— Voyez-vous, madame, quand on écrit des livres
graves, il ne faut pas citer Voltaire. On lui a fait une
réputation de légèreté...

— Qu'il mérite un peu.

— Comme tous les hommes d'esprit, madame. Mais
c'est un défaut qui devient si rare qu'on peut bien se
montrer indulgent. On a si peu à l'être ! Pour moi,
j'avoue encore mon culte pour Voltaire. Je le lis de préférence à d'autres auteurs plus modernes ou plus graves,
et j'y trouve toujours d'excellentes leçons de vertu et de
sagesse.

— Tiens, je ne savais pas le patriarche de Ferney si
vertueux, dit la comtesse en riant. Et j'éprouve une
agréable surprise à voir le grand rieur défendu par un
esprit sérieux comme le vôtre. Pour ma part, j'avais toujours vécu sur mes impressions d'autrefois. Je me souviens encore de la plus grande colère de mon père, il y a
bien vingt ans de cela. Son neveu, Jean d'Albens, homme
un peu aventureux, ami de toutes les audaces, lui avait
osé dire que Voltaire avait mieux mérité de l'humanité
que tous les papes ensemble. Ce fut terrible. Mon père se
leva avec solennité. Il fit sortir le mécréant et lui prédit
une fin pitoyable.

— La prophétie s'est-elle réalisée? hasarda le duc.

— Oui, certes. Il a été député. Je crois même qu'il a

fini boulangiste. Mais que pensez-vous de cette belle harangue en faveur de Voltaire? Êtes-vous pour mon père ou pour monsieur Paullet?

— Voltaire est un grand calomnié, madame, répondit le duc. Il n'y a qu'à prendre le *Dictionnaire philosophique*. On y trouve le germe de toutes les idées fécondes et généreuses. Cet homme était nourri de sagesse. Tout le dix-huitième siècle, du reste, a été fort sage. Nous avons fini par croire que ces gens-là n'avaient fait que des révolutions. Ils ont aussi écrit et pratiqué les plus belles doctrines. C'est encore un moraliste du siècle dernier, le timide Vauvenargues, qui a dit : « L'amitié est un contrat tacite entre deux personnes sensibles et vertueuses. »

— Mais c'est toujours la pensée de Cicéron. Vous devez vous souvenir, vous aussi, du *De Amicitia*.

— Fort peu. Nous étions trop jeunes philosophes pour être aussi recueillis que Mucius Scœvola. Aussi n'ai-je gardé du dialogue qu'une vague impression de mortel ennui.

— Lœlius ne voit l'amitié possible qu'entre honnêtes gens, mais ce sont là de belles théories stoïciennes qu'il est peut-être difficile d'accommoder à notre temps. Les anciens sont morts. Toute leur philosophie est morte avec eux. Notre erreur serait de vouloir gouverner le monde moderne avec les idées morales de civilisations disparues. On nous traite parfois de pédants. On a raison. Je m'indigne souvent...

— Tout doux! cher maître, conservez votre indignation contre certains de vos collègues. Ne vous irritez pas contre nous. Nous ne voulons pas gouverner le monde. Nous devisons simplement sur une idée générale, qui est la même aujourd'hui qu'il y a trois mille ans, qui sera la même, longtemps après nous, quand il ne restera plus

rien de nos mœurs, de nos idées, de notre race. Et la
preuve, c'est que nos philosophes les plus modernes par-
lent encore et raisonnent comme les plus anciens.

— Mais il me semble que c'est vous qui nous faites de
la morale.

— Savez-vous ce que je me dis toute seule depuis quelques instants ? insinua doucement la comtesse.

— Non, madame.

— Eh bien ! c'est que vous êtes trop érudits. Nous parlions de Gabrielle Bompard. La question s'est élargie un
peu. Mais était-ce une raison pour aller vous perdre
parmi les Grecs et les Latins à propos d'une petite femme
si moderne, qui étrangle un huissier à deux pas du bou-
levard ?

— Pardon. Nous avons élargi la question, comme vous
dites. Et alors nous avons invoqué des témoignages
comme les sermonnaires invoquent l'Écriture. Que voulez-vous que nous citions, si ce n'est les moralistes ?

— Mais n'y a-t-il pas des moralistes moins lointains ?
Et puis ne serait-il pas à propos de consulter un peu les
femmes sur ce qui nous regarde ? On a fini par nous demander notre avis sur l'*éducation des filles;* ne pourrait-on
nous le demander sur la punition des criminelles ? Il me
semble que Mme Sand, dans un de ses romans, s'éloigne
un peu de cette philosophie sereine où vous nous aviez
transportés avec vos Grecs et vos Latins :

« Les êtres qui nous inspirent le plus d'affection, dit-elle,
ne sont pas toujours ceux que nous estimons le plus. La
tendresse n'a pas besoin d'admiration et d'enthousiasme.
Elle est fondée sur un sentiment d'égalité qui nous fait
chercher dans un ami un semblable, un homme sujet aux
mêmes passions, aux mêmes faiblesses que nous.

» La vénération commande une autre sorte d'affection

que cette intimité expansive de tous les instants. J'aurais bien mauvaise opinion d'un homme qui ne pourrait aimer que ce qu'il admire. Ceci soit dit en fait d'amitié seulement. L'amour est tout autre ; il ne vit que d'enthousiasme, et tout ce qui porte atteinte à sa délicatesse exaltée le flétrit et le dessèche. Le plus doux de tous les sentiments, celui qui s'alimente des misères et des fautes, comme des grandeurs et des actes héroïques, celui qui est de tous les âges de notre vie, qui renaît de ses propres cendres et se renoue aussi serré et aussi solide après s'être brisé, ce sentiment, c'est l'amitié. »

Ne vous semble-t-il pas qu'il y a là un tour particulier de la question, que ne nous avaient pas montré vos philosophes ?

— Mon Dieu, madame, je n'ai pas de réponse catégorique à une question si compliquée. Ce sont là des affaires de demi-teintes ; tout n'est que nuances en ce monde. Je crois qu'il faut collectionner les faits et les éléments dont se compose ce roman étrange qu'on nomme la vie. Mais gardons-nous d'en tirer une conclusion précise. Rien n'est absolu ; tout dépend des circonstances. Le même fait peut être un acte inoffensif ou un crime, le même homme un malheureux ou un scélérat, suivant les détails qui accompagnent et expliquent sa conduite. Les vrais coupables sont ceux qui ne veulent pas tenir compte de ces distinctions nécessaires. Personne n'a mieux compris cela que les de Goncourt. Leur *Germinie Lacerteux* est un chef-d'œuvre d'observation et de vérité.

— *Germinie* un chef-d'œuvre !... L'histoire de cette fille, de cette vulgaire bonne à tout faire, détraquée et folle, avec tout juste on ne sait quoi de cœur pour l'empêcher d'être odieuse !

— Vous en faites d'un mot l'apologie ; c'est précisément cet on ne sait quoi de cœur qui la relève et lui rend tous les droits, sinon à notre sympathie, du moins à notre compassion. C'est son cœur seul qui est cause de ses excès, de ses fautes, de ses hontes. Ce qui vient de là n'est jamais entièrement condamnable. Il faut savoir lire dans ces pauvres âmes. On y voit souvent, tout au fond, de nobles sentiments, comme parfois, dans une flaque d'eau sale, se reflète une étoile. D'ailleurs, ajouta le duc en se parlant à lui-même, les regards perdus dans une rêverie soudaine, j'ai connu, moi aussi, une Germinie...

— Et vous ne nous avez jamais dit son roman ! Nous eussions aimé à voir votre esprit si fin aux prises avec une de ces âmes si compliquées.

— Si nous imitions les gendres de Lœlius et si nous faisions à notre ami une douce violence !...

— Ce serait trop long ; ce sont là des analyses qu'on ne livre pas aux hasards d'une conversation. Je vous dirai d'ailleurs que ma Germinie est demeurée dans mes souvenirs comme une énigme troublante et que, par un sentiment bizarre, lorsque j'en dis du bien, tous mes sentiments d'honnête homme se révoltent, et, lorsque j'en pense du mal, mon esprit de justice plaide pour cette créature complexe, illogique, malfaisante, timidement insolente et sournoisement humble, perfide même quand elle voulait être sincère, menteuse jusqu'à l'invraisemblance, finissant par croire elle-même à ses mensonges et fuyante comme l'onde, comme l'onde aussi attirante irrésistiblement. C'était la femme la plus inconsciemment dangereuse, en un mot, que j'aie connue en toute ma vie ; avec elle parfois les mots sont de trop ; il faudrait une langue à part, conventionnelle, faite de mille couleurs. Une tache noire représenterait son âme, ses mauvais instincts, son audace déconcertante, plus encore que son hypocrisie, son absence de sens moral, ses vices de petite femme du dix-huitième siècle.

Autour de cette tache se grouperaient quelques tons fugaces, tendres et inattendus comme les lueurs de l'aube : les qualités indéniables se révélant par intervalles subits, comme les éclairs qui traversent une nuit d'orage. Une seconde durant, on est ébloui, on marche, dans la lumière ; puis tout s'éteint et les ténèbres paraissent d'autant plus profondes qu'elles semblaient s'être dissipées.

Elle s'appelait Camille, nom mixte qui convenait bien à cette nature compliquée et irritante. Méprisable, elle l'était absolument, car elle était capable de tout, sans exception, de tout, vous entendez bien, excepté de voler, et encore entendons-nous : elle était incapable de prendre une bourse pour se l'approprier, elle avait l'instinct de la probité, mais elle traitait comme enfantillages de malicieux virements ; elle détournait, ramassait sans scrupules, mais c'était, chose bizarre, uniquement pour offrir à celui ou à celle qu'elle frustrait un bouquet, un livre, un souvenir; tout cela sans intérêt direct pour elle. Pourquoi? Pour rien, à cause de cette force invincible qui la poussait alternativement du bien au mal, du mal au bien, avec la même irresponsabilité. Mais, au fait, vous avez connu mon vieil ami Langlet, votre collègue à l'Institut?

— Celui qui avait un si joli trio de petites nièces ?

— Lui-même. Voici dix ans tantôt qu'il nous a quittés, avec cette sérénité qui est l'apanage du juste. Quand il mourut, beaucoup le plaignirent. Je ne fus pas du nombre. Il me sembla, au contraire, que son âme libérée jouissait enfin de la paix qui lui avait été refusée ici-bas dans ses dernières années. Non que la gloire et l'argent

lui eussent manqué, mais parce que la fin de son existence avait été une succession de dégoûts, de désillusions,
d'écœurements.

— Quel rapport y a-t-il entre notre histoire et les
nièces de monsieur Langlet? Si c'est une digression que
vous cherchez, nous vous ramènerons à la question,
comme on fait au Palais pour les avocats.

— Ce n'est pas une digression, c'est le sujet même.
Vous allez le voir.

Langlet était à la fois un mélancolique et un sympathique, épris de la science un peu excentrique, avec quelques ridicules peut-être ; mais ces légers travers ne faisaient de tort qu'à lui-même. Nature droite, élevée, im-
pressionnable à l'excès, noble et généreuse dans la véritable acception du mot.

Il avait un cœur loyal et compatissant ; il était intelligent, observateur, pénétrant et en même temps faible et
naïf comme un enfant. Misanthrope, silencieux par tempérament, il était cependant un aimable compagnon,
facile à amuser, heureux de la joie des autres, mêlant volontiers un sourire discret à leurs exubérances, spirituel
dans ses actes, encore qu'il n'eût pas le mot brillant et la
conversation étincelante, qui font l'esprit argent comptant.

Sa physionomie très fine, très vivante, quand un sentiment intérieur l'animait, prêtait une grande valeur à ce
qu'il disait. Et, lorsqu'il se sentait écouté, il déployait une
originalité incontestable dans ses aperçus. Langlet ne
s'était jamais marié. Avait-il aimé? Je ne le crois pas. Il
avait perdu de bonne heure une sœur qu'il adorait et qui
n'avait pu survivre à la perte de son mari. Elle lui avait
laissé trois petites filles à élever, et il s'était dès lors consacré à elles. Il en fut bien récompensé. Jamais fillettes
meilleures ni plus charmantes n'embellirent un intérieur.

Au moment où se reporte mon histoire, l'aînée, Marguerite, avait onze ans ; brune, enjouée, exubérante de santé, elle était la favorite de son oncle. Non point que Langlet fût capable d'une injustice pour les autres ; mais il avait pour celle-ci une secrète préférence qu'il ne niait pas, du reste. Marguerite l'amusait, lui tenait compagnie, tandis que ses sœurs, Marie et Marthe, trop jeunes (elles n'avaient que huit et neuf ans), couraient ensemble comme deux inséparables qui mesurent le monde à leur petite taille et ne voient rien au delà. Elles se ressemblaient comme deux jumelles, avec cette différence que Marie avait des yeux bleus et des cheveux blonds, et que Marthe, avec les mêmes cheveux légers et cendrés, possédait des yeux bruns, pailletés d'or, qui ajoutaient un cachet d'originalité à son visage spirituel.

Langlet faisait donner à ses nièces une éducation soignée, mais affranchie de tout pédantisme. Il les voulait instruites, non point savantes, et la paresse de Marguerite, qui détestait les livres et les devoirs, le trouvait indulgent, pourvu qu'elle s'occupât à quelque chose, lecture, art d'agrément ou soins du ménage. Une institutrice avait été attachée spécialement à la personne des fillettes, auprès desquelles une vieille bonne, qui avait élevé leur mère, montait une garde incessante. Le plus souvent mon ami assistait aux leçons, les animant, les égayant d'un mot fin, d'une remarque profonde, sous un tour ingénieux, de façon à les graver dans leur mémoire.

Une fois la semaine, il réunissait chez lui ses collègues de l'Institut et se gardait bien d'exiler ses nièces du salon ; ces jours-là, les fillettes se faisaient un peu plus sérieuses, les savants s'appliquaient à être un peu moins graves, tous faisaient bon ménage et personne ne s'ennuyait.

Miss Ketty Hendry, la gouvernante anglaise, raffolait de ses élèves. Elle seule s'en occupait, les promenait, les menait aux différents cours. Maintes fois Langlet, qui était très équitable, avait voulu lui adjoindre une suppléante, afin qu'elle pût prendre quelque repos. Miss Ketty s'obstinait à assumer toute la besogne et à repousser cette proposition, disant qu'on voulait lui donner ses invalides. Vint un moment, cependant, où, malade et fatiguée, elle dut, à son corps défendant, accepter une aide ; à cet instant précis, Langlet collationnait des travaux importants. Ses deux secrétaires ne lui suffisaient plus. Il fut donc convenu que la *nouvelle* que l'on prendrait accompagnerait les fillettes au dehors, et, entre les heures des cours, servirait de copiste, de secrétaire adjoint à Langlet. Parmi les jeunes filles et les jeunes femmes qui lui furent envoyées, il en distingua une qui lui sembla réunir toutes les qualités désirables. Fille d'un magistrat de province, elle ne se trouvait à Paris que depuis quelques semaines et arrivait munie de chaudes recommandations. C'était une grande fille maigre, très pâle, mal mise, embarrassée de sa personne, paraissant avoir souffert. Plutôt jolie, elle avait surtout un regard vif, des dents superbes et des cheveux bruns d'une rare finesse, qui voltigeaient un peu partout. Ses mains, ses pieds étaient petits et bien attachés, sa taille d'une minceur et d'une agilité de clown. Pour un physionomiste, sa bouche trop grande avait des lèvres trop étroites, et son nez, pincé dans la colère, était peut-être trop busqué. Mais, lorsqu'elle avait surmonté sa timidité, on était étonné de sa vivacité, de sa souplesse, de sa façon insinuante d'intéresser à elle et de se faufiler, bon gré, mal gré, dans l'intimité des gens.

Langlet et ses nièces s'en entichèrent tout de suite.

Très bonne musicienne, elle déchiffrait à livre ouvert, chantait d'une voix douce, un peu voilée, et se montrait d'une complaisance inépuisable. Le vieux savant lui donna à copier une étude remplie de ratures sur un sujet abstrait. Elle s'en acquitta avec beaucoup d'intelligence et même avec une certaine intuition de matières qu'elle ignorait pourtant, car elle n'était pas instruite et, chose rare, ne prétendait point l'être ou le paraître. C'était un de ses côtés charmants que cette absence de toute prétention, jointe à un don d'assimilation extraordinaire. Elle pouvait causer de tout sans commettre de bévues, et possédait l'art d'amener les gens sur le terrain où ils désiraient se placer, paraissant s'intéresser à eux, tandis que son esprit était ailleurs; elle poussait les gens aux confidences; les moins expansifs lui contaient, du premier coup, leurs aspirations, leurs chagrins, leurs joies. Et elle, avec un don inouï de persuasion, faisait croire à une sympathie insurmontable, à un entraînement vertigineux vers eux, unique, sans précédent dans son passé; elle avait, suivant le mot pittoresque de Sophie Arnould, des *préférences pour tout le monde.* A chaque instant, elle sentait un nouveau coup de foudre et se montrait assez habile pour paraître toujours foudroyée pour la première fois. Aussi les plus rébarbatifs, les plus prévenus contre elle, ceux même auxquels physiquement elle plaisait le moins, s'y laissaient prendre. Elle égratignait, elle effleurait cent sujets divers, et savait se taire avec une pose pleine d'application convenue, un regard caressant, attendri; elle passait, glissait, filait avec une agilité, une prestesse sans pareille. Ah! la fine mouche, quand elle voulait s'en donner la peine!...

Tout allait pour le mieux dans la plus heureuse des maisons, quand le docteur N... écrivit un beau matin à

Langlet de passer chez lui toute affaire cessante ; N...,
également de l'Institut, était un des meilleurs amis de
Langlet, celui de nous tous en qui il avait la confiance la
plus absolue. Il fallait une raison majeure pour motiver
un appel semblable. Aussi Langlet n'eut-il rien de plus
pressé que de s'y rendre, vaguement inquiet, pressentant
quelque chose de grave.

— Avez-vous toujours mademoiselle Camille chez vous?
lui demanda-t-il à brûle-pourpoint.

— Oui. Pourquoi?

— Il y a qu'il faut vous en séparer.

— M'en séparer?

— Oui, non pas demain; mais aujourd'hui, tout à
l'heure.

— Que s'est-il donc passé?

— Rien, sinon qu'elle est depuis quinze jours chez vous
et que c'est quatorze de trop.

— Mais encore, m'expliquerez-vous?...

— Faut-il vous dire que vous avez près de vos nièces
une créature qui est tout, excepté honnête, ou réellement
intéressante, une folle, une détraquée, une nature dévoyée, échafaudant sans cesse sans but et sans raison les
intrigues les plus compliquées, un être néfaste en un
mot?

Langlet regarda M. N... dans les yeux :

— Vous êtes sûr de ce que vous me dites là? fit-il atterré. Et, devant l'affirmation de ce regard loyal, il s'é-
cria : « Ah! la gueuse! » tout comme M\ue de Varandeuil insulte Germinie quand elle apprend la vérité.

Remarquez que c'est là un sentiment bien humain, qui
résulte de notre égoïsme. Que Germinie ait été ce qu'elle
voulait, tant pis pour elle; mais qu'elle ait réussi à tromper sa maîtresse, à mettre sa clairvoyance en défaut,

c'est ce que celle-ci ne lui pardonne pas. Langlet obéit au même mouvement que Mlle de Varandeuil. Il se promena un instant de long en large, agité, colère, se remémorant certains airs attristés de la jeune fille, certaines inflexions câlines de sa voix, ému, désolé, malgré lui, du mal qu'il allait lui faire. Puis il prit congé de N..., et, aussitôt rentré chez lui, il fit appeler la nouvelle institutrice. Elle arriva, sautillante et gaie comme toujours, une lueur spirituelle dans ses yeux gris.

— Mon enfant, lui dit-il sans périphrase, je ne puis vous garder chez moi. Dispensez-moi de vous dire pourquoi, mais apprêtez-vous à me quitter immédiatement.

— Bien, monsieur, fit Camille, devenue d'une pâleur de cire, les paupières battantes comme si elle défaillait.

Sans voir les deux mains que lui tendait Langlet, elle s'inclina et sortit en chancelant

Le soir, au dîner, où elle ne parut pas, ce fut, parmi les petites nièces, un concert de désolation ! « La mère de Camille la réclame, leur dit Langlet, elle part. »

— Quel malheur, fit Marthe, pour elle et pour nous ! Elle aime tant sa mère, puis elle est si gaie, si drôle ! Elle va nous laisser un grand vide. Mais elle reviendra, n'est-ce pas ?

— Peut-être...

Le lendemain matin, à huit heures, tandis que les petites filles prenaient leur leçon d'allemand, Camille descendit chez M Langlet qui désirait lui dire adieu et lui remettre lui-même ses modestes appointements. Quand elle s'encadra dans la porte, toute mince, redevenue pauvre, avec sa robe étriquée, sa figure résignée, sa pâleur maladive, un sentiment douloureux bouleversa le cœur du vieillard. Il la fit entrer, la regarda longuement, cherchant à démêler quelle âme se cachait sous cette enveloppe énigmatique.

— Adieu, monsieur ; je vous remercie de vos bontés, murmura-t-elle.

— Pauvre enfant ! soupira Langlet. Où allez-vous ?

Camille esquissa un geste lassé. Au fait, où allait-elle ? Avait-elle seulement un but ? Dans sa poche dansaient les cent francs reçus. Sa malle, une malle de province, longue et plate, contenait toute sa garde-robe ; peu de linge, deux costumes, un blanc trop habillé, un noir trop démodé ; quelques livres ; ça ne pesait pas lourd. Elle prendrait une chambre dans un quartier pauvre, et, courageusement, car elle était courageuse, elle chercherait à utiliser ce qu'elle savait ou plutôt ce que le hasard la mettrait à même de s'assimiler.

Elle ne dit point tout cela, mais dans son regard devenu noir, dans le frisson qui courut sur ses lèvres, dans les larmes qui s'échappaient de ses yeux, malgré elle, Langlet entrevit toute une sombre histoire. Fantasque, romanesque, facile à l'emballement, il se laissa entraîner. Il vit, en imagination, par les larges fenêtres de son bureau, une forme grêle se dessiner sur la neige tombant à flocons ce jour-là, et il frissonna.

Il sentit que, découragée, déçue, humiliée, repoussée peut-être de partout, le froid et la faim guettaient la malheureuse qui, inconsciemment, tendait les mains vers le feu pétillant dans la cheminée.

Que se passa-t-il à ce moment dans le cœur de ce vieillard enthousiaste, naïf, excentrique, compatissant, et dans la cervelle de cette fille dévoyée, qui sentait instinctivement que son renvoi immédiat était une dure mais impérieuse nécessité pour ce père de famille ? Que fut le regard de cette créature blessée au cœur, humiliée, tombant tout d'un coup des rêves qu'elle faisait depuis quinze jours, regard de chien qu'on égorge et qui ne se défend pas ? Je ne sais ; ce qu'il y a de certain, c'est que, durant les vingt secondes, moins peut-être, qui séparaient Camille du vestibule, c'est-à-dire du fiacre que l'on venait d'annoncer et que l'on apercevait au bas du perron, une résolution soudaine, irrésistible, un attendrissement inexplicable s'était emparé de Langlet, et qu'au moment où elle ouvrait la portière pour entrer dans le véhicule, y voyant à peine, le regard atone, refoulant ses larmes, l'on entendit la voix de Langlet, grave et tremblante à la fois, dire : « Renvoyez la voiture, mon enfant ; nous reparlerons ensemble demain. Nous arrangerons l'avenir, votre avenir. » Et le vieillard lui tendait les mains pour l'aider à descendre. Et les sanglots, si longtemps refoulés, qui étouffaient la jeune fille, éclatèrent. Tout échange de paroles était impossible en ce moment ; on sonna un domestique pour remonter le petit bagage dans sa chambre. Cet incident incompréhensible pour tous fut bientôt l'événement de la maison. Marguerite et Marthe babillaient, se félicitant que Mademoiselle eût reçu une dépêche rassurante lui permettant de rester. Elles sautaient, battaient des mains, et venaient réclamer un jour de congé.

— Tout doux, mes mignonnes, mademoiselle Camille nous reste, c'est vrai, mais je la destine à mes travaux personnels. Elle remplacera Maurice, mon secrétaire, et travaillera dans un cabinet à part où vous me ferez le plaisir de ne pas aller la déranger ; j'ai étudié ses dispositions et je la trouve beaucoup plus apte au service de mes bureaux qu'à la direction de petites filles comme vous.

Les nièces de Langlet étaient trop jeunes pour que ces tergiversations attirassent leur attention. Elles acceptèrent la situation nouvelle faite à « Mademoiselle », et, sans plus tarder, se prirent de passion pour celle qui la remplaça auprès d'elles.

Quant à Camille, quatre ou cinq mois durant, elle fut, ou plutôt elle sembla être parfaite, se résignant à son travail quotidien, quelque dur qu'il fût pour elle, aimant à se promener, flâneuse et oisive au fond, avec des apparences d'activité.

Langlet, adorablement bon, était le fléau des paresseux. Très ordonné, très méthodique, très débrouillard, levé avec l'aurore, le travail était son élément. Il accomplissait en se jouant des besognes énormes ; il peinait constamment, sans trêve ni relâche, sans dimanche, comme dit le peuple, et il voulait que tout le monde autour de lui, serviteurs, employés, secrétaires, fissent de même. Il leur donnait juste le temps de manger, les englobant, s'emparant peu à peu de tous leurs instants, voire même de leurs soirées. Au bout de quinze jours, Camille avait des névralgies. Elle n'en dit rien cependant, et astreignit sa nature primesautière à une besogne taillée d'avance, émerveillée de la mansuétude de Langlet devant ses inepties, les jours où elle n'était pas en train.

Jamais il ne grondait. Doucement il corrigeait, remettait le mot mal lu ou impropre, d'une écriture nette, et donnait à recopier, sachant bien que la leçon servirait à chacun. Il ne se trompait pas pour Camille ; fort intelligente, nous l'avons dit, se rendant très bien compte de ce qui lui manquait, elle s'appliquait à l'acquérir. Elle ressentait, du reste, une affection réelle, profonde, pour son bienfaiteur ; elle l'aimait de toute son âme, reportant sur lui la tendresse dont elle n'avait pas trouvé le placement. Et c'est ici que commence le contraste invraisemblable dont cette nature, énigmatique entre toutes, devait nous donner le spectacle lamentable, écœurant et passionnant à la fois, durant plusieurs années. C'est alors que son œuvre mauvaise et inconsciente commença, pour se continuer jusqu'à la mort de son maître.

Cette affection indéniable, Camille allait, par pure absence de sens moral, la démentir de toutes les façons, par tous ses actes, par toutes ses paroles, malgré elle, parce qu'elle était née perfide et malfaisante, de même qu'il est des fleurs qui naissent empoisonnées. Leur feuillage étincelle, leur parfum attire. Malheur pourtant à qui les cueille. Camille était une de ces fleurs maudites. Etait-ce sa faute ? Oui et non. Si elle eût eu une tout à fait bonne nature, il est évident qu'au moment où elle entrait chez Langlet, elle eût compris que la Providence lui jetait une perche inespérée et elle s'y fût cramponnée. Traitée en demoiselle pour la première fois de sa vie, saluée par ceux qui, la veille, de par la force des choses, ne l'eussent abordée que le chapeau sur la tête, elle eût pu apprendre, en même temps que le respect de soi-même, la valeur de l'argent, qu'elle ignorait; elle eût pu commencer une vie nouvelle, oublier le passé, si elle avait eu un passé, le faire oublier surtout à ceux qui souffraient d'avoir à s'en souvenir.

Son mauvais génie ne voulut pas qu'elle le comprît ainsi et qu'elle se sauvât ; le malheur voulut qu'elle apportât, au contraire, le désordre, le trouble, la ruine et la désorganisation dans la famille qui l'avait recueillie. Son raisonnement était inepte dans sa simplicité : « J'étais née pour être honnête, le sort ne l'a pas voulu ; il est trop tard pour que je recommence une vie si mal commencée. »

Son histoire, au surplus, était bien simple et pouvait tenir en quinze lignes, douloureuses dans leur banalité.

Elle appartenait à une famille honorable, distinguée même ; son père, ex-magistrat estimé de ses chefs, avait

vu sa carrière brisée, à la fleur de l'âge, par les fluctua-
tions de la politique ; sa femme était devenue idiote à la
suite d'une fièvre typhoïde ; ses cinq enfants s'étaient
élevés, Dieu sait comme, à la diable, dans un intérieur
déséquilibré, sans dignité, sans surveillance, toujours
aux prises avec les besoins d'argent incessants : le père
ruminait des réussites et des martingales destinées à le
faire gagner à la loterie, dans les loisirs que lui laissait
l'insanité d'esprit de sa femme ; celle-ci, occupée de niai-
series, ne songeait qu'à faire des dettes pour des objets
inutiles, qui augmentaient encore la gêne du pauvre ménage.

Les fils s'en étaient tirés : l'un était secrétaire général
de préfecture, l'autre caissier chez un agent de change.
Les trois filles avaient toutes trois assez piètrement
tourné ; déplorablement élevées, c'était à prévoir. Camille avait commencé la première, donnant l'exemple ;
mais elle avait, elle, toujours un semblant d'excuse à ses
erreurs. La première fois qu'elle s'oublia — commit une
imprudence, — qui l'eût arrêtée, la malheureuse ? — ce
fut pour donner un manchon à sa mère, manchon dont la
pauvre idiote avait une folle envie ; il y avait toujours
une raison, abracadabrante sans doute, mais atténuante,
dans ses légèretés, qui faisait qu'on ne pouvait juger ses
actes comme le fait en lui-même le voulait. Toute mauvaise action partait souvent, chez elle, de l'impuissance
ou de l'obsession d'un devoir de tendresse imbécile qu'elle
se forgeait. Son absence de sens moral était inimaginable ;
elle n'avait l'idée ni du bien ni du mal, ni du permis ni
du défendu ; elle n'avait nulle conscience de ses actes ;
elle sentait bien qu'elle était suspectée, méprisée, même
par ceux auxquels elle plaisait ; que ceux-là qui étaient le
plus indulgents pour elle la jugeaient une folle, une désé-

quilibrée, avec cette seule excuse qu'ils la considéraient
comme irresponsable : elle se rendait compte de cette
impression, mais elle ne réagissait pas. Souple, douce-
reuse, câline, prévenante, curieuse, astucieuse et perfide
surtout, aimant l'intrigue avec passion, n'étant retenue
ni arrêtée par rien, s'inclinant devant une observation
sévère, l'air marri, pour recommencer cinq minutes après,
sournoisement, oubliant ses résolutions et ses promesses,
elle fut, pour notre pauvre ami, un véritable fléau.
Effrontée, impudente, sans aucun sentiment de l'humilité
de sa situation, se mettant sans cesse en parallèle avec
celle-ci ou celui-là, sans se rendre compte que sa condition était différente, manquant de tact, ayant des habitudes et des goûts de portière et de fille à la fois, tout en
n'étant jamais vulgaire, chose curieuse, hardie à un degré invraisemblable, et avec tout cela sans orgueil et
sans fierté, sans rancune non plus, par exemple, il fallait
être fou à lier pour s'y intéresser, lui porter une ombre
d'affection.

Un an ne s'était pas écoulé qu'elle avait fait de la maison de Langlet un véritable enfer, avec ses mensonges,
ses cachotteries, ses duplicités. Elle ne pouvait vivre
qu'au milieu de situations tendues ou équivoques : elle
avait fait de sa vie une suite d'intrigues inextricables
dans lesquelles elle circulait, souple, coquette et mutine,
comme un clown dans ses cerceaux.

Elle avait brouillé Langlet avec les trois quarts de nous;
lui si entouré jadis, il était alors presque isolé; les uns
étaient partis, blessés par une semonce ou une algarade,
fondée ou non, de notre ami; les autres, Langlet les
avait mis à la porte sans pitié, après avoir découvert
qu'ils étaient en correspondance ou en intrigue réglée
avec la jeune institutrice. Obligé de choisir entre deux

solutions : la congédier, elle, sur l'heure, ou se priver de
ses amis, après une courte hésitation, un colloque avec
lui-même, il avait opté pour ce dernier parti. Et cependant que de presque innocents, condamnés sans appel
par notre irascible ami ! Combien de fautes, qui eussent
mérité des circonstances atténuantes, furent punies im-
placablement par Langlet ! Elle arrivait ainsi à tuer ses
plus vieux camarades dans son cœur ulcéré. Camille
était, je vous l'ai dit, la plus dangereuse créature qui fût
au monde; il fallait, c'était plus fort qu'elle, qu'elle nouât
un commerce quelconque avec les hommes qu'elle voyait
ou qui venaient chez Langlet ; il fallait qu'aucun n'y
échappât ; elle y mettait une sorte d'amour-propre ; les
rares qui demeurèrent inexpugnables, de par leur âge,
leur austérité reconnue, leur éloignement des femmes, le
surmenage de leurs occupations, furent en petit nombre.
Insinuante, ne se rebutant jamais, écrivant dix lettres
sans obtenir de réponse et sans se décourager pour cela,
sa persévérance et sa ténacité étaient telles que, trois
fois sur cinq, elle arrivait à ses fins, et alors c'en était fini
de tout repos, de toute tranquillité pour Langlet et pour
le malheureux qui s'était laissé circonvenir sans en avoir
eu, la plupart du temps, la moindre envie, « au contraire », disait en plaisantant le docteur Rock, un de
ceux qui avaient capitulé, une seule fois, assurait-il, devant le siège. Son grand moyen de séduction, c'étaient
les lettres ; elle écrivait incorrectement, mais drôlement,
gaiement ; elle déclarait timidement, d'une façon originale et spirituelle, à tous, qu'elle les adorait, les comprenait, les devinait, se jetterait dans le feu pour eux ; les
phrases les plus délirantes s'enfilaient, à l'adresse de
vieillards usés, fanés, ridés, aux crânes lustrés ou dénu-
dés, à cheveux blancs, flattés au bout du compte de s'en-

tendre appeler mon cher Louis, mon cher Abel, mon cher Jacques, etc., etc..., par une fille qui n'était pas la première venue, en somme, était presque jolie et avait cinquante ans de moins qu'eux; leur âge respectif, leur situation, leur interdisaient entre eux les intimes confidences, bien qu'ils fussent tous plus ou moins liés ensemble, de sorte que chacun se croyait le seul, le préféré, l'objet exclusif d'un amour fougueux, intempestif, mais flatteur; ils s'en étonnaient bien un peu, mais l'homme est naturellement si enclin à la flatterie outrée !

Au bout de plus ou moins de temps, Langlet s'apercevait du manège, faisait froide mine à ceux de ses collègues qui avaient succombé, mais ne manifestait rien, puisque la fine mouche avait toujours une bonne histoire à lui raconter pour expliquer ce qui était arrivé. Il fallait qu'il fît semblant de tout ignorer, puisqu'il ne se sentait pas le courage de la renvoyer, et il eût fallu le faire sur-le-champ. Quelques heures d'attente la rendaient maîtresse du terrain ; elle était si enveloppante, elle avait tant d'échappatoires imprévues !

Avec les hommes plus jeunes, la diplomatie de cette *doña Juana* bourgeoise était différente et pas beaucoup plus compliquée. Elle n'avait pas de moyens bien variés, mais ils réussissaient quand même. Un de nos amis arrivait-il un jour avec un visage triste, renfrogné, des mouvements brusques trahissant la mauvaise humeur ou une émotion intérieure, elle était vite au courant par Langlet, à dîner, le soir, de quoi il retournait : pièce refusée au théâtre, article renvoyé, prix désiré, mérité, non obtenu, divergences avec un chef, discussion avec sa femme. Alors, aussitôt qu'il arrivait, elle le suivait d'un regard attendri, profondément intéressé, ne disait rien, ne parlait pas, tout le monde étant là ; mais elle ne

quittait pas des yeux sa future victime, et au moment où
elle se levait pour sortir, avec son agilité de singe, elle
était dans l'antichambre avant lui, lui passait prestement
son paletot, le prenant des bras du domestique, serrait
furtivement la main du malheureux, — son objectif pour
le quart d'heure, — lui murmurait à l'oreille : « Pauvre
monsieur, que je vous plains, que je suis donc avec vous,
que je vous comprends ! Vous n'avez pas besoin de me
parler, je vous devine. » La plupart du temps, l'attaqué
succombait aux premières tentatives. C'étaient les con-
quêtes faciles. Mais parfois, le bonhomme visé, occupé
ailleurs, peu désireux de se mettre mal avec Langlet, qui
était un protecteur en somme et un ami, laissait tomber
la déclaration muette et brûlante échappée à la pauvre fille.
C'était ce qu'elle appelait ses récalcitrants. Ils ne retour-
naient pas de huit jours chez Langlet. Alors, voyant que
c'était une place à assiéger, elle ne quittait pas la partie
pour cela. Une lettre tendre, sentimentale, provocante,
réservée, enguirlandée, suivant le caractère de celui dont
elle voulait s'emparer, était suivie de deux, de trois, de
quatre, de quinze autres. Il était rare qu'elle en fût pour
ses frais. Il y en eut cependant quelques-uns, soit que
leur nature ne les y portât pas, soit qu'ils eussent horreur
de l'intrigue, soit qu'ils fussent absolument attachés à
leur femme ou à leur intérieur, qui furent presque
grossiers dans leur silence ou plutôt leur refus de comprendre, rendant les lettres cachetées, et disant nette-
ment et sans circonlocutions qu'ils ne voulaient chanter
ni duos, ni ariettes. Mais ce fut l'exception : la plupart
tombèrent dans le panneau et acceptèrent une distraction
qui s'offrait sans charges et sans dangers, croyaient-ils.
Alors des correspondances s'engageaient à perte de vue,
des intrigues s'enchevêtraient.

Toute surveillée qu'elle fût, elle trouvait moyen d'être en contact, en rapports incessants avec l'objet de sa recherche du moment ; ce qu'elle déploya de ruse dans toutes ces banales intrigues, dans toutes ces correspondances sempiternelles, est incroyable. Elle fit montre presque de génie en ses manèges compliqués. Elle avait toute une série de refrains qu'elle variait suivant les besoins de la cause.

A l'un, elle disait : « Ah ! si je vous avais rencontré sur mon chemin avant d'être ce que je suis devenue ; si une profonde affection, telle que celle que j'éprouve, telle que vous devez l'inspirer, avait envahi mon cœur, j'aurais été tout autre ; il m'eût été si doux de trouver un maître, d'être une esclave soumise, une élève docile ! Avec vous j'aurais été quelque chose, je le sens ; depuis que je vous aime, je me sens meilleure, plus courageuse ; je veux apprendre, je veux me corriger, » etc..., etc...

A un autre : « Ah ! si j'avais le bonheur d'être à la place de votre femme ! l'heureuse créature ! comme je vous adorerais, comme je vous choierais, comme je ne vous contrarierais jamais en rien ! Ah ! c'est que, moi, je devine, je pressens vos chagrins, vos luttes, vos souffrances, tout ce que vous ne dites pas, je l'entrevois ; lorsque vous avez parlé, il me semble que c'est un écho que j'entends. Vous êtes noble, vous êtes grand, vous êtes généreux, vous avez passé par de rudes épreuves ; je vous aime. Jamais vous n'avez été ni mieux ni plus tendrement aimé que par moi ; mon affection vous fait tous les sacrifices. Je vous ai placé bien haut dans mon esprit et dans mon cœur, allez ; depuis que je vous connais, je vous apprécie chaque jour davantage, je vis pour vous seul. Ne me répondez pas par une froideur dont j'ai peur, moi qui ai mis tous mes œufs dans le même panier, » etc...

A un fiancé : « Je voudrais être celle qui, dans un mois, s'appellera de votre nom aimé, qui demain sera glorieux ; mais de pareils bonheurs me sont refusés. Il me faut les regarder de loin, pauvre paria, repoussée de partout, méconnue, délaissée. Ah ! pour un baiser de vous, de toi, j'aurais donné ma part de bonheur en ce monde et dans l'autre. Mais songer à un tel bonheur, c'est impossible ; je veux seulement que vous sachiez bien, quand une grande joie ou une grande tristesse vous frappera, que vous n'êtes pas seul et que mon cœur en prendra sa part, » etc...

A un veuf, pleurant son bonheur disparu — (elle était toujours au courant de tout) : — « Ce sera demain l'anniversaire de la mort de celle que vous avez tant aimée, et je ne puis m'empêcher de songer à elle. Elle était jeune, elle était pure, elle était douce ; vous la chérissiez, elle vous adorait. Une femme peut-elle faire autrement quand il s'agit de vous ? Vous irez demain sans doute au cimetière ; portez-lui ce modeste bouquet pour moi, hommage silencieux et discret de votre humble amie... »

A un autre ne voulant absolument rien entendre ni répondre à un regard ému par une innocente pression de main ou une attention banale, féconde en périls, les pressentant par intuition et se tenant sur la défensive : « Eh bien ! oui, j'oublierai que je vous aimais passionnément, comme jamais homme ne fut aimé, en des temps plus fertiles que ceux-ci en illusions ; rien de vous ne me demeurera indifférent, puisque, malgré mes efforts pour vous plaire, ma soumission pour vous prouver mon affection, je ne réussis qu'à récolter votre mépris ! Pauvre moi ! » etc., etc.

Je pourrais vous multiplier ces exemples, mais je n'en finirais pas ; j'ai voulu simplement vous donner une idée de ce qu'elle était et vous faire saisir son caractère. Elle écrivait par centaines toutes ces lettres, véritable Pénélope, recommençant, sans se lasser jamais, une nouvelle intrigue chaque fois que la trame de la précédente était rompue ou devait se rompre ; la bonne moitié des amis de Langlet y avait passé. Elle consacrait de longues heures du jour et même de la nuit à ce commerce épistolaire. Elle écrivait encore, mais plus rarement, à sa famille. Ces lettres étaient des prodiges de vanité bouffonne, de mensonges hystériques et enfantins ; elle buvait du lait à sa propre santé et finissait par croire, qui sait ? à ce qu'elle avançait.

Un exemple entre mille, tiré d'une lettre à ses parents : — « Je ne sais vraiment où j'en suis, je suis débordée ; tout repose sur moi chez M. Langlet ; il me consulte sur tout, et non seulement lui, mais ses amis et collègues. Je suis devenue une vraie puissance dans ma petite robe blanche fanée. Je suis toute confuse d'avoir à le reconnaître, mais je décide des élections de l'Académie. C'est moi qui ai vraiment fait pencher la balance pour M. X..., le mois dernier. Je n'ai pas une minute à moi ; tous ces messieurs m'envoient leurs livres avant tout le monde, même avant Monsieur, me demandant mon avis ; ils me font des dédicaces. Je fais vraiment la pluie et le beau temps chez mon maître. Je me suis créé là une situation bien enviable. L'autre jour, le grand-duc de Hesse et S. M. l'Empereur du Brésil, tous deux des savants, sont venus voir Monsieur, et ils n'ont pas voulu s'en aller sans m'avoir présenté leurs hommages. L'Empereur m'a donné son portrait que je vous montrerai quand j'irai vous voir. Ah ! la vie que je mène est bien

fatigante, mais bien flatteuse aussi ; si vous me voyiez
dans mon bureau, tout près de celui de Monsieur, cherchant la fin d'une page commencée, » etc... Un peu plus,
elle aurait dit que c'était elle qui avait fait ou terminé la
fameuse étude de Langlet sur Copernic et Galilée.

Il y avait un peu de vrai et beaucoup d'imagination
dans tout cela ; la plupart des livres offerts étaient achetés
en secret chez le libraire, sur ses modestes appointements, à l'exception de deux ou trois demandés, sollicités,
arrachés ; les dédicaces n'existaient que dans son imagination ; quant à sa présentation au grand-duc et à
l'Empereur, elle se bornait simplement à ceci : une
inclinaison de tête, quelques paroles banales si on la
rencontrait par hasard dans le bureau de Langlet. C'en
était assez, pour elle, pour établir tout un roman. Je
vous entends d'ici me dire : « Mais elle était sotte, votre
Camille. » — Non pas, elle était née *historienne* comme
on naît rôtisseur. Il lui était impossible, matériellement
impossible, de dire une chose exactement telle qu'elle
s'était passée. Notre ami Charcot, ici présent, nous a
prouvé surabondamment que toutes les hystériques
mentent forcément et alors imperturbablement.

Elle employait les domestiques à porter des dépêches
et des lettres, à chercher ensuite des réponses, les déran-
geant de leurs occupations et les obligeant au mensonge,
désorganisant toute la maison. Rien ne la retenait ni ne
l'arrêtait. Elle causait agréablement, trop cependant
pour le poste qu'elle occupait, où la plus absolue imper-
sonnalité est de rigueur ; mais Langlet, n'étant pas marié,
pouvait avoir des tolérances qui n'eussent pas été possibles avec une maîtresse de maison. Il trouvait bien
qu'elle dépassait parfois la mesure, mais il était impuis-
sant à l'arrêter. Il eût pu saisir les correspondances qui

s'échangeaient, exiger les lettres reçues ; mais ces petits moyens lui répugnaient : il préférait rompre ouvertement avec ses amis.

Cependant le temps marchait, Langlet ne pouvait plus se faire illusion ; il se mit à étudier Camille comme une malade, et il comprit que quelque chose qu'elle ne voulait pas dire, dont elle n'avait pas peut-être conscience elle-même, la tourmentait. Bien certainement cette fièvre de la vie de désordre, de misère, d'affronts et d'appétits satisfaits à la fois, qu'elle haïssait quand elle la menait, mais dont elle avait la nostalgie, lui brûlait de nouveau le sang. L'envie de la *vadrouille* la reprenait : elle aurait voulu courir, s'envoler comme autrefois dans cette exis-tence décousue et débraillée qui la grisait. Un bruit, un semblant d'émeute dans la rue la faisait tressauter ; elle éprouvait l'irrésistible besoin d'aller se mêler aux voyous, d'échanger avec eux des gros mots et des horions. Parfois elle s'arrêtait chez le concierge ou allait à la cuisine, tirer ou se faire tirer les cartes. Populacière, sans déli-catesse de peau, elle eût aimé, — Langlet le sentait, — être à la place de ces filles qu'elle apercevait le soir des-cendant le *Boul' Mich* au bras d'un amoureux, rencontré au hasard. Pareille à ces têtards qui vivent dans l'ordure des ruisseaux et qui meurent dès qu'on les en tire, elle se sentait mal à l'aise jusque dans ses contentements (expliquez ce contraste) ; elle se sentait dépérir au sein du milieu intelligent, mais sévère en somme, où le hasard, un hasard qu'elle bénissait dans ses instants lucides, l'avait jetée. Cependant Langlet comprenait qu'il fallait prendre une résolution énergique ; ses nièces grandis-saient ; c'était une obligation impérieuse, un devoir d'honneur de se séparer de Camille. Le voisinage de cette détraquée allait devenir un danger réel ; il la renverrait

avec une petite pension, c'était entendu, décidé. Mais
toujours un hasard imprévu, un incident quelconque sur-
venait, empêchant et ajournant cette mesure sanitaire,
au moment où, la larme à l'œil, elle faisait ses paquets.

Une fois pourtant cela parut bien fini. Le départ était
fixé au soir même, et rien ne paraissait pouvoir le re-
tarder encore.

Un accident, qu'elle empêcha de devenir terrible, survint
à la dernière heure !

La seconde des petites nièces de Langlet, douce et
timide enfant, avait une peur insurmontable des chiens ;
toute petite elle avait été mordue par un épagneul et ne
l'avait jamais oublié. Aussi, lorsqu'elle sortait avec sa
gouvernante, évitait-elle tous ceux qui pouvaient se
trouver sur son passage. C'était une véritable infirmité
que Tonton raillait tout en y compatissant.

Or, ce jour-là, malgré la défense de notre ami, Camille
conduisait la petite Marthe jouer avec une de ses com-
pagnes, dans l'avenue du bois de Boulogne. Au moment
où la fillette pénétrait dans le jardin de la maison, un
énorme molosse, l'œil sanglant, la gueule baveuse, rompit
sa chaîne et se jeta sur elle. Elle jeta un cri étouffé, et
avant même que le chien l'eût frôlée, elle tomba inerte à
terre. L'avenue était presque déserte. Sans hésiter, Camille
se précipita sur la bête furieuse, la saisit par le cou, et,
par un effort inouï de volonté, la maintint ainsi, à demi
étranglée, jusqu'à l'arrivée des domestiques.

Le soir, Marthe, remise de sa peur, riait avec ses sœurs ;
mais elle garda une profonde reconnaissance à Camille,
qui fut malade quinze jours de cette aventure ; elle avait
cru le chien enragé et avouait simplement avoir fait, en
lui sautant à la gorge, le sacrifice de sa vie.

Qu'était donc cette fille qui adorait son maître et cepen-

dant le ruinait et le compromettait, lui nuisait à tout
instant, en toutes choses, voulait le servir et minait sa
maison, le privait de ses amis, introduisait chez lui le désordre, la confusion, le gâchis, la gêne, même, le séparait
de ses plus vieux serviteurs, l'isolait de ceux qu'il avait
aimés jusque-là, et, chose affreuse, allait presque faire
douter, par sa seule présence tolérée, de l'honorabilité de
son intérieur et de la pureté des anges qui y rayonnaient ?
Nul ne l'a su, nul ne le saura jamais.

Pour combler la mesure, elle était devenue emportée,
insolente et répondeuse. Langlet, homme poli et bien
élevé entre tous, souffrait cruellement de ses manques
continuels de tact et de tenue. Il en souffrit d'autant plus
que, pour réprimer les oublis inconcevables, l'absence de
pudeur et les grossièretés de Camille, poussé à bout, il
dut deux ou trois fois la remettre durement, presque
brutalement, à sa place. Ces observations, faites sous une
forme courtoise et brève, sans colère, sans éclat de voix,
cinglèrent l'amour-propre de la jeune fille et la rendirent
malade de chagrin. Elle eut, à la suite, des accès de désespoir qui affligèrent le brave homme, lui prouvant combien il tenait, malgré lui, sans s'en rendre compte, tout
en s'en défendant, à cette créature énigmatique. Sans
fiel et sans rancune, par exemple, elle revenait comme
un chien battu, soumise, repentante, absolument comme
Germinie auprès de Mᴵˡᵉ de Varandeuil. Attendrie, inquiète de son moindre malaise, elle le dorlotait, lui préparait sa tisane, veillait à ce qu'elle eût le degré de chaleur
convenant à sa santé délicate ; elle eût sauté à la figure
de quiconque eût prononcé un mot contre Monsieur.

Savait-elle, se rendait-elle compte qu'elle lui faisait un
mal irréparable, soit par sa conduite que nul n'imaginait
qu'il pût ignorer et qu'il semblait tolérer, soit par ses

propres plaintes, dans ses fréquents accès de dépit ou de colère ?

La situation était trop tendue pour qu'un changement ne fût pas absolument imposé pour la dignité et le décorum de tous. Langlet décida une seconde fois que ses nièces et lui iraient passer trois mois à la campagne ; Camille prendrait un congé pendant ce temps-là. Elle irait voir sa mère et ses sœurs. Ce n'était pas sans un déchirement de cœur, qu'il ne pouvait maîtriser, que notre ami s'était résolu enfin à cet acte d'énergie qui devait éloigner Camille sans retour. Il avait pris l'habitude de cette fille néfaste mais si drôle, dont la gaieté éternelle était toujours si imprévue et si communicative, dont l'inconscience et l'irresponsabilité morale étaient si évidentes qu'il était impossible de lui en vouloir longtemps, quoi qu'elle eût fait, quoi qu'elle eût osé ! Comme Gabrielle Bompard, avec laquelle elle a presque autant de traits de ressemblance qu'avec Germinie Lacerteux, elle ne se rendait aucun compte de ses actes, bons ou mauvais. Cependant il fallait agir et se presser, car sa vie était devenue un tissu d'aberrations de toutes sortes. Langlet avait à ce moment renoncé à la corriger, il se bornait à la contenir autant qu'il le pouvait ; il étudiait sans cesse les progrès de la maladie, comme les professeurs de l'Ecole de Nancy étudient leurs sujets ; n'espérant plus la sauver, il tâchait de la museler, de la rendre moins nuisible. L'idée de la marier lui revint plus tenace encore. « Vous aurez des enfants, lui disait-il. Alors votre folie de donner trouvera une application toute naturelle. Vous vous sacrifierez à ces petits êtres, issus de vous ; vous sentirez qu'il leur faut, dès l'enfance, une sainte direction. Je vous aiderai à les élever, me souvenant que vous avez sacrifié pour moi et les miens les plus belles années de votre jeunesse. »

Camille ne répondait pas, mais il était rare que la journée s'achevât sans quelque incartade, sans quelque scène inconvenante avec l'un ou avec l'autre ; tout à coup elle paraissait prise d'un accès de folie subit, et sans motif, dans une seconde de colère, elle anéantissait des mois de réserve. Elle contrariait Langlet, le choquait en tout et pour tout. Elle avait la manie de se mêler de tout, de vouloir tout faire, de se rendre indispensable. Elle voulut, un beau jour, se charger de sa bibliothèque. « Vos livres sont en désordre. Laissez-moi faire : vous verrez. »

En effet, pendant un mois ce fut merveilleux ; on eût dit vraiment qu'elle était née bibliothécaire. Jamais un ordre pareil n'avait régné dans l'immense salle. Un nouveau classement, très ingénieux, assurait les recherches. On mettait aussitôt la main sur le volume demandé. Langlet ne tarissait pas d'éloges : il amenait tous ses collègues dans son sanctuaire transformé. Au bout de six semaines, tout était bouleversé ; les livres les plus précieux traînaient dans tous les coins de la maison ; elle en emportait dans sa chambre, à la promenade, les perdait, les remplaçait si elle était en mesure de le faire, ou bien n'en parlait pas, si sa bourse était à sec. Malgré la défense de Langlet, derrière lui, en cachette, elle prêtait ses livres : naturellement ils ne revenaient plus. Je ne vous étonnerai pas en vous disant qu'au bout de quatre ans Langlet n'avait plus de bibliothèque ; tout était incomplet, disloqué, taché d'encre, car on reconnaissait son passage au salon, dans la salle à manger, dans la lingerie, sur les draps, sur les tables, aux encriers renversés partout. Son désordre, son absence de soin, son insouciance de ce qui appartenait aux autres n'étaient égalés que par l'indifférence de tout ce qui lui appartenait à elle-même.

Quand la perte d'un volume confié à sa garde représentait une valeur par trop considérable, elle était marrie et mettait une annonce dans les journaux, promettant de fortes récompenses à qui rapporterait l'objet. C'est ainsi que, la plupart du temps, Langlet apprenait la nouvelle perte qu'il venait de faire, en parcourant ses gazettes le matin ; elle perdait ou égarait les papiers confiés à sa garde, soutenant imperturbablement qu'elle ne les avait jamais vus, qu'on ne les lui avait pas donnés.

Il en fut de même pour toutes les armoires, pour la cave, dont elle avait voulu encore se charger, comme de la bibliothèque. Il fallait refaire les clefs six fois par an, car elle ne voulait les remettre à personne et elle les égarait toujours. En un mot, la perturbation était telle chez Langlet qu'il eût été impossible à la maîtresse de maison la plus entendue, à l'économe de collège le plus débrouillard, de remettre de l'ordre, même en renvoyant Camille ; tout devait rester gâchis et confusion jusqu'à la fin.

— Mais c'était tout bonnement un monstre que votre Camille, interrompit la comtesse, qui, jusqu'ici, avait écouté ce récit sans l'interrompre.

— Un monstre ? Certes oui, madame ; et cependant non, mes paroles ont trahi la vérité et surtout mes intentions, si c'est ainsi que je vous l'ai dépeinte. C'était une hystérique : tout est là. De récents procès nous l'ont prouvé. C'était une malade, un être incomplet dont la caractéristique est l'arrêt du développement intellectuel ; de même que Germinie, que Gabrielle Fenayrou, que Gabrielle Bompard, cette malheureuse qu'on a jugée responsable, quoiqu'elle ne pût l'être, Camille appartenait à la catégorie des grandes névrosées. La science et l'expérience sont d'accord pour reconnaître l'irresponsabilité de ces femmes. Hier c'était notre ami Voisin qui le pro-

clamait au nom de toute la médecine psychologique ;
tout à l'heure, c'était Mme Crawford qui en parlait avec sa
sûreté d'intuition pénétrante. Dans vingt ans, dix ans
peut-être, on regardera comme criminels les juges ou les
jurés qui ont condamné ces innocentes. Elles ne font pas
le mal pour le mal. Elles suivent leur nature, leur instinct,
fatalement.

— Vous avouerez que c'est une étrange simplification
de la justice. Si l'on supprime la responsabilité morale, il
n'y a plus guère de mérite à être vertueux, et sainte Thé-
rèse n'est plus qu'une Gabrielle Bompard qui a bien
tourné...

— Précisément. Je n'aurais pas si bien dit. Gardons-
nous de nous perdre dans les obscurités théologiques du
libre arbitre. Je ne suis pas Fénelon et j'espère, madame,
que vous n'avez aucun goût pour jouer les Mme Guyon.
Mais gardons-nous de croire que la liberté morale soit
aussi simple qu'on a bien voulu nous le faire croire. Le
vieux Tourgueneff disait bien souvent que « l'âme d'autrui est une forêt profonde ». C'est un des mots les plus
poncifs de ce grand observateur. A force de lire au fond
des âmes, il avait abouti à une immense pitié. Au lieu
de condamner un coupable, il se prenait volontiers à
plaindre un malheureux.

Eh bien ! Camille était une de ces malheureuses. Tenez !
e sais qu'elle avait un certain instinct de sincérité. Elle
aurait souvent voulu être loyale. Elle ne le pouvait pas,
Elle mentait, malgré elle, à son insu, toujours, parce
que... le caractère propre de l'hystérie, c'est le mensonge. C'est par besoin de mentir, de paraître, de se
mettre en avant, si invétéré, que l'on a vu des hystériques
s'accuser de crimes qu'elles n'avaient pas commis. Dé-
pourvue absolument de sens moral, éminemment sugges-

tive, elle devait fatalement subir toute espèce d'entraînement et, par sa nature, être inconsciemment amenée à réaliser les complots, les actes de vengeance, les improbités même qui lui seraient suggérés. Si les passes, les attouchements, les excitations sensorielles produisent facilement l'hypnose qui livre les sujets à la suggestion, combien plus sûrement encore cet état ne peut-il être provoqué par un homme dans lequel on voit un amant! C'est alors une véritable fascination, analogue à celle des jongleurs sur les serpents et à celle des serpents sur les animaux, ce que la science appelle l'*ophidiophobie*, qui met le cerveau en inhibition, c'est-à-dire en arrêt absolu. Camille, il s'en rendait bien compte, était une nature incomplète, atteinte de plusieurs infirmités : absence de frein moral, facilité à la suggestion, faiblesse de volonté ; elle devait subir avec la même facilité une impulsion noble et généreuse que l'entraînement d'une idée criminelle, soit qu'elle suivît son propre instinct, soit qu'elle obéît à une impulsion à laquelle elle était incapable de résister. C'était cette incapacité évidente qui atténuait dans une mesure considérable sa responsabilité, si même elle ne la supprimait pas entièrement.

Elle avait un autre danger dont Langlet, pendant leurs séjours à la campagne, avait pu se rendre compte (1).

(1) Nous avons vu de cette affirmation de notre savant ami un exemple curieux entre tous, que nous racontait M. C... avec sa verve accoutumée. — Un jour, à Tours, une jeune fille de 17 ans, idéalement jolie et adorée de tous ceux qui l'entouraient, meurt subitement d'un anévrisme, au piano, en jouant une valse de Chopin. Les parents sont affolés, désespérés. Des dépêches partent de tous les côtés, annonçant le fatal événement. Un jeune neveu de la mère accourt, voulant joindre ses larmes à celles de ses malheureux parents. Cette nouvelle le prend à l'improviste ; il n'a pas 25 louis, peut-être,

Croyant volontiers que tous les hommes étaient amoureux d'elle ou pouvaient s'éprendre d'elle, elle attirait les
pires garnements, lorsqu'il s'agissait d'un travail supplé-
mentaire, des expéditions de conférences, par exemple,
chez Langlet, leur donnant des rendez-vous par les
fenêtres et laissant celles-ci ouvertes, les retenant très
avant dans la soirée, sous le prétexte de ce travail pressé ;
un jour il fut dévalisé ; on dut relâcher un des misérables,
ou plutôt le laisser s'échapper, car il tenait dans sa poche
une correspondance complète de Mlle Camille! Pour être

devant lui ; n'importe, il partira ; c'est un garçon un peu fou,
un peu déraillé, mais brave, loyal, dévoué toujours, capable
d'affection, d'héroïsme quelquefois. Il accourt suffoqué d'émotion ; il demande à veiller la petite vierge morte. On accepte
avec effusion ; l'institutrice qui a élevé la jeune fille sollicite la
même faveur ; on la laisse dans un coin ; les parents, brisés de
fatigue par les nuits précédentes, s'installent dans une pièce
à côté, laissant la porte ouverte éclairée par la lumière des
cierges. La nuit se passe ; personne ne dort, les pauvres gens
pleurent ; on entendrait voler une mouche dans les deux lugubres pièces.

Eh bien ! savez-vous ce qui se passe par la cervelle de cette
institutrice, honnête cependant, mais hystérique à un degré
insoupçonné ? Quinze jours après l'enterrement de la jeune
fille, le neveu parti, cette détraquée accuse le jeune homme
d'avoir voulu la violer pendant la veillée funèbre, de lui avoir
fait des propositions infâmes, ne se doutant même pas, dans
son aberration, que le seul fait de s'être tue quinze jours, de
n'avoir pas appelé au secours, d'avoir continué à parler au
jeune homme comme si de rien n'était, la condamnait sans
appel, et que la proposition immonde, si elle avait pu être
faite, témoignait d'un tel mépris de la femme à laquelle elle
s'adressait, que c'était se déshonorer elle-même ignominieusement, que de la faire connaître, aussi tard surtout. Il n'y
avait, bien entendu, rien de vrai dans tout cela. Le jeune
homme pleura de vraies et éloquentes larmes quand il sut de
quoi on l'avait accusé. Et la jeune déséquilibrée n'eut même
pas conscience de l'acte odieux qu'elle venait de commettre.

juste, il faut avouer qu'elle était plus indignée que personne et qu'elle voulait qu'on passât outre. — Si au lieu d'être chez un homme, fort et viril malgré son âge, elle eût été chez une femme, elle eût été certainement la cause innocente de l'assassinat possible de sa maîtresse.

Comme la langue d'Esope, Camille était ou pouvait être le bien et le mal. Faisant du mal par suggestion, elle aimait le bien, ce qui, à part toute question de reconnaissance, la faisait chérir Langlet. Singulier mélange de qualités poussées jusqu'au vice, de vices pervertis jusqu'à la vertu, elle réunissait toutes les contradictions. Perfide, elle était maladroite ; rusée, elle était crédule ; courageuse, elle était lâche ; demoiselle, elle était servante ; infatigable, elle était paresseuse ; perverse, elle était dévouée ; vaniteuse, elle était humble ; spirituelle, elle était inintelligente ; remplie d'elle-même, elle n'était pas envieuse, de même que laide elle était pourtant jolie. Et de cet amalgame résultait une sorte de charme étrange qui retenait les uns par ses apparences de qualités, les autres par son attrait de perversité. Elle était si vivante, si drôle, si amusante, si naturellement gaie, qu'elle finissait par séduire les gens les plus prévenus d'abord contre elle, ceux-là mêmes auxquels elle inspirait une invincible répulsion. Il y avait en elle une provocation et une sollicitation invisibles ; elle inspirait l'aversion, et en même temps elle dégageait le désir ; pour mieux rendre ma pensée, elle était irrésistiblement troublante. Langlet avait fini par s'intéresser à elle, comme un médecin s'intéresse à une maladie bizarre observée sans cesse. Puis, dans cette analyse du cœur humain, son esprit de justice lui faisait comprendre qu'il avait une part de responsabilité. Je m'explique : pour Camille comme pour Gabrielle Bompard, le milieu était pour beaucoup dans leur histoire. Ce genre de femme hystérique est une cire molle pouvant prendre l'empreinte de tout. Mettez Gabrielle Bompard tombant dans un intérieur sévère, chez la duchesse de Fitz-James, par exemple, s'occupant des petites sœurs malades ; au bout de trois semaines de séjour, elle sera à l'unisson, ses mauvais instincts se seront endormis, elle deviendra ce qu'on voudra ; faites-la au contraire tomber chez une femme galante, elle étonnera par son audace et sa divination du mal. Chez Langlet, c'était pire peut-être. Il se rendait compte que Camille tombée dans un milieu gourmé ne donnant pas de liberté à la femme étrangère, institutrice ou gouvernante, admise dans la famille, le résultat eût été tout différent, l'éclosion moins facile ; tandis que sa maison à lui, célibataire, avec toutes ses attractions, ses commensaux illustres, le ton politique et littéraire, spirituel surtout, qui y régnait, était une terrible excitation pour cette provinciale dévoyée, ignorante de tout. A son aise tout de suite dans ce cercle aimable, intelligent, il devait l'égarer forcément, elle, déjà à moitié folle, lui donner une fausse idée d'elle-même et de tout, devenir, en un mot, sa pierre d'achoppement. De plus, notre ami ne pouvait se dissimuler le danger terrible qui lui apparaissait toujours menaçant à l'horizon. Ses nièces n'étaient presque plus des enfants. Le cordon sanitaire les séparant de Camille était franchi sans cesse par elles, naïvement. Bonnes, pures, loyales, elles venaient raconter à tour de rôle, à la jeune fille, les petits faits de la journée, leurs secrets mignons, leurs rêveries naissantes. Camille, toujours astucieuse, les y encourageait en dessous, tout en protestant qu'elle n'en faisait rien, bravant Langlet que ce contact épouvantait et qui vivait dans des terreurs absolument perpétuelles. On eût dit que Camille avait fait avec elle-même le pacte de pousser à bout l'ex-

6

cellent homme. Sur ce chapitre-ci, cependant, le vieillard
ne voulait pas transiger. Que serait-il arrivé, grand Dieu !
si au lieu d'être les chastes et fières enfants qu'elles
étaient, ses nièces avaient pu avoir non pas la tentation
d'une faute, c'était impossible, mais d'une imprudence,
d'une cachotterie, d'une intrigue quelconque ? Camille
était une complice toute trouvée. Dans un ménage, il ne
se le dissimulait pas, elle eût été un engin de destruction ;
dans une famille elle était une menace constante. Qui
pouvait prévoir, avec une pareille nature, sujette à de
semblables crises, ce qui pouvait survenir ? Cette pensée
s'était emparée de Langlet, et, l'honnête homme qu'il
était ne pouvant transiger, il prit un jour Camille à part,
lui exposa toutes ses craintes, et lui demanda : « Vous
ai-je jamais fait du mal, mon enfant ? » Elle chercha, son
regard s'obscurcit comme cela lui arrivait aux heures d'é-
motion, ses lèvres hésitèrent, puis brusquement, au moment où elle allait parler, où Langlet s'attendait à quelque repartie insolente, presque justifiée par la dureté qu'il
venait de lui témoigner, elle reprit son air impassible.
Enfin, de sa voix sourde au timbre très doux, elle répondit : « Je ne sais pas ce dont je suis capable, je m'i-
gnore moi-même ; j'obéis à une impulsion, malsaine si
vous voulez, mais dont je ne suis pas maîtresse. Je voudrais être bonne, devenir pour vous vraiment dévouée, et
je ne sais comment quelque chose me fait agir contraire-
ment à ma volonté. Je n'ai aucun grief contre vous, monsieur ; vous avez toujours été humain, généreux, compatissant et bon pour moi, et je ne suis certainement qu'une
fille sans cœur. Je vous aime, cela est incontestable ; mais
je ne puis fatalement que vous faire du mal. » Et elle
pleurait.

Un jour, cependant, la mesure parut tellement comble

que Langlet se décida à agir énergiquement, de suite, et à brusquer la séparation tant de fois résolue et ajournée. Un voyage fut organisé, décidé ; toute la famille partirait sans Camille ; on s'expliquerait par correspondance. Au retour, elle serait partie, on ne la retrouverait plus. Tout était arrêté pour le départ, le *sleeping* retenu, les malles bouclées, quand la plus jeune des enfants, Marthe, fut prise par un violent mal de gorge.

« — Ce n'est rien, dit-on tout d'abord. » Mais bientôt le doute ne fut plus possible, c'était un cas de diphtérie qui prit aussitôt un caractère de gravité alarmant. Seule, la trachéotomie pouvait sauver l'enfant. Mais le médecin n'arrivait pas. Il y avait bien un autre moyen, le moyen terrible. Mais personne n'osait y recourir. Et on regardait l'enfant agoniser. Sa figure prenait déjà des teintes violacées, les yeux devenaient vitreux. Tout à coup, sans qu'on pût l'arrêter, sans qu'on songeât à la retenir, sans dire ce qu'elle allait faire, Camille se jeta sur Marthe, appuya ses lèvres sur celles de la petite qui râlait, aspira le mal à pleine bouche ; la poitrine de Marthe se dégageait à vue d'œil, les teintes roses revenaient à ses joues. Quand, à neuf heures, le docteur arriva pour l'opération, l'enfant, sauvée, dormait d'un sommeil tranquille ; mais Camille était mourante. Elle fut dix jours entre la vie et la mort : le mal avait été beaucoup plus grave chez elle que chez la fillette. Elle guérit cependant, soignée jour et nuit par Langlet qui se faisait mille reproches. Du voyage il ne fut plus question naturellement ; on alla passer l'été à la campagne : la chaîne s'était rivée plus étroite que jamais. Il y eut quelques mois d'accalmie, mais elle était incorrigible : *plus forte que la mort* était sa démoralisation. Cette fois, ce fut avec le propre neveu de Langlet qu'elle fit un scandale qui la rendit la risée de ɔus les domestiques, lesquels la haïssaient à qui mieux mieux. N'était-elle pas la favorite du maître ? Rien ne lui était sacré. Les voisins la montraient du doigt quand elle passait. C'était un *tolle* général dans tout le quartier. « M. Langlet a donc perdu la tête? disait-on ; ne pense-t-il pas à ses nièces? Que dirait sa pauvre sœur si elle vivait encore? La bonne dame a bien fait de s'en aller. »

Chaque jour amenait une nouvelle histoire, une nouvelle frasque. Langlet n'entendait pas un coup de sonnette, n'ouvrait pas une lettre sans trembler. Il était certain d'apprendre quelque nouvelle folie de Camille. Un jour, on remit une dépêche pendant le déjeuner. C'était l'annonce de la mort d'un jeune cousin de Langlet, professeur à Toulouse, frappé d'apoplexie pendant sa leçon ; Langlet était son héritier et son exécuteur testamentaire. Tout à coup on vit pâlir Camille ; on ne s'en inquiéta pas autrement ; il paraissait qu'elle ne connaissait que peu le parent en question. Ce n'est qu'un mois plus tard que Langlet apprit, en allant dans le Midi recueillir la succession, qu'elle avait écrit à un de leurs amis communs pour le supplier, sous peine de vie ou de mort pour elle, de rechercher les lettres qu'elle avait pu écrire à C..., car sinon, Langlet, en venant prendre possession de l'héritage, les verrait et ne lui pardonnerait jamais. Elle réussit à faire commettre cette indélicatesse à l'homme peu scrupuleux auquel elle s'adressa, y employant jusqu'à une jeune femme honorable ; mais alors il arriva une chose désastreuse pour Langlet. En cherchant les lettres de l'épave hystérique, on tomba sur d'autres, absolument confidentielles, de Langlet, sur une question très délicate, qui ne devaient pas être connues, surtout par le collègue qui faisait les recherches, et elle réussit ainsi à porter un grave préjudice à ce maître

qu'elle aimait tant, ce dont elle ne se consola pas. Elle fit
mieux ; comme elle soupçonnait toujours le mal, elle osa
s'adresser à Mme Larive, la femme de votre collègue des
Beaux-Arts, qu'elle supposait avoir été, elle aussi, en correspondance avec le trépassé, et, la prenant à part, elle
lui dit un beau jour : « J'ai fait rechercher mes lettres ;
voulez-vous que j'en fasse autant pour les vôtres? car vous
vous êtes écrit, n'est-ce pas ? » Et elle clignait de l'œil :
« Agissez pour vous, mademoiselle ; je n'ai jamais écrit
une lettre dont je puisse rougir ; je serais heureuse que
mon mari et M. Langlet eussent l'occasion de les lire. »
Et elle lui tourna le dos.

Sa rouerie maladive était tellement grande, qu'un
autre jour, ayant failli être découverte dans une de ses
intrigues avec un jeune étudiant qui venait soumettre à
M. Langlet des travaux et des recherches, Langlet interdit à celui-ci l'entrée de la maison s'il ne lui restituait pas
immédiatement toutes les lettres écrites par Camille.
« Promettez-les pour demain, » murmura-t-elle. Elle eut
la patience de recomposer, retourner, altérer le sens de
dix-neuf lettres qu'on mit dans les enveloppes des véritables, qu'elle brûla ; et quand Henri Cand revint le lendemain, un peu penaud et mal à l'aise du rôle qu'il jouait
malgré lui, Langlet donna dans le panneau : sa figure se
rasséréna après avoir lu dix-neuf lettres anodines, insignifiantes ; il se reprocha d'avoir calomnié la « pauvre »
Camille !

Quand elle était prise en flagrant délit dans un mensonge par trop évident, qu'il fallait s'expliquer ou s'excuser absolument, et qu'il était impossible de reculer, elle
avait alors un subterfuge superbe qui désarmait ceux qui
étaient le plus irrités. « Il faut me pardonner, disait-elle
avec son sourire gai et malicieux ; je suis sous le poids de

crises intolérables ; malgré moi, sans que je puisse savoir comment, il faut que j'invente quelque chose, que je dise un mensonge (1). »

Mme de Girardin disait un jour en parlant des femmes : « Il en est qui viennent au monde grandes dames, d'autres bourgeoises, d'autres cordonnières. » Camille, jeune, jolie ou presque jolie, était née entremetteuse et proxénète. Et cela tenait uniquement à son amour de l'intrigue ; intrigues de salon, intrigues de domestiques, amours de cochers, de soubrettes, de secrétaires de Langlet, il fallait qu'elle se mêlât de tout, intervînt partout, jouât son rôlet auprès de chacun. Dans un ménage, un jeune ménage surtout, elle eût été destructive ; sans parti pris, sans mauvaise intention même, elle eût désuni, séparé, entraîné dans quelque intrigue sotte au dehors, le mari ou la femme, tous les deux peut-être. Et notez bien qu'elle ne leur aurait pas voulu le moindre mal pour cela ; elle devait agir ainsi de par une force motrice, supérieure à sa volonté. Heureusement ce n'était pas le cas chez Langlet, vieux et célibataire ; elle ne pouvait opérer que sur l'entourage.

Ainsi elle avait remarqué chez Langlet un couple qui venait quelquefois aux déjeuners du dimanche et que nous appelions Philémon et Baucis, parce qu'ils avaient l'air de s'adorer et se mettaient toujours à côté l'un de l'autre. Elle n'eut pas de cesse qu'elle n'eût persuadé à la femme

(1) Telle une autre femme hystérique, dans les mêmes conditions, disait un jour à l'une de nos plus illustres romancières, Mme de... : « Je vous ai prêté des discours que vous n'avez pas tenus, des paroles que vous n'avez pas prononcées et des sentiments que vous n'avez pas manifestés. Mais pardonnez-moi : j'étais enceinte quand j'ai commis cette indélicatesse et, chaque fois que je suis enceinte, il faut que je mente et que je calomnie. »

du docteur X... que M. Glandier était follement épris d'elle, la regardait à la dérobée, ne mangeait plus quand elle était là. « Mais vous plaisantez, lui répondait Mme X..., jeune femme simple, modeste, jolie, élégante, mais très réservée. Il ne m'a jamais regardée ; ce n'est pas pour dire, M. Glandier est charmant, poétique, aimable, d'une douceur angélique.

» — Ah ! c'est une femme comme vous qu'il lui aurait fallu, simple, tendre, timide, casanière.

» — Oui, en effet, nous avons à peu près les mêmes natures ; mais je suis mariée et il est marié, ajoutait-elle avec un soupir. Puis elle ajoutait gaiement : Nous faisons, à nous quatre, les deux meilleurs ménages du monde.

» — Peu importe, je sais ce que je sais... »

A M. Glandier montant causer avec Langlet : « C'est inconcevable la passion que Mme X... a pour vous ; elle ne vit plus, elle ne dort plus ; le docteur va finir par s'en apercevoir ; elle tremble quand vous parlez, elle est folle.

» — Bon, quelle plaisanterie ! elle ne m'a jamais regardé ; puis elle adore son mari, de même que j'adore ma femme.

» — Ah ! monsieur Paul, elle en tient joliment pour vous cependant, si vous saviez ! »

Cette conversation tenue cinq ou six fois, au bout d'un mois, Mme X... était convaincue que M. Glandier était amoureux fou d'elle, et M. Glandier persuadé à son tour que la jeune femme, qui passait pour si éprise de son fringant et charmant mari, était consumée par une passion folle pour lui, qu'elle en mourrait, se tuerait. De fil en aiguille, il arriva ce que l'inconsciente Camille voulait en somme : montant un escalier, avec la pensée seulement de calmer par une caresse innocente l'exaltation qu'il avait provo-

quée, dont on lui parlait chaque jour, Glandier s'aventura
à déposer un baiser dans le cou de Mme X...; celle-ci répondit par un petit soufflet de femme offensée ou attristée.
Puis on en resta là. La première fois qu'ils se rencon-
trèrent, huit jours après, ils se mirent à rire, s'aperce-
vant qu'ils n'avaient jamais songé l'un à l'autre, qu'ils
étaient satisfaits chacun de son lot et dupes au bout du
compte de la fantaisie d'une fille hystérique. Les deux
femmes qui allaient s'aimer, qui se convenaient, étaient
attirées l'une vers l'autre, avaient des idées élevées com-
munes, Mme X... et Mme Glandier, ne se revirent plus; on
ne sut jamais à quel propos.

Pourquoi Camille avait-elle fait cela ? Quelle suggestion la poussait? Etait-ce l'amour du mal? Non, le besoin
d'être mêlée à une intrigue, l'espoir d'avoir des lettres à
donner ou à recevoir, de troubler une liaison, un ménage,
de mentir, toutes ces choses, en un mot, qu'aiment les
hystériques; elles ne savent pas elles-mêmes pourquoi.
Notez bien qu'elle se fût volontiers offerte pour l'échange
d'une correspondance, pour louer un pied-à-terre à un
mari, fût-ce celui de sa meilleure amie, dont une infidélité eût broyé le cœur, et tout cela sans haine, sans raison, par pur amour de l'art, c'est-à-dire de l'intrigue,
l'intrigue toujours, l'intrigue quand même, l'intrigue dont
les résultats pouvaient faire pleurer et souffrir ceux ou
celles qu'elle aimait sincèrement dans le fond de son
cœur détraqué.

Et je ne vous ai cité ici qu'une tentative qui n'avait pas
réussi. Il en fut d'autres, hélas ! que Langlet ne connut
même pas, qui donneraient une idée complète de la perversité de cette fille ; mais il me faudrait trop voiler, je
ne fais qu'effleurer.

Quelques amis de Langlet, ceux qu'elle n'avait pu

débaucher, voulurent trancher cette situation qui s'aggravait chaque jour ; ils revinrent à la charge et songèrent derechef à essayer de marier Camille ; la première fois qu'on lui en parla, elle était dans un de ses bons jours : « Y pensez-vous, et contre qui ? s'écria-t-elle en riant aux éclats. Croyez-vous que je m'illusionne sur mon compte ? Telle que je suis, je ne pourrais épouser qu'un imbécile ou un misérable ; les imbéciles, je ne les aime pas. » — Et elle faisait une pirouette. Puis, prenant un ton plus attendri, avec ce regard, cette gaieté communicative qui la rendaient si attrayante : « Resterait un misérable ; me voyez-vous introduisant chez mon bien-aimé maître un malfaiteur quelconque, qui s'imposerait, forcerait son domicile s'il était absent, détournerait ses manuscrits ou ses papiers, le compromettrait, le volerait peut-être ? Je lui ai fait assez de mal comme cela à Monsieur, je ne veux pas lui en faire davantage ; ce serait du beau d'aller nous y mettre à deux. Je ne lui ai encore nui que dans un petit rayon de deux lieues carrées ; ce serait du propre, si, grâce à un homme qui serait *mon homme*, j'allais introduire la correctionnelle, les tribunaux, la cour d'assises, la prison et tout le bataclan, que sais-je ? dans mon affaire. Non, non, pas de cela ; ni imbécile, ni misérable : fille j'ai vécu, fille je mourrai. J'aime la cuisine épicée : je n'ai aucun goût pour le pot-au-feu. »

Le temps passait, cependant, et n'apportait aucune solution ; c'était chez Langlet un désordre toujours croissant. Les vieux serviteurs s'en allaient un à un ; seule, miss Ketty avait persisté à cause des enfants, mais elle se renfermait le plus possible avec elles et demeurait étrangère à tout en levant les yeux au ciel, mais sans faire aucune allusion à ce qui se passait dans la maison.

Voulant prouver à tous l'influence qu'elle avait sur Langlet, Camille démoralisait les domestiques en leur faisant déguster dans sa propre chambre le vin du maître, les défiant de la faire gronder, les menaçant de renvoi, s'ils parlaient.

D'autres fois, cédant à ce sentiment de désorganisation qui était dans sa nature si essentiellement déséquilibrée, elle soulevait sans parti pris, sans mauvaise intention peut-être, un orage domestique quelconque. Toute la maison échauffée, surexcitée, partait; l'on était obligé de renvoyer tout le monde; elle était alors désespérée intérieurement du mal qu'elle avait fait, du trouble où se trouvait Langlet. Mais elle le réparait à sa manière, ce mal; tant que la maison n'était pas reconstituée, réinstallée, elle suppléait à tout, s'occupait de tout; elle, si ignorante d'habitude de tous les rouages d'intérieur, si désordonnée, si brouillonne, si inutile ou même si néfaste dans toutes les choses de la vie domestique, elle déployait une activité vertigineuse, une intelligence incroyable; elle remplaçait chacun et tous, quitte à recommencer la même histoire avec les nouveaux domestiques, quand l'occasion s'en présenterait. Généreuse à l'excès, ou plutôt donneuse d'une façon irréfléchie, elle se dépossédait de ce qu'elle avait, n'avait jamais un sou devant elle, ayant toujours plusieurs des siens à sa charge sous un prétexte ou sous un autre, et alors, pour se procurer de l'argent, elle devait recourir à des emprunts, elle se faisait offrir des cadeaux par les amis de Langlet; c'était une petite redevance sur laquelle elle comptait en quelque sorte à de certains jours, qui finissait par passer en habitude, et le rouge montait au visage de notre ami lorsqu'il se rendait compte de tout cela. Elle ne sentait en aucune façon que l'ignominie en rejaillissait jusque sur son maître. Elle avait continuellement des querelles avec les uns et les autres, pendant lesquelles s'échangeaient des paroles déplaisantes, gouailleuses, souvent ordurières ; elle les exaspérait tous avec un tel acharnement, que les meilleurs, les plus calmes, finissaient par ne plus pouvoir se contenir. Elle reçut à l'office plus d'une raclée dont elle ne se vanta pas, car elle sentait qu'elle l'avait méritée, par l'exaspération qu'elle avait occasionnée ; mais elle, par exemple, sans fiel et sans rancune, il faut bien en convenir, oubliait, tandis que ceux qu'elle avait offensés se souvenaient, eux, et conservaient des rancunes mortelles. Un jour, après une scène épouvantable avec le cocher de la maison qui s'était oublié jusqu'à la presque assommer d'un coup de poing, celui-ci s'étant blessé le même soir grièvement, elle se mit à le soigner huit jours durant, en vraie sœur de charité, oubliant les insultes de celui-ci ; et le pauvre diable en était tout troublé : « Dieu du Ciel, disait-il, est-il possible que cette bonne demoiselle m'ait pardonné ! c'est un ange du bon Dieu. » Mais elle n'avait pas même ce mérite ; elle n'avait pas eu besoin de pardonner ; elle ne se rappelait plus l'offense, voilà tout. Elle passait sa vie à se brouiller et à se réconcilier avec les gens, oubliant avec une facilité abrutissante ce quelle en avait dit ou écrit un mois auparavant.

Elle avait fini par se croire si nécessaire, si indispensable, en même temps elle était si aveuglée, qu'elle contrariait Langlet dans les plus petites choses, les plus banales, les plus enfantines, à force d'être lilliputiennes ; c'est ainsi que notre ami avait la manie, alors même qu'il ne les lisait point ou n'avait pas le temps de les lire, de vouloir que personne n'ouvrît ses journaux avant lui. Étudiant, il avait quitté la maison où il venait de s'ins-

taller, à cause de cette habitude de son concierge ;
eh bien ! il n'était pas de jours où il n'y eût une alterca-
tion avec les domestiques à ce propos : les journaux
apparaissaient froissés ou déchirés, manquant la plupart
du temps.

Curieuse à l'excès, sans scrupule, elle ouvrait les dépêches et les lettres, les décachetait, les supprimait, si
l'idée lui en passait par la tête, se les faisait remettre par
un serviteur terrorisé, fouillait dans des meubles fermés
à clef, dépassait, en un mot, toutes mesures ; elle essaya
un jour de forcer la serrure d'une chambre et d'un coffre-
fort, au grand effarement d'une domestique présente
qu'elle menaçait de renvoi immédiat si elle répétait ce
qu'elle avait vu. Son impudence et son audace étaient
alors à leur apogée ; espionnant chacun, cherchant à
s'emparer des secrets anodins ou graves, des faiblesses
même de tout ce qui l'entourait, maîtres ou domestiques,
son caractère devenait plus infernal de jour en jour. Et
cependant Langlet ne s'en séparait toujours pas ! Il faisait
semblant d'ignorer certaines choses pour ne pas être
obligé de sévir ; il ne savait plus où serrer un papier ou
un document confié à son honneur et à sa probité, ou
qu'il tenait à garder pour lui seul ; il était obligé de porter
toujours ses clefs sur lui, ce qu'il n'avait jamais fait de
sa vie ; n'ayant aucune quiétude, ni aucune tranquillité,
ni aucune confiance en elle, par conséquent aucune sécu-
rité, il s'imposait une gêne sans trêve ; c'était, en un
mot, un enfer permanent chez lui, avec quelques accal-
mies, qui devenaient plus rares tous les jours.

Langlet avait fini par avoir, grâce à cette fille bizarre,
échouée dans son paisible intérieur de jadis, une existence
insupportable, et nous le plaignions tous ; il lui était impossible de s'en débarrasser ; on eût dit qu'un sort lui

avait été jeté, et il lui fut si bien jeté, en effet, qu'il ne cessa qu'à sa mort. A ces luttes incessantes qui fatiguaient sa patience et énervaient son courage, la santé de notre ami avait fini par s'altérer.

Bientôt même, le mal prit un caractère alarmant. Aux préoccupations domestiques s'étaient ajoutés d'autres soucis. Comme la plupart des hommes d'étude, il avait toujours vécu en dehors de la spéculation. La plus grande partie de son avoir était en dépôt chez un banquier de ses amis, qui était incapable de le compromettre. Cet ami fit faillite. Là-dessus, survint le krach, le désastre de Panama, etc., si bien qu'il se trouva brusquement presque ruiné. Puis ce fut une épreuve plus terrible encore. Sa vieille mère, une nonagénaire qui avait près de cent ans, qu'il adorait, mourut d'une chute dans son escalier ; la maladie qui le minait déjà, le voyage qu'il dut faire pour lui dire le suprême adieu, lui rendre les derniers devoirs, l'achevèrent. Dans ces circonstances, le vieillard ne retrouva pas le cœur de Camille. La petite étincelle qui faisait tout pardonner n'apparut plus ; elle fut mauvaise, cruelle, irritante, cynique, pendant que le pauvre homme subissait ces épreuves terribles. On eût dit qu'elle le haïssait par moments ; elle ne lui donna pas, à ses propres yeux, l'excuse de sa faiblesse. Elle choisit ces jours de deuil pour redoubler de perfidie. Elle semblait d'ailleurs ne pas croire au mal. Elle allait ricanant sur ses plaintes : « Monsieur, qui se dit malade ! Si je pouvais seulement être aussi solide ! Il est par trop plaisant de nous attrister sur sa mort quand il est sûr de nous enterrer tous ! » Mais du jour où la maladie prit un caractère inquiétant, où le danger fut évident pour elle comme pour tous, quand elle vit que son maître était perdu, elle se transforma instantanément et devint admirable. Ce n'est pas la désolation qui rend inutile, mais le dévouement, qui triple les forces et rend certaines femmes capables d'un effort que les hommes ne supporteraient pas.

Elle se métamorphosa, se surmena; jamais on ne vit pareille infirmière, plus intelligente, plus suspendue aux lèvres d'un malade idolâtré. Elle s'était décuplée en quelque sorte; elle faisait l'admiration et l'étonnement de tous ceux qui approchaient Langlet, de ceux qui lui avaient été le plus hostiles, de ceux-là même que ses vices avaient le plus révoltés, de ceux qui la méprisaient le plus pour le rôle qu'elle avait joué ou essayé de jouer dans leur vie ou à leur foyer. On peut dire que pendant sept semaines elle ne dormit pas une heure. Un pâle et ironique sourire empreint de tristesse et de douceur, à la fois, errait sur les lèvres du vieillard quand elle lui prenait les mains diaphanes déjà et les embrassait frénétiquement, les imprégnant d'une chaleur communicative; au regard hésitant mais attendri dont il la suivait, on sentait bien que, s'il n'avait pas oublié, il avait probablement pardonné, à ces approches de la mort, sous ses affres, pour ainsi dire; il la scrutait, il avait pour elle cette indulgence suprême que Garanger dut éprouver souvent pour Gabrielle Bompard; il prévoyait le repentir possible, certain, chez cette nature dévoyée, faussée; les médecins, la garde, la famille, tous, ne tarissaient pas d'éloges sur Camille; tous les propos de jadis étaient oubliés par ceux qui les avaient tenus, qui savaient par eux-mêmes de quoi elle était capable; ils ne s'en souvenaient plus; Camille était portée aux nues; avec la versatilité d'impressions du peuple, si semblable à celle du monde, le voisinage, lui aussi si sévère, si cruel pour elle jadis, changeait son antienne et se retournait contre le savant que l'on n'avait pas cessé de persécuter, des années durant, pour le forcer à la renvoyer ignominieusement.

Enfin, après une lente et douloureuse agonie, Langlet rendit le dernier soupir entre les bras de ses nièces, pendant que Camille, le regard fixe, immobile, serrant le bois du lit où il venait de s'éteindre, l'étreignait avec désespoir.

Elle passa la nuit auprès de notre ami, et Dieu sait quels colloques, quels mots ils échangèrent, quels pardons elle lui demanda ; mais, au grand étonnement de chacun, le corps n'ayant pas encore quitté la maison, un testament fut produit par Renard, le notaire, l'un des meilleurs amis de Langlet, et une clause terrible, inattendue, odieuse, fut lue séante tenante. Après plusieurs legs ou dispositions, Langlet, dans toute la plénitude de sa raison, *sain de corps et d'esprit*, ordonnait que, dans les vingt-quatre heures qui suivraient son décès, Camille eût à quitter la maison ; il lui laissait 1,500 francs de rente. Quant à ses nièces, elles devaient entrer tout de suite, jusqu'à leur mariage, dans un couvent qu'il désignait.

Il y eut un tolle général parmi les amis de Langlet. « C'est affreux, c'est indigne, on n'a jamais vu une chose pareille. Notre ami était fou, plus que fou, mauvais ; payer de cette façon un semblable dévouement, chasser cette fille quand elle est brisée, morte pour ainsi dire, qu'elle va mourir peut-être. » Les petites nièces n'osaient pas blâmer leur oncle, mais elles le trouvaient bien dur et croyaient qu'une hallucination subite devait avoir momentanément troublé son cerveau. Mais non, le testament était daté de quatre ans auparavant.

Camille, se raidissant contre le coup qui la frappait, se déclara prête à obéir. Mais, en même temps, elle annonça qu'elle ne voulait emporter que sa malle, qu'elle enverrait chercher, et refusait la rente : « Langlet a prévu ce cas, répondit froidement le notaire, et, avant que votre refus soit définitif, je vous prie de prendre connaissance de ceci. » Et il lui remit une enveloppe contenant plusieurs papiers et une feuille où quelques lignes seulement, ne tenant pas une page, paraissaient tracées. Camille s'approcha de la fenêtre et lut. Quand elle revint, plus pâle encore, près de Renard, elle dit : « Je pars sur-le-champ, monsieur, j'accepte le legs. » Elle se jeta encore sur le corps rigide et glacé qu'on allait enlever, couvrant les mains du cadavre de baisers passionnés ; puis elle se releva automatiquement et partit sans défaillir, ne demandant à voir personne, tenant sa petite poitrine à deux mains sans regarder en arrière ; son courage ne l'abandonna pas une seconde. Trois ou quatre d'entre nous l'accompagnèrent à la voiture qui l'attendait, et maître Renard ne put s'empêcher de s'écrier : « Je ne reconnais pas Langlet, son cœur, sa droiture, sa générosité ; son esprit aura été troublé aux approches de la mort. »

« — Ne continuez pas, monsieur, reprit-elle tristement. M. Langlet a fait bien tout ce qu'il a fait ; c'était un juste. Je ne permettrai jamais à personne de le blâmer devant moi, surtout à mon propos. Il a accompli son devoir, strictement son devoir. » Et la voiture disparut.

Le lendemain, deux des petites nièces coururent à l'hôtel où Camille s'était réfugiée ; elles voulaient la voir malgré sa défense. Obéissante pour la première fois, par delà le tombeau, Camille ne les reçut pas et se refusa à venir les embrasser, malgré toute leur instance. Comme elles devaient partir pour Marseille au petit jour, elles y retournèrent le soir encore avec l'espoir d'attendrir Camille ; celle-ci avait disparu sans laisser d'adresse. Un petit mot au crayon, navrant dans son laconisme, était resté pour

Marguerite, l'aînée : « Adieu, mesdemoiselles, oubliez-moi ; vous ne me rencontrerez jamais plus sur votre chemin. »

Six ans s'étaient écoulés ; les trois sœurs étaient mariées, heureuses, disséminées sur divers points de la France. Personne n'avait plus entendu parler de Camille, ne l'avait même plus rencontrée. Sans la perception de la rente, on eût pu la croire morte. De temps en temps, son souvenir revenait dans les conversations des jeunes femmes et des anciens amis ; mais, comme il y avait dans cette disparition une volonté absolue d'être ignorée, on n'avait pas insisté pour passer outre. Et d'ailleurs, n'y avait-il pas l'ordre formel de M. Langlet et sa pensée dernière ?

Or, il y a deux ans, le jour des morts, la pensée me vint d'aller visiter le buste de Langlet, inauguré récemment, grâce à une souscription dont les diverses académies de l'Institut avaient fait les frais. L'œuvre était de ce grand et modeste artiste qui s'appelle Baffier. J'en avais vu et admiré le plâtre dans son atelier, mais je n'étais pas fâché de voir l'effet que ferait le marbre sur un piédestal de cimetière.

Langlet était enterré à ce cimetière Montparnasse, qui est le champ de repos de la plupart des savants : de Monge, de Fortoul, de Jussieu, d'Alexandre Duval, de Quatremère de Quincy, de Biot, du baron Baude et de cet excellent père Wailly dont nous parlions tout à l'heure. Langlet avait un caveau, justement à côté de celui où repose Sainte-Beuve.

Vous devez le connaître, ce cimetière, monsieur Paullet ?

— Je le connais et je l'aime. J'y ai, depuis longtemps, marqué ma place sous un grand ormeau, non loin du tertre vert des quatre sergents de la Rochelle. De tous les cimetières de Paris, c'est celui qui me semble convenir le

7

mieux au dernier asile. Tout ce quartier lointain de Montparnasse est triste et doucement mélancolique. Les tombes
y disparaissent sous les arbres et sous les fleurs. Rien de
banal, rien de trop lugubre, et cependant rien de profané
ni de bruyant qui vienne troubler les morts. C'est le jardin
poétique où sommeillent ceux que nous ne voyons plus.
Voilà pourquoi les artistes et les poètes l'aiment autant
que les savants. C'est là que dorment Houdon, Rude,
Debay, Chaudet, Simart, Gérard, Guérin, Corot et ce
pauvre Hégésippe Moreau, à qui la vie fut si cruelle et
que la mort, plus clémente, récompensa de ses faveurs
d'outre-tombe.

Il y en a qui ont peur des cimetières ; moi, je les aime
et je goûte un charme mélancolique et doux à errer à travers les tombes. Je m'arrête, je lis les épitaphes des inconnus, et ce m'est un sujet de réflexion toujours profonde,
car la mort est là, qui empêche de rire. Tenez, il y a, dans
ce même cimetière de Montparnasse, une tombe où je
m'arrête toujours ; c'est celle d'une Malibran, que la mort
a prise à la fleur de l'âge, et à qui il n'a manqué qu'un
poète inspiré pour rester vivante dans la mémoire des
hommes. Elle est morte, ravie à l'art et aux amours, et
des adorateurs ont élevé, sur son tombeau riant, une belle
statue de muse toute blanche. Mais combien plus vivante
est l'autre qui ne laisse qu'une croix au fond d'une chapelle,

Une croix et son nom gravé sur une pierre !

— Savez-vous, monsieur Paullet, s'écria la comtesse,
que je vous crois un peu amoureux de votre belle in-
connue ? Vous en parlez avec une poésie que je ne vous
connaissais pas. Et comment s'appelait cette Malibran qui
vous fait si bien rêver ?

— Léontine Spiégel. Je ne connais rien d'elle. Je sais qu'elle était jeune, belle, aimée, puisque l'épitaphe le dit. En faut-il davantage ?

— Ces académiciens, ils sont tous les mêmes, dit en riant M. de Pounis. Ils dédaignent les vivantes et reportent sur les belles disparues leurs illusions et leurs enthousiasmes. Cousin aimait la Grande Mademoiselle et toutes les illustres dames du grand siècle qui n'avaient peut-être ni talent, ni beauté. Voici monsieur Paullet qui s'attendrit sur une petite actrice de notre temps qui n'avait peut-être ni grâce, ni art. Et pourquoi ? Parce qu'il a vu une statue de marbre blanc sur sa tombe ? En vérité, on n'est pas plus rêveur.

— Et avec tout ça, nous voilà encore loin de notre sujet et de Camille que nous allions retrouver, n'est-ce pas, duc ? Car, vous aussi, vous alliez rêver autour de la belle muse blanche.

— Au fait, où en étions-nous ? Nous nous sommes encore laissés aller aux digressions socratiques de monsieur Paullet.

— Nous en étions au cimetière, autour du buste de Langlet.

— Je reprends. J'étais tout entier à l'admiration de l'œuvre de Baffier, qui est d'une extraordinaire ressemblance. Je retrouvais le sourire malicieux et bon de notre ami, sa physionomie rêveuse, son geste familier. J'étais frappé de l'entretien de cette tombe, de la beauté et du choix des fleurs. On eût dit tout cela garni depuis une heure à peine, tant les plantes étaient reluisantes, fraîches, parfumées, élégantes sur leurs tiges, harmonieusement disposées, et je voyais que la sensation que j'éprouvais, les promeneurs la ressentaient, car tous, à tour de rôle, s'arrêtaient charmés. J'en conçus aussitôt un redoublement d'affection pour ces charmantes petites nièces qui gardaient ainsi le souvenir de leur bienfaiteur. J'allais me retirer lorsque j'aperçus tout à coup une jeune femme en noir, à la mise modeste, tenant le milieu entre celle de l'institutrice et celle de l'ouvrière, et qui arrangeait en ce moment quelques rosiers. Me voyant arrêté, elle parut vouloir s'esquiver ; mais nos regards s'étaient croisés ; et il me semblait que je la connaissais. Elle éveillait dans mon esprit un vague souvenir sans que je pusse préciser un nom. Tout à coup la lumière se fit. « Camille ! m'écriai-je. Quoi ! c'est vous ? » Mais elle, troublée : « Oui, monsieur. Comment ! vous me reconnaissez depuis le temps !

» — Et c'est vous qui soignez ainsi cette tombe ! Je croyais, cependant, que vous aviez eu à vous plaindre de mon ami Langlet. Il avait été très dur envers vous, et son testament...

» — Mon maître n'a pas été dur : il n'a été qu'indulgent et bon pour moi, et j'ai malheureusement le regret de n'avoir pas su assez tôt reconnaître ce qui se cachait de tendresse dans ce grand cœur. »

Je regardai Camille. Elle avait dit cela d'un air simple et convaincu, avec une sorte de tristesse émue dont je fus touché. Malgré mon intimité avec Langlet, je n'avais pas été mêlé aux intrigues dont Camille avait embarrassé son entourage. J'étais donc tout à fait libre vis-à-vis d'elle et je pouvais lui témoigner quelque intérêt. Puis, cette fille m'attirait comme une énigme dont on voudrait avoir la clef, comme un sphinx qui n'a pas dit son secret.

Je hasardai quelques paroles banales. Elle me répondit avec une modestie tranquille qui me frappa. De plus en plus intrigué, je fis quelques questions.

« — D'où vient que personne ne vous a revue depuis la mort de monsieur Langlet ?

» — Je ne sais... à quoi bon ? puis, qui aurais-je vu ?
Les nièces ? Je ne pouvais rentrer dans la maison. Les
amis ? ce que j'avais de mieux à faire, c'était de me faire
oublier. J'ai cru plus digne de mon bienfaiteur et de moi
de vivre à l'écart, en honnête fille. Je l'ai fait. »

Et alors elle se mit à me raconter sa vie depuis six
ans. C'était bien simple. Cette folle s'était transformée
en vierge sage. Elle avait loué une petite chambre rue
Notre-Dame-des-Champs, dans le quartier du Luxem-
bourg. Grâce à ses connaissances et à son flair particulier, elle avait facilement trouvé de quoi vivre. Elle faisait
des traductions de l'anglais qu'elle possédait suffisamment, des copies, des lettres, et, comme ses dépenses
étaient très modestes, les 1,500 francs de rente restaient
intacts et servaient exclusivement à l'entretien du cimetière.

Ce cimetière, l'aimait-elle, le parait-elle assez ! Elle
mettait une sorte de coquetterie à le tenir toujours fleuri.

« — Mais vous avez dû vous rencontrer forcément avec
les nièces du mort. Elles devaient y venir comme vous ?

» — Peut-être... sans doute. Mais je ne les ai point
vues.

» — Et jamais elles ne se sont demandé qui entre-
tenait ainsi la tombe de leur oncle ?

» — Je ne sais pas. »

Tout cela fut dit sans fiel ni colère. Il se dégageait
plutôt de ses réponses une sorte d'indulgence pour celles
qui avaient peut-être oublié. Je ne pouvais en croire mes
oreilles ni mes yeux. De plus en plus intéressé à cette fille,
je voulus tout savoir. Je la pressai de questions. Mais
elle se déroba brusquement, devenue silencieuse.

Je lui tendis la main, en lui demandant la permission
d'aller la voir.

« — C'est bien simple, me dit-elle. Vous êtes à peu
près sûr de me trouver ici tous les jours à cette même
heure. Je viens arroser mes petits vases. »

Ces demi-révélations m'avaient plongé dans d'étranges
curiosités. Toute la soirée et toute la nuit je songeai à
cette fille énigmatique qui se révélait tout à coup sous
un jour nouveau.

Vous pensez bien que, dès le lendemain, je retournai
au cimetière. Je voulus même agir en juge d'instruction,
presque en agent de police, et procéder à des informa-
tions auprès des gardiens du cimetière. Mais, à ma
première question, je les vis en défiance. Il y avait dans
leur attitude comme une sorte de gêne. Depuis six ans
qu'ils connaissaient madame, c'était la première fois
qu'on venait les interroger sur elle.

« — Êtes-vous son parent ?

» — Non, mais un vieil ami, qui s'intéresse à elle et
voudrait savoir.

» — Justement la voici. Elle vous dira elle-même ce
que vous désirez connaître. »

En effet, Camille arrivait. Elle me serra la main, se mit
en devoir de refaire d'un tour de main la toilette de son
petit parterre, et revint, souriante. Elle ne paraissait pas
surprise de me trouver là. Elle en éprouvait au contraire
une sorte de satisfaction. Elle ne fit plus de difficultés
pour parler. Elle alla au-devant de mes questions et me
fit son histoire. « Je comprends, allez, vous voulez savoir
comment une pauvre détraquée comme moi a pu prendre
cette apparence de raison et de calme où vous me voyez.
A vrai dire, je n'en sais rien. Je m'étais mise au travail ;
peu à peu je me sentis gagnée par une sorte d'engourdissement plein de bien-être. Toute ma nervosité s'était
calmée insensiblement. Plus de rires ni de pleurs sans

cause ; plus de crises convulsives. J'étais une petite
ouvrière bien tranquille, travaillant de la plume et de
l'aiguille alternativement. Je m'étais fait un humble
intérieur où rien ne me rappelait le passé. Une vie nouvelle avait commencé pour moi. Chaque jour je venais
voir Monsieur, causer avec lui. Il y a des sentiments
inconnus qui demeurent dans le cœur de l'être humain
comme un trésor d'avare dans la terre, ils ne se
réveillent qu'aux grands coups de pioche du malheur, et
de ces coups de pioche, mon cœur fut labouré. Je compris, après l'avoir perdu, combien j'aimais Monsieur.
J'ai rencontré plusieurs fois des amis de la maison, je les
ai toujours évités soigneusement ; vous êtes le premier
auquel je parle. Je m'étais résolue à rompre absolument,
courageusement, avec tout ce qui avait été mon passé ;
j'avais brûlé mes lettres, toutes ces correspondances
banales et menteuses, qui avaient tant contribué à ma
perte ; je m'étais rayée du monde des vivants ; je ne devais plus connaître ni reconnaître aucun de ceux que
j'avais connus, ni rien savoir de la famille ou des amis
de M. Langlet. Il y avait bien deux ans que je vivais
ainsi, sentant mon regret s'augmenter chaque jour, mais
en même temps percevant le calme, l'engourdissement
plein de bien-être, succédant à l'agitation furieuse,
pénétrer chaque jour davantage en moi, lorsqu'un jour,
tandis que j'arrosais le jardin de Monsieur, un orage
suivi d'éclairs se déclara. La femme du gardien du
cimetière, Mᵐᵉ Morlat, qui m'avait parlé plusieurs fois
avec bienveillance, touchée de ma persévérance à venir
chaque jour à la tombe de mon maître, par tous les
temps, me dit : « Mais vous ne pouvez pas rentrer ainsi,
madame ; ce serait de quoi attraper le coup de la mort.
Voici un châle, vous me le rapporterez demain. Je vous

donnerais bien mon mari pour vous accompagner, si
nous n'attendions au point du jour un défunt de conséquence; mais voici mon fils Julien qui rentre du magasin
pour passer la soirée avec nous; il a son parapluie, il
vous remettra chez vous. » Julien s'avança, il me rac-
compagna; nous nous revîmes plusieurs fois à la tombe
de M. Langlet. Un jour, il y a de cela deux ans à peu
près, il me dit : « Mademoiselle Camille, voici dix-huit
mois que je vous suis de l'œil quand je viens ici et j'ai
pris beaucoup d'estime et d'attachement pour vous; je
ne sais pas ce que vous avez été, ni ce que vous avez fait,
ni pourquoi vous avez consacré votre vie avec cet acharnement à cette tombe; mais il m'en est résulté la conviction que vous étiez une brave fille et je ne croirais pas
quiconque me dirait le contraire. Je suis un simple; mes
parents, vous me connaissez, ont le triste mais lucratif
emploi de gardiens de cimetière; moi, je suis employé au
Bon Marché; j'ai 200 francs par mois, logé, blanchi et
nourri; de plus, grâce à l'admirable institution de la
maison, malade je serais soigné; plus tard j'aurai une
petite pension. J'ai déjà 4,000 francs d'économies; vous êtes
modeste, mon travail peut nous faire vivre tous deux; je
n'admets pas d'ailleurs qu'une femme peine et travaille
pour son ménage. Voulez-vous de moi pour mari ? Mes
parents, qui vous aiment depuis qu'ils vous voient journellement, sont consentants. Je ne vous demande pas de
me raconter votre histoire : je suis un humble, je vous
l'ai dit; votre éducation est supérieure à la mienne, mais
mon cœur vaut celui des plus hauts. J'ai entendu dire un
jour un mauvais propos sur votre compte; j'ai cogné
celui qui le tenait, mais je ne m'y suis pas arrêté;
j'ai, d'ailleurs, ma morale à ce sujet : l'honnêteté de la
femme dépend du mari. Nous n'avons eu que de braves

femmes dans notre famille, vous continuerez la tradition ; le jour où vous manqueriez, je ne ferais pas de phrases, mais je vous tuerais et moi après : ceci dit, voulez-vous de moi ? »

» Je demandai quarante-huit heures pour réfléchir, c'est-à-dire pour me consulter, me rendre compte de l'obstacle que me créait mon passé et de la fermeté, de l'éternité de mes résolutions ; si bien réellement la femme d'autrefois était morte en moi ; si je ne chercherais jamais dans l'avenir éclairci, mais restreint, à être autre chose que l'épouse d'un modeste employé ; si toutes mes rêvasseries, mes illusions puériles, mes aspirations vers le milieu où j'avais vécu chez M. Langlet, étaient bien enterrées ; j'eus la joie, la consolation de pouvoir me répondre : oui. Depuis un an je suis la femme de Julien, et ma vie n'est qu'une longue action de grâces à Monsieur qui m'a valu ce bonheur que je ne méritais pas : mon bon et cher mari. Comme il me l'avait dit, c'est un simple, mais un juste, un être bon et miséricordieux, un travailleur obstiné. Dès sept heures il est au magasin ; il passe pour l'un des meilleurs employés. Il déjeune là-bas, mais il trouve toujours cinq minutes pour s'échapper et venir me dire bonjour. A sept heures, il rentre pour dîner ; nous passons la soirée ensemble ; nous allons rarement au théâtre : nos seules distractions sont les concerts du Bon Marché. Le dimanche, par exemple, nous nous en donnons ; nous passons toute la journée à la campagne, tantôt ici, tantôt là. Je n'avais jamais été aimée, c'est cela surtout qui m'avait rendue mauvaise : je m'en étais bien rendu compte ; je n'avais jamais réussi à fixer ni à retenir personne ; on n'attachait pas de prix à mon affection, à mes serments, à mes protestations ; on était toujours prêt à me désavouer, à

me laisser, et j'en enrageais ; pour la première fois je
suis chérie et désirée, estimée et prisée au-dessus de ce
que je vaux, et cela fait tant de bien d'être aimée réellement par un brave homme, cela console de tout, vous
refait pour ainsi dire un autre être. Ainsi s'écoulent mes
jours, et c'est à M. Langlet que je dois tout ça, puisque sa
mort a pu seule me faire voir clair et rentrer en moi-même.
Ah ! combien il avait raison dans tout ce qu'il me disait !

» — Que fait votre mari ? lui demandai-je, oubliant
dans mon émotion qu'elle venait de me le dire.

» — Oh ! il n'est attaché à aucune ambassade. Il est
employé au Bon Marché. Mais il gagne largement de quoi
nous faire vivre tous deux. » Et alors elle m'expliqua
cette admirable organisation, qui fait du moindre commis une sorte de fonctionnaire associé à la maison, intéressé à sa prospérité. Je n'en revenais pas de surprise.
Figurez-vous que ces jeunes gens gagnent là quatre fois
plus qu'un licencié en droit dans aucun ministère. Avec
un peu de chance et de savoir-faire, ils arrivent à se
créer des situations tout à fait enviables.

Aristide Boucicaut ne fut pas seulement un habile com-
merçant, ni même un simple philanthrope. Il fut un
grand économiste, qui indiqua une solution humanitaire
de la question sociale.

Cet intérieur, que je vis alors, m'apparut et reste dans
mon esprit comme une réalisation de bonheur calme et
souriant qui me hante.

Ils habitaient une petite maison, sorte d'hôtel en mi-
niature, de la rue Montparnasse, qui semblait ouverte de
tous côtés à la lumière et au soleil. C'était une véritable
trouvaille. Un ouvrier verrier y avait fait de mauvaises
affaires et avait cédé, pour presque rien, un corps de
logis indépendant, entouré d'un jardinet empli de fleurs,

A l'intérieur, des meubles simples, rustiques même, mais révélant un certain goût artistique, ornaient les pièces exiguës, mais bien aérées et très claires. Les goûts de Langlet avaient déteint sur Camille. Elle avait remplacé les papiers par des tentures en andrinople ou en toile à voile semée de bouquets. Le lit était large et bas. Quelques plantes vertes ornaient les fenêtres. Au mur, des esquisses, des portraits de Langlet, des chinoiseries à un sou achetées au Bon Marché. Ce coin était propret et coquet, tout en étant des plus modestes; j'étais ravi, charmé, et j'en voulais à Langlet de n'avoir pas deviné plus tôt que cette fille pouvait être sauvée, rachetée et devenir peut-être une femme honnête, une mère irréprochable.

Enfin, que vous dirai-je? Je revins d'autres fois; je vis son mari, qui était un excellent garçon, du même âge qu'elle à peu près, pas sot et uniquement préoccupé de la rendre heureuse.

Il me semblait qu'il y avait encore un secret à pénétrer.

Mais je n'osais trop insister pour en obtenir la révélation. Enfin, longtemps après, un jour où j'étais sorti avec elle et où le hasard d'une promenade au grand air nous avait perdus par un des nouveaux boulevards qui coupent ce quartier lointain, nous nous assîmes sur un banc, à l'ombre des tilleuls. C'était à côté d'une statue récente, de Raspail, je crois.

Je ne sais à propos de quoi, je lui dis:

« — Quand je songe, madame, que je vous ai si longtemps détestée! Mais je vous prenais pour ce que vous n'étiez pas. Il a fallu que je vous visse ainsi, telle que vous êtes réellement, pour vous comprendre.

» — Ah! si vous saviez. Vous avez été peut-être trop sévère, mais vous êtes actuellement trop indulgent. Si je

vous racontais ma vie telle qu'elle a été, vous me pren-
driez peut-être en horreur. Il est des moments où je me
reproche à moi-même mon propre bonheur. Il me semble
que je ne mérite pas ce qui m'arrive. Songez donc ! On
ne vous a pas menti, allez, quand on m'accusait d'intrigues et de mensonges. Si vous saviez !... » Et alors elle
se mit à me refaire lentement l'histoire de ce passé douloureux. Elle parla d'elle-même comme d'une pauvre fille
qui fût morte, et qu'elle eût aimée autrefois. Tous les détails de cette existence étrange, tous les replis et les contradictions de cette nature complexe et maladive, elle
m'avoua tout. Puis elle termina ainsi : « Je n'ai voulu
rien atténuer ; je n'ai pas cessé un seul jour, depuis la
mort de Monsieur, de venir lui demander pardon de mes
manques de cœur, de mes trahisons, de mes perfidies
conscientes et inconscientes, de mes faussetés, même
quand je faisais semblant d'être sincère, de mes aveux
empreints de réticences, de mes flagorneries, de mes
mensonges continuels, de mes entêtements au mal, de
mes démonstrations théâtrales, du tort que je lui ai fait,
du mal que je ne lui ai pas épargné, des doutes que je
lui ai inspirés sur ceux qui l'aimaient, des calomnies
dont j'ai sali quelques-uns de ses amis. Par une jalousie
ou une perversité inconcevables, je les tuais, morts dans
son souvenir, vivants dans son cœur ; je lui occasionnais
des irritations constantes qui l'obligeaient à sortir de son
caractère, lui si égal, si doux et si correct. Je lui demande pardon surtout de ne pas lui avoir apporté les
consolations que j'aurais pu lui donner, dans les douloureuses épreuves subies, la dernière année de sa vie ; mais
un démon s'était emparé de moi, obscurcissant mon intelligence, paralysant, trahissant mes sentiments réels,
voire même ma volonté. Puis, je croyais que Monsieur

durerait toujours et je projetais de tout réparer, de devenir sincère et bonne ; d'avoir avec lui une heure de vraie franchise, sans réticence ; de tout avouer, de tout confesser, de me corriger ensuite, de me réformer, une fois le pardon obtenu, réconfortée, retrempée par lui. Ah ! si je m'étais consacrée à lui, sans arrière-pensées, si j'avais employé pour son bien-être, son bonheur, sa considération, toute la ténacité, l'intelligence diabolique que j'avais montrées pour mes stupides intrigues, il eût été heureux, j'aurais contribué à lui faire la vie moins amère, il vivrait encore peut-être. Hélas ! ma mauvaise nature, mes habitudes invétérées de duplicité, l'impossibilité d'être complètement vraie, furent plus fortes que mes résolutions ; il me fallait une leçon terrible pour que je pusse voir en moi-même ; la mort s'est chargée de me la donner. Eh bien ! monsieur, ce qu'il avait tant voulu faire pendant sa vie, ce qu'il n'avait jamais pu obtenir pendant les huit ans que j'ai passés sous son toit, sa mort l'a réalisé comme par enchantement ; tout d'un coup j'ai vu clair en moi. Un voile s'est déchiré, je me suis rendu compte combien j'avais été atroce, ingrate, sans cœur, sans pudeur et sans délicatesse, malfaisante en un mot ; combien de mécomptes, de tristesses, de fausses interprétations, j'avais valus à cet homme, dont le seul tort était de ne m'avoir pas chassée, de m'avoir gardée auprès de lui, malgré tout, envers et contre tous, malgré tant d'essais malheureux, de récidives sans excuses, malgré surtout la conviction absolue qu'il avait acquise que je ne changerais jamais et l'idée immuable qu'il s'était faite de ma perversité. Ah oui ! j'ai été bien infâme et j'invoquerais en vain des circonstances atténuantes ; il n'en est pas... Pour être complètement vraie, cependant, je dois ajouter ceci, non comme une excuse, mais comme une explication ; je pouvais difficilement me métamorphoser pendant que Monsieur vivait ; il avait fini, tant il en était pénétré, malgré sa faiblesse pour moi, par m'inspirer le mépris absolu de moi-même, mépris gai, audacieux, mais bien réel. C'est la seule erreur que je lui reproche, mais elle fut capitale.

» Quand je voulais essayer parfois de me corriger, de prendre des résolutions énergiques, de revenir au bien, je le voyais si incrédule, armé de méfiances si invincibles, ne me faisant pas le crédit d'un dernier essai, persuadé que je ne pouvais être qu'une femme perdue, continuant à me tenir en laisse comme un animal dompté, mais resté nuisible et dangereux au fond, que je me suis lassée, je n'ai plus cherché à réagir.

» Alors, une bonne fois, j'ai jeté à tout jamais mes résolutions par-dessus les moulins, j'ai eu le courage de mes vices et j'ai simplement pensé parfois — oh ! pas souvent — que Dieu seul me serait indulgent véritablement, là-haut. Il ne m'excusera pas, certes, me disais-je, ne me supportera pas de parti pris, mais il me mettra, à certains moments, à même de m'amender ; cela a été ma seule révolte. C'est la première fois que je rappelle ce passé. Cela me fait du bien, il me semble que je me confesse et que tout m'est pardonné.

» — Oui, tout vous est pardonné, » lui dis-je, plus ému que je ne voulais le laisser voir.

Je n'ai pas su vous redire la lamentable histoire de Camille. Mais si vous l'aviez entendue, comme moi, par un soir d'été mélancolique, à l'ombre des arbres déjà moins verts, si vous aviez senti l'émotion de cette fille qui évoquait son passé et pleurait sur elle, vous auriez peut-être partagé mon attendrissement et vous auriez dit aussi : Tout est pardonné. Qu'en pensez-vous, comtesse ?

— Je pense que votre Camille a dû être souvent plus à plaindre qu'à maudire. Mais il n'en est pas moins vrai que ces natures-là sont de bien mauvais voisinages et que je n'en souhaite ni à moi, ni à mes amis.

— Mais enfin, si vous étiez le prêtre, l'absoudriez-vous?

— Le prêtre absout toutes les fautes, comme Dieu. Mais le monde est moins indulgent, et le monde...

— Il ne s'agit peut-être pas, dit Jean Paullet, de juger ces consciences particulières au point de vue toujours étroit de la morale mondaine. Votre amie s'est repentie, elle a pris de l'équilibre moral et vit en honnête femme. Nul n'a le droit de lui jeter la pierre. Elle est heureuse, et c'est justice. Mais notre discussion était tout autre. Il s'agissait de savoir si on peut accorder son amitié et sa sympathie à ces détraquées.

— Eh bien?

— Eh bien, il me semble qu'il y aurait sottise ou cruauté à refuser sa sympathie à Camille réhabilitée par le dévouement. C'est pour des natures comme la sienne que le poète a eu raison de dire :

> Il est beau du devoir de ne jamais sortir,
> Mais plus beau d'y rentrer avec le repentir.

— Et vous croyez que Camille est à jamais repentie?

— J'en suis sûr. Voyez-vous, madame, l'amour, l'amour vrai, inspiré, ressenti, est un grand rédempteur ; jusqu'à présent, remarquez-le, elle n'avait jamais été aimée, sérieusement aimée par un honnête homme, s'entend ; l'amour vrai guérit toujours ces malades-là. Elle sera honnête désormais. N'est-ce pas votre avis, duc ?

— Absolument. Pour ma part, je répondrais d'elle plus volontiers que de beaucoup de femmes n'ayant jamais failli.

— N'exagérons rien. Il est certain que, du train dont vont les choses, on accordera bientôt tellement d'estime et de considération aux anciens criminels qu'il n'en restera plus pour les pauvres gens qui n'auront pas commis de crime. Je crois que Camille aurait pu arriver à ce jardin si poétique de la rue Montparnasse par des chemins moins tortueux. Quoi qu'elle fasse, il n'en restera pas moins en beaucoup de cœurs le souvenir, l'impression du mal qu'elle aura fait. M. Langlet lui-même, qu'elle pleure d'une façon si touchante, n'a-t-il pas eu ses jours abrégés par les ennuis qu'elle lui a occasionnés ? Il y a peut-être quelque chose de meilleur que de pleurer un mort : c'est de ne pas le faire mourir, quand on le peut.

— Votre conclusion à cette étude psychologique ? fit la marquise en s'adressant à M. B...

— C'est que Camille vaut moins que Germinie et qu'elle finira mal.

— La mienne, fit le duc de M..., c'est qu'il n'y en a point, qu'il faut juger isolément chaque fait, se tenir sur ses gardes et ne s'étonner de rien quand on rencontre une Camille sur son chemin.

— Ma conclusion à moi, fit la marquise, c'est que cette fin dans un intérieur bourgeois et modeste, correspond peu au personnage. Elle est contraire à ses propres paroles, quand vous lui faites dire qu'elle ne peut épouser qu'un imbécile ou une canaille. Cette parole est vraie, et cette femme, dans la réalité, doit fatalement épouser les deux, l'un après l'autre, en commençant par l'imbécile. Pour moi, il n'y a que deux fins possibles : ou bien elle doit mourir, en quelque aventure, la tête cassée par un misérable quelconque ; ou bien son hystérie la portera du côté religieux, sur le tard. Je sais bien que vous avez entrevu un type que vous voulez nous rendre ; mais qu'importe ? ce type une fois admis ne comportera pas une fin bourgeoise. De même que les possédées du moyen âge étaient exorcisées par les prêtres, la vraie fin des hystériques passionnelles de nos jours est encore l'Eglise. Et puisqu'on devait la voir repentante et ramenée au bien, l'influence d'une tombe pouvait être le commencement de ce repentir, soit ; mais, ce repentir commencé, n'oubliez pas que le fond même de sa nature est de la porter d'un extrême à l'autre, que l'équilibre chez elle reste constamment rompu par la prédominance alternative de forces opposées ; et, par conséquent, le jour où l'une de ces forces l'emportera sur l'autre, cette force aura pris un développement énorme, une grande puissance. L'équilibre ne se rétablit pas comme celui d'une balance où les deux forces s'égalisent ; il se rétablit quand l'une des deux, soit la bonne, soit la mauvaise, emporte tout. C'est pourquoi les déséquilibrées ne retombent jamais à la vie banale. Selon que le cas est physique ou moral, elles vont à la folie ou au couvent. Ma conclusion est donc que tout est possible à des degrés invraisemblables et divers. Le triomphe de Germinie, c'est l'affection de Mlle de Varandeuil survivant à ses perfidies. Le triomphe de Camille, c'est que, pervertie, flétrie, capable de tout, même d'honnêteté à ses heures, — ce qui rend ses autres heures bien méprisables, — mon vieil ami, le duc de M... ici présent, en a été et en est encore toqué, — ne rougissez pas, marquis, c'est comme cela ; ne vous en défendez pas, je ne vous en veux point. — Mais que restera-t-il pour nos filles, si des Germinie, des Camille, des Gabrielle Bompard, des Gabrielle Fenayrou, peuvent pêcher, dans leur eau trouble, des cœurs comme celui de Mlle de Varandeuil, de Langlet et de mon pauvre marquis ?

— Ma solution à moi, reprit mélancoliquement le docteur, c'est que je ne saurais juger ce que j'analyse ; la multitude des détails rend l'ensemble confus. Quel que soit notre jugement, il faut en conclure qu'il est bon d'écarter de son chemin cet être hybride dont l'âme, échappée de l'Apocalypse, est tour à tour monstrueuse et angélique, et ne saurait avoir sa place dans le paradis des honnêtes gens. Heureux notre ami, si, la suivant dans ses mille replis tortueux, il a réussi à peindre Camille avec assez de fidélité pour que, méprisable, elle nous inspire la pitié ; haïssable, l'indulgence ; dévouée, la méfiance ; corrigée, assouplie, vaincue enfin, une crainte indéfinissable, une terreur de tous les instants.

A vrai dire, je ne sais si je ne lui préfère pas Germinie. L'éducation, ou plutôt la demi-éducation, n'aggrave-t-elle pas les maux qu'elle est impuissante à prévoir ?

— Quelle conclusion, en définitive, tirer de toutes ces demi-conclusions ? reprit la comtesse impatientée.

— Le charme de ces questions, madame, c'est qu'elles ne comportent pas de conclusion absolue. Le vieux Tourgueneff l'a dit : « L'âme d'autrui est une forêt profonde ! »

Janvier 1890.

L'AVEU

A Maître E. R...

Nous avons pris au réalisme, qui, lui-même, l'a emprunté aux journaux anglais, le goût des descriptions d'intérieurs. Il ne nous suffit point de savoir qu'une femme est jolie : il nous faut connaître, par le menu, dans quel cadre elle se meut ; de quelle époque est le bibelot qu'effleure sa main fine ; pénétrer les mille détails de son *at home*, de sa toilette, de ce qui, hors d'elle, garde son empreinte. Est-ce un tort ? Oui et non. Oui, quand l'intrigue ne justifie pas le luxe de description déployé ; non, quand il en résulte une connaissance parfaite de l'héroïne et que le lecteur s'attache à un être demi-réel, demi-fantastique, côtoyé à la fois dans la vie et dans le rêve.

Nous inclinons vers cette dernière façon de voir et nous dirons tout de suite que Marthe de B... était une délicieuse créature de trente ans, veuve depuis quatre, et à la veille d'épouser Raoul de N..., qui la poursuivait de

ses assiduités depuis dix-huit mois. Elle avait été longtemps à se décider; mais elle venait, enfin, de dire oui.

Blonde, élancée, les yeux bruns avec une paillette d'or
éclairant la prunelle, comme ces étincelles qui dorment
au fond de l'eau-de-vie de Dantzig, elle s'habillait en Parisienne de race qu'elle était, valsait avec la grâce d'une
Viennoise, montait à cheval comme une amazone, chantait et peignait avec cette perfection à laquelle arrivent
les amateurs qui font de l'art pour l'amour de l'art.

Marthe était belle et bonne; elle semblait créée pour le
bonheur, car il n'y a point d'égalité dans les conditions
sociales : ceux-ci sont nés pour être heureux, ceux-là pour
être malheureux. La vie tourne la roue, et la destinée de
chacun s'accomplit.

Perdue dans une rêverie profonde, la jeune femme
contemplait distraitement, l'âme ailleurs, les fanfrelu-
ches, délicatement choisies, qui ornaient son boudoir de
prédilection. Des livres curieusement reliés; des meubles
en bois des îles, exhalant une douce odeur lointaine, gri-
sant l'esprit plus que l'odorat ; de longues plantes vertes,
graciles et aristocratiques, faites pour vivre dans cette
atmosphère et remplaçant les fleurs nées pour le soleil et
le plein air ; un ou deux ouvrages féminins peu compliqués, donnaient un air d'intimité à ce coin mystérieux.
Marthe se dirigeait vers la porte lorsqu'un coup de sonnette la fit tressaillir. Presque aussitôt on entendit une
voix d'homme joyeuse, bien timbrée, tandis que le valet
de chambre soulevait la légère portière de bambous mou-
vants dans laquelle couraient de grosses perles rondes,
luisantes comme des agates.

— Me voici, ma chère Marthe, exact au rendez-vous,
dit le jeune homme en s'inclinant sur la main blanche
qu'on lui tendait. Mais, de grâce, quel est ce mystère?

— Ce mystère... répondit Marthe, d'un air pensif. —
Et elle entraîna Raoul vers un fauteuil. — Asseyez-vous,
vous allez le connaître...

Elle prit un siège à côté de lui.

— Ce que j'ai ! Un scrupule, un scrupule de conscience... Vous avez été pressant, vous avez prié si bien.
Comment résister ? J'ai dit oui... sans même prendre le
temps de me recueillir...

— Est-ce déjà un regret ?...

— Non, mon ami ! non. J'ai promis du cœur et des
lèvres. Dans trois jours, je serai votre femme. Seulement, c'est moi, aujourd'hui, qui vous demande en face :
« Avez-vous bien pesé ce que vous allez faire ? Avez-
vous réfléchi ?... »

— Oh ! Marthe !

— Ne m'interrompez pas. Vous me voulez pour femme,
c'est bien ! Êtes-vous assez ferme en votre désir, en votre
résolution, assez sûr de vous, assez fort contre les jugements du monde ?... Tenez, soyez franc ! Dans l'intimité
de la pensée, n'est-il pas de ces réticences que votre raison, votre orgueil, votre amour-propre vous chuchotent
à l'oreille à l'heure décisive ?

— Que voulez-vous dire ?...

— Voyons, écoutez-moi, Raoul ! Comprenez-moi bien.
J'ai l'horreur de ce qui ressemble à une confession, je dé-
teste ces platitudes sentimentales. Pourtant, à la veille
de mettre ma main dans votre main loyale, d'accepter
votre fier nom, alors que vous avez vaincu toutes mes ré-
sistances, je veux pourtant une promesse : il faut que
j'aie de vous l'assurance que vous nous éviterez, à tous
deux, les récriminations vaines, les jalousies rétrospec-
tives... Voilà le mot lâché !... Le monde, je le sais, Raoul,
ne m'a guère épargnée ; j'ai eu le don, la malechance, si

vous voulez, de préoccuper, avec ceux qui m'aimaient ou
me discutaient, les indifférents eux-mêmes... J'ai toujours dédaigné de me défendre, de m'expliquer, de me
raconter. A quoi bon? Malgré la tendresse que vous
m'inspirez, je ne commencerai pas... Je crains que vous
n'ayez du penchant à la jalousie ; mais je vous estime
aussi profondément que je vous aime. Vous avez droit
de ma part à un entier aveu. Le cœur déchiré, mais
l'âme résolue, il me faut reconnaître que tout ce que l'on
vous aura dit n'est peut-être pas calomnie...

— Comment ! s'écria Raoul, suffoqué par la surprise et
la douleur. Ces infamies, dont je cherche partout les auteurs anonymes, misérables et invisibles...

— Ne cherchez rien, mon ami. Ceux qui m'ont accusée, qui vous ont écrit, peut-être, m'ont crue capable du
dernier, du plus abject de tous les mensonges, de la duplicité. Ils ignoraient ma franchise invincible. J'avais
vingt-quatre ans, — je ne me justifie pas, notez-le bien,
— j'étais seule dans la vie ; sans mère ni enfant, ces deux
anges gardiens de la femme ; je...

— Non, c'est impossible, interrompit Raoul, le front
embrumé soudain d'une tristesse mortelle... Mais savez-
vous l'aventure que l'on vous prête avec ce fat de vicomte
de M...?

— Hélas ! mon ami...

— Et votre fugue excentrique avec ce stupide colonel B... Non ! même si vous me le disiez, je ne pourrais
y croire !

— Que voulez-vous ? Isolée, libre, curieuse, je n'avais
pas l'intention de me remarier. Je porte en moi un
esprit en révolte contre la vie conventionnelle du monde.

— Et D.., l'artiste célèbre ; et ce prince royal en
voyage ?

— Accablez-moi, couvrez-moi de honte et de confusion ! Je ne puis me défendre, sans manquer à l'expiation suprême que je me suis imposée : celle de tout vous dire. J'avoue en bloc, sans rien discuter ; les insinuations, je les accepte. J'ai été folle, j'ai été coupable, impardonnable, oui, c'est vrai ! J'ai eu toutes les curiosités, toutes les audaces. Si cela peut être une excuse à vos yeux, sachez que je n'ai jamais commis une bassesse, une platitude, une perfidie ou une lâcheté. Jamais je ne me suis donné la peine d'un mensonge. Et maintenant, Raoul, je vous rends votre parole... Si vous êtes assez faible ou assez fort pour me vouloir encore pour femme, — ce que loyalement je ne vous conseillerai jamais, — après cette soirée, vous ne m'interrogerez, ni ne me reprocherez rien. Ce passé que j'ai brutalement évoqué, sans en rien dissimuler, devant mon fiancé, sera mort à jamais pour mon mari. Pas un mot, pas une allusion ne s'échapperont de vos lèvres, pas un doute n'altérera votre sourire, pas un souvenir ne fera trembler votre main dans la mienne... Mais non, c'est un rêve impossible ! Disons-nous adieu, tandis qu'il en est temps encore.

Et Marthe tendit à Raoul ses deux mains où battait la fièvre. Il les étreignit faiblement, et il eut la force de se retirer, au moment où il allait y déposer un baiser.

— Pardonnez-moi mon trouble, Marthe ; mon être tout entier se révolte contre vos étranges paroles. Je vous écrirai...

Il sortit comme un insensé, sans que Marthe eût vu deux larmes brûlantes coulant sur ses joues enflammées.

Quand le bruit de ses pas fut éteint dans l'escalier sonore, elle courut à la fenêtre, en souleva les rideaux et contempla longuement, tristement, l'homme qui emportait avec lui son cœur de femme tout entier. Grand,

hardiment planté, la bouche charnue sous sa fine mous-
tache châtaine, des yeux légèrement voilés, lançant par
instants des regards aigus comme les lueurs de l'acier que
frappe le soleil, Raoul était beau de cette beauté intelligente et virile qui conquiert les vraies femmes. On devinait en lui l'ami, le protecteur, le compagnon, dont on
ne se lassera jamais, avec lequel il ferait bon vieillir
comme il ferait bon vivre. Mme de B... comprenait et
mesurait ce qu'elle perdait en lui. Et la pauvre femme
éclata en une crise de douleur, où son cœur semblait se
briser dans sa poitrine emplie de sanglots.

— Oh! folle que ie suis! murmura-t-elle. Raoul,
Raoul, revenez...

. . . .

Raoul, chez lui, semble un halluciné. Dans sa tête vide,
deux uniques pensées tournoient, battant les parois de
son cerveau. Il évoque tous les souvenirs de sa première
rencontre avec Marthe, à l'ambassade d'Angleterre ; il la
revoit dans sa robe d'un lilas clair dont le reflet met du
rose à ses épaules très peu décolletées, des épaules de
jeune fille, fuyantes et rondes avec des lignes un peu graciles. Elle, indifférente à tout ce qui l'entoure. Par
moments, son visage disparaissait à demi derrière un
large éventail qui, alors, cachait ses grands yeux, son
sourire d'enfant. Qu'elle était donc chastement jolie !
Chacun la regardait, s'en inquiétait; nulle part elle n'eût
passé inaperçue. Elle éveillait les jalousies, presque les
haines, inspirait aussi des dévouements passionnés, presque aveugles.

Raoul retrouvait dans sa mémoire tous les propos
entendus sur elle, dans cette soirée, dont tous les détails
étaient pour lui inoubliables :

— « Bien jolie, la vicomtesse de B..., avait dit l'un ; on

prétend qu'elle se remarie. » — « Avec L... ? » — « Non, mauvaise langue ! » — « Bah ! elle ne rompra point pour si peu avec lui ! » — « Messieurs, messieurs, vous calomniez madame de B... Ma tante la tient en haute estime, et vous savez s'il faut de bonnes raisons à la chanoinesse pour admettre les femmes qu'elle reçoit. »

... Et Raoul se revoyait tour à tour attristé et ravi, sans savoir pourquoi, à entendre ainsi parler de celle qu'il aimerait un jour. Plus loin, deux pschutteux échangeaient cette fin de dialogue :

— « Te présenter à madame de B...? Oh ! mon cher, rien à faire ! Une femme qui n'est un souvenir, ni une-espérance, pour quiconque ! ! ! » — « Une pimbêche, madame de B..., ripostait une voix de femme, sifflante et mauvaise... A Étretat, son mari lui laissait toute liberté : elle ne voyait que des artistes, voire même des comédiennes... Le peintre X... est mort à cause d'elle... Une coquette pour qui Chose et Machin se sont coupé la gorge... J'ai entendu sur elle des histoires à faire dresser les cheveux. »

Dans le salon d'à côté, c'était, Dieu merci ! une autre note. Le maître de la maison, grand seigneur, homme d'État, célèbre écrivain, disait à son collègue, l'ambassadeur d'Autriche :

— « Cette délicieuse personne qui cause avec mon gendre ? C'est madame de B..., la plus fière, la plus noble des femmes, la plus adorable veuve, qui fut idolâtrée de son mari ; fille sans pareille, épouse incomparable, mère modèle, si elle eût eu des enfants, une créature, en un mot, digne de tous les respects, de toutes les admirations... »

Et aussitôt, dix pas plus loin :

— « C'est qu'elle a le talent de faire croire tout cela d'elle !... Quelle comédienne ! »

Et ainsi deux longues heures durant. Oh ! bien cruels

étaient maintenant les souvenirs de Raoul, autant
d'épines qui s'enfonçaient en son cœur meurtri. Il se
revoyait plus tard, quand la belle vicomtesse lui avait
pris son cœur, il se revoyait, allant demander le secret
de cette énigme irritante à son vieil ami, le spirituel
comte de F..., qui, avec ses allures sceptiques et ses mots
à l'emporte-pièce, est bien le plus galant homme et du
jugement le plus sûr.

— « L'opinion du monde, avait dit le comte, elle est
comme la langue d'Ésope, la pire et la meilleure des
choses. Pour madame Marthe de B..., croyez la moitié
du bien qu'on vous dira d'elle, le quart du mal aussi.
Quand vous la connaîtrez, vous me direz ce que vous
en pensez ! »

Mais déjà Raoul avait échangé avec Marthe le regard
qui fait communier les âmes. Deux jours plus tard, il se
faisait présenter à elle et il sentait qu'elle tenait sa vie
dans ses petites mains.

Et maintenant qu'il avait obtenu d'elle le « oui » si
longtemps refusé, c'était Marthe elle-même qui, de sa
propre bouche, venait de lui dire, en face, son secret de
sphynx, étrange et cruel aveu, qui ne lui laissait pas
même l'espoir d'une illusion impossible...

*
* *

Le neuvième jour arriva chez Mme de B... une lettre
dont l'écriture la fit pâlir. Une minute, elle regarda l'enveloppe. De ce carré de papier allait s'échapper le bonheur ou le malheur... Un parfum vague, son parfum...
Brusquement elle voulut savoir, brisa le cachet ; une joie
folle brilla dans ses yeux, en lisant ces mots :

« Marthe, je vous aime ! Je ne saurais vivre sans vous.

Voulez-vous être ma femme ? Que ces mots tombent les premiers sous vos yeux pour vous faire croire à l'oubli.

» Ne me demandez pas si j'ai souffert... mais je ne sais plus rien du passé. Je veux que vous veniez à moi, la joie sur le visage, l'âme apaisée, confiante.

» Que rien n'évoque jamais le souvenir de ce qui fut hier !

» J'ai fait un cauchemar atroce ; votre sourire, votre charme et mon amour l'ont mis en fuite pour toujours.

                              » RAOUL. »

Dans la journée, quand Raoul entra, encore pâle des traces de la lutte intime entre sa conscience et son amour, Marthe faillit tomber à ses genoux.

— Merci ! dit-elle simplement ; ma vie entière serait trop courte pour prouver à mon mari ma tendresse et ma reconnaissance.

. . . .

A l'entrée du chœur de Sainte-Clotilde, l'épousée lentement s'avance au bras de son oncle, le général de K..., dans la neige de sa robe satin pâle, glacée d'argent, ayant pour seule parure des perles aux oreilles avec une perle unique fermant le corsage ; on dirait une jeune fille, simple, recueillie, chaste, les joues à peine rosées d'une lueur sous les regards qui lui font cortège. Et comme il la suit des yeux, enivré, Raoul, tout à coup se souvient : « Tant de décence, de dignité hautaine, de piété naïve, et ce passé ! ! !... »

. . . .

Au fond du boudoir tiède, enfin seuls, ils sont là, chantant le duo de l'éternelle chanson, les yeux dans les yeux ; et parfois les lèvres de Raoul rencontrent les lèvres de Marthe, qui ont le coloris d'une fleur, le parfum d'un fruit savoureux.

— Me voilà tienne ! murmure l'épousée d'une voix
presque basse, étouffée par l'émotion. Tienne malgré
tout, malgré toi-même. Tu m'as tout donné, tout sacrifié,
ton âme éprise d'idéal et le désir suprême de ta mère,
à qui tu promis de donner une fille digne d'elle, digne du
nom sans tache de ton père.

— Marthe ! Marthe !

Et, cachant sa tête dans la poitrine de sa femme, Raoul
sanglote comme un enfant.

— Pardon ! mon Raoul ! Pardon !

Alors, à travers ses larmes, l'époux stupéfait voit, sur
le visage de Marthe, un rayon, une expression incomparable de sérénité, de pureté, de joie, comme en doivent
éprouver les anges devant la clarté des cieux qui s'ou-
vrent.

— Oui ! pardonne-moi... Je t'ai torturé, je t'ai laissé
croire... Comment n'as-tu pas deviné, comment t'es-tu
laissé prendre au piège ? Comment n'as-tu pas compris
que c'était une épreuve, rêve d'une folle qui voulait être
aimée par-dessus tout ? Pour ce rêve, j'ai risqué ta vie, la
mienne ; pour tuer cette jalousie dont je devinais le germe,
je me suis accusée, calomniée !... Et vous m'avez cru.

Raoul avait relevé Marthe et la pressait contre son
cœur. Elle riait et pleurait à la fois. Lui, dans une extase,
l'écoutait.

— Toutes les lettres que j'ai reçues depuis mon enfance,
je les ai gardées. Tu les liras, mes intrigues dont j'ai fait
l'aveu. Tu en riras, mon cher mari. Mes amoureux ? Tu
les aimeras ! Tout le reste n'est que comédie, un jeu cruel
où tu as gagné pour nous deux le bonheur, où ton cœur a
remporté la victoire. C'est lui qui te criait que j'étais,
quand même, digne de lui. Je suis fière de ton cœur, qui
m'a défendue !

Ce fut au tour de Raoul de demander pardon. Elle le retint, et d'une voix câline :

— Vous n'avez pas épousé une petite fille, monsieur mon mari. Écoutez ma confidence... Vous autres, hommes, qui avez fait le tour de la vie, vous ne savez rien, excepté quand vous écoutez votre cœur. Ne croyez pas la centième partie seulement des médisances qui se colportent sur les femmes. Celles qui ont des intrigues sont, partout, une exception, malgré tous les racontars du monde. Les femmes cherchent le bonheur et savent très bien où il se trouve, sans que M. Dumas fils ait eu besoin de le leur dire : c'est au foyer, près du mari, des enfants qui vous aiment. Le monde est pavé d'honnêtes femmes... Les autres sont des raretés, des révoltées, des malades, et quelquefois aussi, peut-être, de tristes natures, qui prennent le trouble et l'agitation pour la fantaisie, l'intrigue pour la passion... Notre langue française ne s'y trompe pas. Elle a pour toutes le même nom : les malheureuses ! J'ai entrevu l'existence de l'une d'elles. Quelle galère ! Furtifs rendez-vous, voitures prises et quittées en tremblant, rencontres qu'on fait et dont on s'affole, mensonges honteux, explications ridicules... Et tout cela pour rejoindre effarée, en quelque endroit banal, celui qui attend, avec la contrainte, peut-être, d'une concession, parfois même d'un sacrifice, un homme qui rit de votre trouble et trouve un peu « bébête » celle qui lui paraissait exquise dans son milieu ! Parfois la malheureuse est aguerrie. Elle traverse les obstacles, brave les regards, la tête haute. Et l'*autre* songe qu'il manque, à cette femme aimée, le charme de la pudeur désarmée par la prière. Et puis encore l'humiliante complicité d'une suivante qu'il faut acheter, puis racheter... Quelle vie ! Non, la simple vertu est plus riante, plus facile. L'amour le plus ardent

n'est qu'un nuage. S'il existe un paradis sur terre, il est
dans la sérénité délicieuse de l'amour avoué, partagé,
respecté, renfermant à la fois en lui toutes les voluptés
de l'esprit et toutes les joies du cœur.

. . . .

Il y a cinq ans de cela. Et dans le regard de Mme de N...,
que dore toujours une paillette blonde, son âme pure
comme une âme d'enfant se montre noble, chaste, fidèle,
aimante, sans tache, comme à l'heure où Raoul y puisa
le bonheur de sa vie.

LE MARIAGE DE MARGUERITE

Les scies les plus gaies ont souvent un point de départ triste. Combien de fois n'a-t-on pas chantonné, ridiculisé dans les livres, au théâtre, partout enfin, les haines séculaires et légendaires des belles-mères pour leurs gendres, celles des gendres pour leurs belles-mères ! Celles qui surgissent entre belles-mères et belles-filles, plus voilées, plus perfides, engendrent plus de drames cachés mais sont moins livrées au public, qui les pressent, tout en les ignorant. Que de griefs absurdes et ridicules naissent de ce seul hasard : que deux personnes, qui se fussent entendues en toute autre occasion, sont devenues beau-père et gendre, par la force des circonstances !

On a suffisamment célébré la haine des gendres contre leurs belles-mères. La jeune mariée se prend parfois, elle aussi, d'une jalousie féroce contre la mère et les sœurs de son mari. Et ce sont des scènes absurdes qui exaspèrent celui-ci : « Ta mère, tes sœurs passent avant moi ; toutes tes attentions sont pour elles, etc. » et de pires. On boude, en revenant de la maison paternelle de l'époux, où l'on crible toute sa famille de railleries.

Le mari essaie d'abord de convaincre sa jeune femme qu'elle est la première dans son cœur. Souvent il n'y parvient pas. Alors qu'arrive-t-il ? Ou il délaisse ses parents, s'attriste, se reproche cet abandon et le reproche à sa femme à toute occasion ; ou il va les voir, seul, *en cachette*. Sa femme s'en doute et l'espionne, ou il se trahit et, alors, éclatent des discussions violentes.

Après un certain temps, le mari, dont l'amour diminue au milieu de ces discussions, de ces querelles incessantes, ne se gêne plus : il va ouvertement chez ses parents, où sa femme ne le suit plus. La maison devient un enfer... à moins que la jeune femme ne tombe, tout à coup, dans une indifférence profonde, qu'elle ne s'inquiète plus des faits et des gestes de son mari, ne l'aimant plus... ou ayant trouvé une consolation quelconque. Ce n'est plus le paradis dans tous les cas, ce n'en est même plus l'apparence feinte ou trompeuse.

Avant d'aller plus loin, il faut bien avouer que la jeune femme n'a pas toujours absolument tort. Je connais des ménages (ils ne sont pas nombreux, mais il y en a) où la femme et l'enfant n'occupent que la seconde place dans le cœur de l'époux et du père, après les parents de celui-ci, après ses frères et sœurs. Je sais des maris qui privent leur jeune femme d'une chose *nécessaire* pour offrir un bouquet à leur mère, une fantaisie à leur sœur. Les anges et les saintes sont rares. Pensez à l'exaspération d'une jeune femme ordinaire, à qui la nature, la religion, la loi ont dit : « Tu quitteras ton père et ta mère pour suivre ton mari, » et qui attendait de celui-ci un sacrifice égal !

Certes, il ne faut pas obéir, à la lettre, à l'injonction de la Bible et du Code. Il ne faut voir que l'esprit du texte. La jeune femme qui tombe dans les bras d'un mari adoré ne peut pas, ne doit pas oublier ceux qui l'ont aimée, élevée, qui lui ont sacrifié tant de choses. Le jeune homme qui fonde une famille n'est pas autorisé, de ce fait, à se séparer complètement de ceux qui ont pris soin de lui, se sont saignés souvent aux quatre veines pour lui assurer une position et le mettre à même d'élever des enfants à son tour. Non, la nature, la religion, la loi disent seulement à l'épouse : ton mari occupera la meilleure place dans ton cœur ; à l'époux : ta femme sera le premier objet de ta sollicitude.

Il n'est pas question, croyez-le, de rompre avec l'une ou l'autre des familles. Tout en aimant sa femme, on peut, on doit garder affection, respect et reconnaissance à ses parents, se soucier encore de ses frères et de ses sœurs ; mais ils occuperont une place différente dans le cœur, comme différente est la tendresse qu'ils inspirent. Et on n'exigera pas davantage de la jeune femme qu'elle éprouve des sentiments plus héroïques... ou mieux, plus barbares.

Si on se laissait guider exclusivement par les enseignements de la nature, on n'arriverait pas absolument au résultat que je voudrais voir obtenir dans chaque famille : les parents chassent les petits hors du nid quand ces derniers ont des ailes, et les enfants ne reconnaissent plus leurs parents dès qu'ils les ont quittés. Mais si on éclaire ces enseignements du flambeau de la raison humaine, on saura remplir ses devoirs envers la famille au milieu de laquelle on a grandi, et envers celle dont on est devenu le chef, envers celle aussi de la compagne que l'on s'est choisie, et l'on ne feindra pas d'ignorer que cette compagne a des devoirs réciproques. Le progrès de l'espèce, la haute

9

civilisation à laquelle nous sommes parvenus, nous a
attendri, élargi le cœur ; nous y avons, maintenant, place
pour toutes les amours : l'un ne doit pas devenir destruc-
teur de l'autre.

Que le mari sache donc extirper de son cœur la jalousie
que lui fait éprouver l'ascendant encore exercé par sa
belle-mère sur la jeune femme ; que cette dernière sache
comprendre que, pour l'aimer ardemment, son mari n'a
pas chassé de son cœur son père, sa mère, ses frères et
ses sœurs. Si nous nous cantonnions ainsi par familles
nouvelles, comme les animaux, c'en serait bientôt fait de
la société ; l'humanité retournerait à la barbarie par
l'égoïsme, tandis qu'elle ne peut arriver au perfectionne-
ment que par l'amour, l'amour rayonnant au delà de
nous-mêmes, s'étendant à la famille agrandie, puis à tous
les hommes.

Après Anne Seph, j'aurais mauvaise grâce à sortir de la
généralité et à insister plus longuement sur un sujet vieux
comme le monde, quoique, ainsi que le monde, il soit toujours nouveau. Je préfère vous conter l'idylle terminée si
tristement, que mon ami F.., de Cologne, me transcrit
sous une impression poignante.

Il y avait à Francfort, il y a quelques années, une famille unie entre toutes et qui jouissait de la sympathie
générale. Le père avait été l'un des premiers architectes
de l'Allemagne, et, après fortune faite, il s'était retiré
dans une de ces jolies villas de Francfort qu'après la
guerre on vendit à prix réduit. L'hiver, il allait passer un
ou deux mois à Dresde, à Berlin, à Paris quelquefois,
car il avait des amis partout ; mais durant dix mois de
l'année, au moins, son temps, un temps bien occupé, je
vous en réponds, se passait dans sa ville natale. Mme X...
— je ferai comme les journaux allemands, qui ont eu la

prudence et le bon goût de ne donner que des initiales en racontant cette tragique histoire — était une femme jeune encore, intelligente, instruite comme le sont toutes les Allemandes en général ; le contraire est une exception parmi les femmes de nos voisins. Entre les deux époux qui s'adoraient, grandissait une charmante enfant, blonde et mince comme sa mère, avec ses yeux profonds, le front rêveur et bombé de son père. A seize ans, c'était une des plus jolies filles du pays ; et bien qu'elle n'eût qu'une dot assez mince, comme l'Allemagne est, ainsi que l'Espagne, un pays chevaleresque où la dot des jeunes filles est la dernière considération du mariage, la sienne était relativement considérable.

Cinq ou six demandes en mariage avaient déjà été faites, parmi lesquelles deux ou trois méritaient vraiment d'être prises en considération, lorsqu'un jeune Berlinois, établi à Francfort, se mit sur les rangs. Il paraissait vivement épris de Marguerite ; il n'y avait aucune raison de s'opposer à cette recherche. Elle était honorable de tous points. Sans être ce que l'on peut appeler un parti absolument brillant, Guillaume était un parti très sortable. Appartenant à la nouvelle aristocratie, riche, connu de tous sans être répandu dans la société, — il n'aimait pas le monde, — ayant une carrière : celle d'avocat, où il s'était déjà distingué, assez intelligent, joli garçon, n'ayant que vingt-sept ans, bien des pères s'en fussent contentés. Pourquoi donc M. et Mme X... demeurèrent-ils froids et se sentirent-ils le cœur serré comme dans un étau, lorsqu'ils s'aperçurent que Marguerite regardait ce nouveau prétendant d'un œil plus bienveillant que les autres ? Deux lignes suffiront à l'expliquer. La médaille avait un revers, et ce revers n'était pas rassurant.

Guillaume avait bien toutes les qualités, tous les avantages esquissés plus haut, mais un nuage assombrissait l'horizon ; ces qualités étaient voilées, annihilées par des défauts de caractère qui devaient inqui'ter et donner à réfléchir à un père de famille. Violent, emporté, colère, sans mesure, l'esprit faussé par un mauvais entourage, mal équilibré, il n'avait aucun empire sur lui-même, ne savait pas se contenir, et, dans une discussion, dépassait toujours le but ; tout en ayant l'instinct de la loyauté et de la droiture, il se laissait aller, cependant, aux choses les plus répréhensibles, les plus en opposition avec les sentiments qu'il prétendait avoir, qu'il avait certainement.

Une fois dans l'erreur, il s'y cramponnait avec une ténacité, un entêtement qu'il prenait pour du caractère. Toujours à côté, jamais dans le sentiment exact des choses, têtu, égoïste, ne voyant rien sainement, ni de haut, ce n'était pas le mari que l'on dût rêver pour une aussi jeune fille, cire molle, destinée à prendre l'empreinte qui lui serait donnée. Au collège, dans sa famille, avec ses domestiques, avec ses maîtresses, toujours et partout, Guillaume avait fait montre du même caractère intransigeant, personnel, étroit et mesquin. M. et Mme X..., avec cette prescience qu'ont les parents quand il s'agit de leurs enfants, s'opposèrent au mariage de tous leurs efforts, de tous ceux de leurs amis. Ils emmenèrent l'enfant en voyage, lui firent voir Dresde, Wiesbaden caché sous la verdure, passèrent huit jours à Paris, autant à Londres ; rien n'y fit. Marguerite voulait épouser Guillaume. Ses joues pâlissaient, sa taille se penchait, ses yeux plus profonds perdaient leur éclat... « Marie-moi, papa, disait-elle ; Francfort est si ennuyeux ! » Après un an d'hésitations, de terreurs, de supplications d'attendre encore, M. et Mme X... durent consentir. Ils sentaient que leur fille allait les haïr, les détester s'ils attendaient, et

ils cédèrent, la mort dans le cœur. Le mariage fut célébré le jour où Marguerite atteignait ses dix-sept ans.
Guillaume en avait vingt-huit depuis une semaine. Ce fut,
vraiment, un joli mariage et un joli couple. Un murmure
d'admiration s'éleva sur leur passage lorsqu'au sortir
de l'église, radieux, ils montèrent tous les deux dans le
petit coupé, fleuri de myrtes, du bourgmestre, qui les
attendait à la porte du temple. Ils paraissaient si con-
tents, si satisfaits que M. et Mme X... sentirent s'effacer
un peu leurs craintes. Avec quelle joie ils consacreraient
toute leur vie à réparer leur erreur, à se dévouer au jeune
ménage, si d'aventure on les avait trompés, s'ils s'étaient
trompés !... Désormais, au lieu d'une fille seulement, ils
allaient avoir à aimer le fils que Dieu leur avait refusé.
Marguerite elle-même le leur répétait à chaque instant...

Les jeunes mariés étaient allés passer leur lune de miel
dans la villa, fameuse par son luxe, ses cygnes, ses
briques rouges et ses tableaux hollandais, du banquier
N.... Au bout de quinze jours, ils revinrent à Francfort
s'installer dans la maison qu'on leur préparait à cet
effet ; ces quinze jours avaient un peu changé Marguerite. Elle avait maigri, elle avait pris un peu plus d'assurance, ce qui lui allait à ravir, et paraissait adorer son
mari. Le père et la mère, qui attendaient avec anxiété le
baiser du retour, eurent une déception en le recevant. Il
était froid, banal, donné du bout des lèvres. Quand, le
lendemain, ils allèrent voir le jeune couple, il leur sembla entrer dans une atmosphère ennemie. Pourquoi ? Ils
n'auraient pu le définir. Ils étaient mal à l'aise, prêts à
suffoquer. Rentrés chez eux, ils n'eurent pas le courage
de se mettre à table et se retirèrent pour pleurer, attendant que les enfants revinssent pour retourner chez eux.
Presque chaque jour, d'abord, les toujours aimés vinrent

passer quelques minutes auprès de leurs parents. A peine
arrivés, ils se souvenaient de quelque chose les rappelant
en hâte chez eux. L'attitude de Guillaume était embarrassée, Marguerite semblait guindée. Elle embrassait tendrement sa mère, elle tendait la joue à son père, mais en
regardant son mari d'un air craintif. On voyait qu'elle
était sous son obsession, sa domination absolue ; domination bien compréhensible lorsqu'on réfléchit qu'il s'agissait d'une enfant toute jeune, toute craintive, toute délicate et chétive, jetée avec toutes ses candeurs et toutes
ses virginités dans les bras du premier homme auquel
elle avait parlé, qui lui eût appris la vie. En général,
dans le mariage, lorsque la femme, durant les deux premières semaines, ne prend pas l'influence légitime qu'elle
doit exercer sur son mari, sur le futur père de ses enfants,
jamais plus elle ne la saisira, ne la possédera. Elle devient l'esclave, la chose, la chair à plaisir. Elle pourra
être choyée, dorlotée, aimée même : jamais elle ne sera
la maîtresse, jamais elle ne sera l'égale, jamais elle ne
sera *madame*. Il y aura monsieur, puis, — notez la
nuance, — la femme de monsieur.

M. et Mme X... pensèrent évidemment tout cela, et bien
d'autres choses encore ; mais en parents prudents ils ne
manifestèrent rien, et se contentèrent seulement de se
communiquer leurs craintes. Jamais le père ni la mère ne
purent voir une fois leur fille sans témoins durant dix
mois. La jeune femme devint grosse et eut une fausse
couche. Les pauvres parents ne connurent l'accident que
lorsqu'il eut eu lieu.

Le mari voulut, jalousement, soigner sa femme seul ;
celle-ci, comme hypnotisée, y consentit sans la moindre
difficulté. Jamais tigresse, sous le regard du dompteur,
ne montra plus de docilité qu'elle.

Cependant, Guillaume n'était pas encore satisfait. Ne pouvant s'en prendre aux paroles et aux actes des pauvres parents, il voulut s'en prendre à leurs pensées. C'était, chez lui, une obsession de vouloir leur être désagréable et de les chasser du cœur ingénu de la fille chérie. Un beau jour, une discussion s'éleva à propos d'une cheminée. M et Mme X,.. cédèrent et se retirèrent en silence. Une autre fois, cruel comme tous les gens à l'esprit faux ou mal équilibré, Guillaume fit surgir une question lilliputienne d'intérêt longuement préméditée. Voulant prendre ses beaux-parents en faute, il rumina la fable du Loup et de l'Agneau. « Si ce n'est toi, c'est donc ton frère ? » Cette fois, M. X... comprit et, laissant Guillaume couver une méchante colère, il resta ainsi que sa femme huit jours sans aller chez Marguerite.

L'enfant se déclarait heureuse, complètement heureuse, bien qu'elle dépérît de jour en jour. M. et Mme X... n'approfondissaient pas et se montraient confiants devant elle pour ne pas l'inquiéter. D'ailleurs, un baiser, une étreinte de la mignonne, suffisaient à leur faire oublier leurs peines. Dès qu'ils avaient le dos tourné, le jeune ménage jouait à la raquette avec les belles-mères : « Oh ! la mienne ! combien elle est dure ! égoïste ! — Et la mienne, quelle âpreté ! J'ai bien vu le moment où on ne nous mariait pas ! — Voilà qui me serait égal de passer un an sans voir mes parents ! — Voilà qui me serait égal si un grand voyage pouvait mettre la mer entre moi et les miens ! »

Évidemment, c'étaient des jeux d'enfants. Aucun des deux ne pensait ce qu'il disait. Mais ces jeux-là sont traîtres tout comme les jeux de mains : on commence en s'amusant, on finit en se battant. Un jour, Marguerite s'écria : « Qu'est donc devenu papa ? Voici trois jours que je ne l'ai vu ? — Grand bien lui fasse s'il reste chez lui ! »

murmura Guillaume. Marguerite ne répliqua rien, mais elle eut ce petit clignement des paupières qui se produisait chez elle chaque fois qu'une chose la froissait, qu'un mot la peinait.

Un soir qu'on reparlait de la cheminée qui avait failli être l'origine d'une querelle, ou d'une question tout aussi futile, un cousin de Guillaume, bon et excellent garçon, mais dépourvu de discernement et que de tristes circonstances avaient mis dans la condition de ne connaître, en fait de femmes, que celles qu'on met à la porte, voulut trancher la question, bien qu'il ne fût au courant de rien : « Moi, à la place du cousin, je ne recevrais plus papa beau-père, et je mettrais dehors ma belle-mère, » fit-il étourdiment.

Marguerite, étendue sur un sofa, fit semblant de ne pas entendre, retourna la tête d'un autre côté, et, pour la seconde fois, eut ce mouvement des paupières décelant chez elle une forte émotion. Car, et j'en reviens à mon exorde, jamais, fait curieux, un enfant, fils ou fille, n'entendra, sans déplaisir, parler mal de ses parents, fût-ce par les êtres les plus chers. Il en pensera ce qu'il lui plaira, il s'en plaindra amèrement, parfois, mais il ne permettra à personne d'appuyer sur la chanterelle et rééditera éternellement, sans le savoir, s'il est illettré, le fameux : « Et si je veux qu'il me batte ? » de la Martine de Molière. De même dans le mariage. Prenez un mari débauché et libertin, ayant des liaisons clandestines. Il n'aime pas, ou il n'aime plus sa femme, ou il croit ne plus l'aimer, ce qui revient au même. Il semble très épris d'une autre femme pour laquelle il fait d'énormes sacrifices. Un jour, la maîtresse à laquelle il sacrifie sa femme, qui se croit tout permis, lance sur celle-ci un mot blessant, ou simplement une allusion désagréable. Elle

n'a pas fini qu'elle est cravachée de main de maître, jetée
à terre, écrasée par un de ces mots qui ne s'oublient
jamais. Le même sentiment est vivace au cœur de la
femme; elle trahira son mari, traînera, par ses actes, son
nom dans la boue. Qu'un jour l'amant insulte l'homme
dont elle porte, ou dont elle a porté le nom : elle se relè-
vera comme une lionne sous l'outrage fait au passé, im-
posant silence et disant parfois adieu à celui qui l'a
blessée dans ses souvenirs honnêtes. Ce ne sont pas là
des exemples isolés : ils se reproduisent journellement et
sont dans l'ordre de la nature.

Donc, Marguerite ne continuait plus à sourire comme
autrefois, quand Guillaume attaquait son père ou sa
mère. Elle détournait la conversation et en éprouvait
une sorte de malaise. Guillaume fut long à comprendre,
et, dans son égoïsme, il lui sembla que ce respect tardif
de la sainte affection filiale était un larcin fait à l'affection que, dans son égoïsme féroce, inconscient, il voulait
tout à lui, pour lui seul.

Il y avait déjà trois ans que Marguerite était mariée,
quand sa mère tomba malade.

Les quatre premiers jours, la maladie ne fut rien.
Puis, le malaise persistant devint inquiétant, une affection aiguë se dessina. Madame X... fut en danger. Marguerite vint trois fois la voir en tout, en allant ou en revenant de sa promenade habituelle dans la Grande Allée.
Elle s'asseyait sur le bord du lit; son mari paraissait im-
patient, elle le regardait timidement de temps en temps;
enfin, elle se levait, docile, à un signe plus impérieux. Le
cœur gros, sans rien manifester, elle appuyait ses lèvres
sur le front pâli de sa mère qui l'étreignait sur son cœur,
elle tendait ses joues fraîches à son père, et s'en allait
rapidement, laissant une traînée lumineuse.

Mᵐᵉ X... se rétablit, cependant, cette fois, grâce
aux soins de son mari, qui, ne pouvant guérir le cœur,
se fit, au moins, le médecin du corps; mais sa santé de-
meura chancelante. Elle ne se plaignait pas, vaquait à ses
occupations habituelles, avait repris le courant de sa vie
ordinaire, comme si ses forces le lui eussent permis, peut-
être par horreur du lit et de ce qui rappelle la maladie,
peut-être aussi, et c'est le plus probable, par indifférence
de la vie, ce bien inestimable dont les désillusions nous
détachent parfois si rapidement.

Dans les petites grandes villes, et dans les grandes
petites villes comme Francfort, surtout, les nouvelles se
propagent rapidement. Que faire durant les longues
heures oisives, sinon s'occuper d'autrui?

Le bruit d'une rechute de Mᵐᵉ X..., d'une rechute
grave, courut donc bien vite, un jour, comme une traînée
de poudre. De toutes parts, on accourut prendre des nouvelles. A tous ceux qui venaient et s'informaient de Marguerite : « Elle sort d'ici, la chère enfant. Ne l'avez-vous
pas rencontrée? Voyez les jolies fleurs qu'elle m'a ap-
portées. » Et le père continuait le pieux mensonge, qui
leur crevait le cœur à tous les deux. Le sixième jour,
enfin, Marguerite arriva, escortée de son mari, comme
d'habitude. « Hé quoi, maman, tu es malade? Mon mari
croyait... je croyais, fit-elle en se reprenant vivement,
que ce n'était rien. » — « Ce n'est rien, en effet, mon enfant, répondit la mère. Mais nos amis sont si bons qu'ils
s'inquiètent de la moindre chose. » En descendant l'escalier, Guillaume disait à sa femme : « Vois combien
j'avais raison. Ta mère se plaint toujours. C'est un genre.
Son coffre est aussi solide que celui de ton père; tous les
deux nous enterreront. » — « Dieu le veuille, mon ami, »
riposta naïvement la jeune femme.

Le lendemain, Marguerite voulut retourner chez sa mère. « Il fait un soleil magnifique, aujourd'hui, mon ange, lui fit observer Guillaume. Allons d'abord nous promener. Au retour, nous passerons chez tes parents. »

Au retour, la promenade s'étant prolongée, il était tard. « M. et Mme X... seront à table, notre cousine nous attend de bonne heure ; rentrons ! Nous enverrons prendre des nouvelles. »

Comme toujours, Marguerite céda. « Madame remercie madame, dit le domestique envoyé chez Mme X... Elle n'est ni mieux, ni plus mal qu'hier. »

Le lendemain, au moment où Marguerite sortait pour aller chez sa mère, des parents arrivèrent de province. On resta à table plus tard que de coutume. Une jeune fille avoua qu'elle serait ravie d'aller au théâtre. Guillaume, fastueux dans les très petites occasions, fit prendre une loge. Marguerite se trouva entraînée sans avoir, du reste, une bonne raison à donner pour refuser de prendre part à la partie. A peine fut-elle installée dans sa loge, que cinq ou six lorgnettes se braquèrent sur elle. « Madame Marguerite ignore donc que, cette nuit, sa mère a eu une syncope qui a duré deux heures, et que le docteur Sieffert est très inquiet? » chuchotaient quelques personnes dans les fauteuils.

Dans un entr'acte, Guillaume, étant sorti un instant, se croisa avec le docteur Sieffert : « Emmenez votre femme au plus vite, dit-il avec la rude franchise qui le fait aimer et craindre à la fois. Sa place est auprès de sa mère. Qu'elle y passe la nuit. C'est le meilleur conseil que je puisse vous donner. Mme X... est très malade. »

« Je ne reçois de conseils de personne, docteur, répondit Guillaume d'un ton sec. Ma femme est au théâtre ;

elle y restera jusqu'à la fin. Je respecte votre science, sans croire à votre infaillibilité. »

« Triple sot ! » pensa le docteur en haussant les épaules. Et il suivit le jeune homme d'un regard de pitié.

En rentrant, Marguerite dit doucement : « On m'a demandé de tous côtés des nouvelles de maman. Je ne sais trop que répondre. Veux-tu que nous y allions demain matin à la première heure ? »

« Ta mère, toujours ta mère, riposta Guillaume d'un ton bourru. Je ne te suffis donc pas ? Fais comme tu veux, mais demain est mon jour de consultations ; je ne pourrai pas t'accompagner et, même en voiture, tu ne sors pas sans moi. »

« Mon ami, je t'en prie ! Maman ne demeure pas loin ; notre coupé peut m'y mener et m'attendre un moment... » Ses yeux se remplissaient de larmes en formulant cette demande, que Guillaume fit semblant de ne pas entendre, continuant à feuilleter un livre de droit. La jeune femme n'insista pas.

Au fond, sa dureté apparente était tout simplement due à ceci : Guillaume se disait : « J'aurais l'air d'avoir cédé à l'injonction de ce mécréant de docteur. Je dois faire voir que j'ai du caractère. Nous irons chez Mme X... à ma convenance. D'ailleurs, elle n'est pas si malade que cela ; j'accompagnerai ma femme chez elle demain matin ! »

Quand Marguerite descendit pour déjeuner, le lendemain, elle était habillée pour sortir. « Guillaume, la voiture est attelée : allons voir maman. »

« Quelle hâte, dit Guillaume ; mangeons au moins un morceau auparavant. » Et il la poussa doucement, mais résolument, vers la salle à manger. « Qu'on ne dételle pas ! » cria Marguerite, les joues rouges, la voix tremblante, car c'était la première fois qu'elle donnait un ordre.

Guillaume fronça le sourcil devant cette audace inattendue. Une monstruosité lui passa par l'esprit, mais il
recula devant son exécution. Pourtant, pour bien affirmer
qu'il était le maître, il prolongea le déjeuner, que Marguerite avait demandé aussi sommaire que possible. Les
jeunes gens sortirent enfin. Il était près d'une heure
quand ils arrivèrent devant la jolie villa aux briques
rouges, que le soleil illuminait de mille rayonnements.

« Ah! madame, madame, s'exclama la vieille bonne
qui leur ouvrit. N'entrez pas! n'entrez pas! » Un pres-
sentiment atroce s'empara de Marguerite. Sans s'inquiéter,
cette fois, si elle était, ou non, suivie de son mari, rapide
comme l'éclair, elle franchit l'escalier, et se précipita dans
la chambre de sa mère, qu'elle couvrit de baisers et serra
sur son cœur, bien qu'elle lui parût endormie et qu'elle
courût le risque de l'éveiller. A genoux auprès du lit, indifférent à tout, M. X.... tenait la main de sa femme dans
les siennes et la couvrait de baisers et de larmes. Une
lueur terrible se fit dans l'esprit de la jeune femme.
« Papa, fit-elle, réponds-moi... qu'a maman?... »

— Ta mère est morte, mon enfant. Il y a dix minutes
que son âme nous a quittés. Ta voiture était, peut-être
alors, au commencement de l'allée. Vois, elle est encore
chaude, elle te sourit. Ses dernières paroles ont été pour
toi. « Dis-lui que je l'aime, murmurait-elle, et qu'elle a
toujours été auprès de moi en pensée ; que je l'ai sentie,
là, près de mon cœur. Dis-lui que je n'ai jamais douté de
son affection, que je sais bien que si elle n'est pas venue,
ce n'est pas sa faute. Remercie-la du bonheur qu'elle nous
a donné. Qu'elle reporte sur toi les trésors de son affection! » Par un effort suprême, elle noua ses bras autour
de mon cou. Ses lèvres se collèrent aux miennes, un
souffle léger s'en exhala, en même temps que le bruit de

la voiture se percevait au loin... Son âme est allée à ta rencontre, Marguerite.

Longtemps, amèrement, le père et la fille pleurèrent dans les bras l'un de l'autre, oubliant la présence de Guillaume atterré, qui ne savait quelle contenance garder. Tout à coup, le docteur Sieffert entra. Il interrogea le pouls et le cœur de la morte, et la contempla un instant, une larme perlant au bord de ses cils. Il fut tiré de sa contemplation par un geste de Guillaume. « Laissez ensemble aujourd'hui ce père et cette fille, » dit-il.

— Mais je veux emmener ma femme ! ce spectacle est lugubre ; elle est malade...

— Vous laisserez Marguerite ici, aujourd'hui, monsieur.

— Oui, Guillaume, je t'en prie : laisse-moi ! »

Guillaume sentit une volonté arrêtée sous cette humble prière. Plein de rage, il comprit qu'il n'était pas le plus fort, cette fois, et il s'éloigna en grommelant. Au fond, il n'était pas méchant. Ses défauts venaient d'un amour-propre excessif, d'un défaut d'équilibre. Il eût tué celui qui se fût permis de lui dire qu'il avait quelque chose à se reprocher, mais il ne pouvait faire que sa conscience ne lui reprochât rien, et sa mauvaise humeur provenait beaucoup des murmures de son moi intérieur, qu'il ne pouvait faire taire.

Il s'éloigna donc sans que Marguerite lui jetât un regard.

Jusqu'au soir, le père et la fille demeurèrent aux côtés de la morte.

Quand les ombres du crépuscule envahirent la chambre, le visage de la pauvre mère, empreint d'un sourire presque ineffable, calme sous sa pâleur marmoréenne, sembla s'animer un instant. « Embrassons-la, papa ; peut-être nos baisers la ressusciteront-ils... »

Hélas ! C'était trop tard, et le père, qui le pensa, ne voulut pas le dire pour ne pas enfoncer le fer dans le cœur de son enfant !

Trois fois Guillaume vint chercher sa femme. Il revint encore à onze heures du soir, et insista tellement que le bruit de sa voix arriva jusqu'à la chambre mortuaire. « Je ne veux pas aller chez moi : je veux veiller maman avec toi, cette nuit, dit Marguerite à son père. — Je la veillerai pour toi et pour moi, mon enfant, répondit gravement l'architecte, mais songe que tu dois obéir à ton mari. C'est ta mère qui te parle par ma bouche. » Et, relevant la pauvre Marguerite, qui s'était jetée sur le corps de la trépassée, il l'embrassa longuement et la poussa doucement vers la porte derrière laquelle, sans oser entrer, Guillaume attendait, la tête basse, le regard mauvais. « Voici votre femme, monsieur ; sa mère vous la rend. »

Et il laissa retomber la portière qui séparait la porte du salon.

Trois jours durant, Marguerite fut entre la vie et la mort. Son mari la soigna avec un dévouement exemplaire. Pendant ce temps, toutes les tristes cérémonies avaient lieu. Mme X... dormait son dernier sommeil dans une tombe provisoire, toute couverte de fleurs constamment renouvelées. Quand la jeune femme fut convalescente, sa première parole fut pour demander à ce qu'on la menât vers sa mère et pour déclarer qu'afin de ne point quitter la terre où elle reposait, elle renonçait à son voyage d'été, et resterait à Francfort. Mais Guillaume en avait décidé autrement. Il tenait à l'emporter à Cologne, pour la soustraire, disait-il, à l'influence du milieu. Et comme toujours, ce fut sa sainte volonté qui prévalut. Les adieux du père et de la fille furent déchirants. On eût dit qu'ils ne devaient plus se revoir.

C'est à cette époque que mon ami F... fit leur connaissance.

Au mois d'août dernier, en revenant de Wiesbaden, je redescendis le Rhin jusqu'à Cologne. Mon ami F... me montra les deux jeunes gens. Elle, svelte et blonde, à l'air maladif; lui, brun, robuste, la physionomie d'un homme content de lui-même. F... me conta l'histoire qui précède.

Je sentis une sympathie instinctive pour la jeune femme, dont je devinai les remords et la tristesse, et je m'arrangeai pour la croiser quelquefois au cours de mes promenades. J'en avais même pris l'habitude, lorsqu'un jour, je ne la vis plus. « Qu'est devenu le jeune ménage ? demandai-je le soir même à F... — Je l'ignore, me répondit-il, mais je ne parierais pas qu'un événement heureux soit cause de sa disparition. »

F... prophétisait juste. Voici ce qui s'était passé. Une lettre venue de Francfort, à l'adresse de Marguerite, lui annonçait avec beaucoup de ménagements la maladie de son père. « Encore des scènes, des histoires, pensa Guillaume aux mains de qui la lettre était tombée, habitude que sa femme lui avait encore permis de prendre, dès le lendemain du mariage. Ce ne sera rien, certainement; Marguerite est si sensible qu'il vaut mieux attendre une autre missive annonçant la guérison de M. X... »

Deux jours se passèrent, Guillaume avait toujours la lettre dans sa poche. Le lendemain, un billet laconique, écrit par M. N... cette fois, lui annonçait que son beau-père était en danger de mort, qu'il fallait prévenir et envoyer sa fille. Guillaume, inquiet, se décida alors à remettre la première lettre à sa femme. Marguerite, devenue méfiante, s'aperçut qu'elle était antidatée de trois jours. Elle ne dit que ces mots : « Nous partirons

par le premier train pour Francfort. Heureusement que
nous en sommes tout près. » Et, fiévreusement, elle jeta
dans une valise un peu de linge et quelques objets indispensables. Elle était prête, quand on apporta une dépêche adressée à Guillaume : « M. X... est mort ce matin
à huit heures. Votre femme est légataire universelle.
Urgent venir prendre dernières dispositions. » Marguerite chancela, mais se releva aussitôt. Fixant son mari
dans les yeux : « Allez seul, fit-elle, je ne suis point en
état de vous accompagner. Je ne pourrais plus voir mon
père. Toutes les consolations me sont ravies. Dans son
cercueil, que je n'embrasserai pas, mettez mes cheveux
qu'il aimait. » Et prompte comme l'éclair, elle coupa ses
lourdes nattes, qu'elle mit dans les mains de Guillaume,
muet d'étonnement, ne sachant pas s'il rêvait. Puis, elle
tendit ses joues froides à son mari et courut s'enfermer
dans sa chambre. Une heure plus tard, Guillaume partait, fort attristé au fond, jaloux de laisser Marguerite
seule, mais jaloux sans se l'avouer, car elle était de
celles qu'un soupçon, même, ne saurait effleurer. Il avait
écrit un mot à F... et à sa charmante femme, et il savait
que, durant une absence qu'il comptait prolonger le
moins possible, rien ne lui manquerait : ni soins, ni affection. Un sentiment, qu'il ne s'avouait pas, s'agitait encore en lui.

Il souffrait de voir se dérober à sa domination absolue,
pour aussi peu de temps que ce fût, celle qui était, non
seulement son bien, mais encore sa chose.

Marguerite avait été instituée héritière de toute la petite fortune de sa mère et de son père. Il fallut donc qu'à
peine arrivé à Francfort, muni d'une procuration en règle
de sa femme, il se mît au courant des affaires de M. et
Mme X... et il dut passer, quelle que fût sa hâte d'en finir,

par la filière des mille détails qui demandent tant de temps. Peu à peu, pourtant, il prit goût à la besogne et se mit à argumenter avec les hommes de loi. Chaque jour il écrivait à sa femme et en recevait un mot laconique, dont il ne s'étonnait pas ; Marguerite n'était pas une écrivassière, loin de là. Il lui rendait compte, avec une exactitude sous laquelle apparaissait l'amour de la chicane, des moindres faits se produisant. Quand il en avait fini avec les gens de loi, il se promenait dans les salons, dans la bibliothèque, ornés de tableaux et d'objets d'art, rassemblés pendant tant d'années par un connaisseur éclairé.

Mentalement, il supputait ce qu'il ferait de ceci, de cela, où il placerait tel objet, à quel prix il vendrait tel autre, trop encombrant, ornant son bureau de celui-ci, mettant celui-là dans le boudoir de Marguerite. Pas un regret, pas un souvenir pour ceux qui n'eussent pas mieux demandé que de l'aimer et de lui être dévoués, et dont le souvenir régnait encore en maître dans cette demeure.

Chaque chose était soupesée, évaluée, tarifée, pour ainsi dire. Vint un jour, enfin, où tout terminé, tout compte fait, sûr de n'être pas frustré d'une épingle, il télégraphia à Marguerite qu'il arrivait. Dans cette dépêche, il lui indiquait l'heure exacte de son retour, celle à laquelle le dîner devrait être prêt ; il lui recommandait de ne pas arriver trop tôt à la gare, pour éviter qu'on la remarquât, ni trop tard pour ne pas risquer de le faire attendre.

Content d'avoir tout prévu au gré de son égoïsme, il s'endormit dans le train et crut être le jouet d'un cauchemar en voyant sa voiture vide au débarcadère.

— Et madame ? demanda-t-il au valet de pied.

— Madame n'a pas pu venir.

Guillaume n'aimait pas à causer avec ses domestiques;
il contint donc son impatience, ordonnant seulement au
cocher de brûler le pavé. Ce que le bon Fritz fit conscien-
cieusement. Quelle ne fut pas sa surprise quand, arrivé
chez lui, il ne vit point sa femme s'avancer au-devant de
lui et s'excuser de son absence à la gare. Il parcourut
toutes les pièces, appelant les domestiques à haute voix,
et il allait se livrer à quelque excentricité colérique, lorsqu'une lettre volumineuse, posée sur son bureau, attira
tout à coup son regard. Il l'ouvrit d'une main tremblante, une sueur froide au visage, en reconnaissant
l'écriture de Marguerite.

. . . .

« Mon ami, disait cette lettre, pardonnez-moi. Je voudrais atténuer le chagrin que je vais vous faire, mais je
n'ai pas appris à dire les choses autrement que je ne les
ressens, et ce que ma mère appelait ma droiture me
pousse invinciblement à agir comme je le fais.

» La vie commune ne nous est plus possible. Elle m'é-
tait devenue intolérable depuis la mort de ma mère; elle
m'est devenue odieuse depuis celle de mon père. Pourquoi
m'avez-vous entraînée loin de lui durant ces deux mois où
j'eusse pu le soigner, lui donner quelques consolations,
qui sait, l'empêcher de mourir? Quelle peine sans nom a
dû être la sienne en ne voyant pas, à son chevet, la fille
qu'il adorait, qu'il a dû appeler de la voix, du geste, du
regard, de tout ce qui lui restait de vie, tandis qu'il se
mourait? Pourquoi? Hélas! Vous ne le savez pas vous-
même, et j'hésite à le qualifier d'égoïsme monstrueux.

» Vous avez voulu que je fisse abnégation de mon moi,
jusque dans les sentiments les plus sacrés.

» Vous avez moins désiré une compagne, un *alter ego*,
qu'une machine réussie à vos souhaits, satisfaisant vos

appétits, flattant vos vanités. La lumière s'est faite en moi. Je n'ai plus pour vous qu'un sentiment que vous ne sauriez accepter sans déchoir à vos propres yeux : la pitié, une pitié profonde comme vos torts envers moi. Je ne réclame pas le divorce, qui n'est pas dans mes sentiments, ni une séparation qui traînerait mes douleurs devant un tribunal et blesserait cette chose sainte : la pudeur de notre alcôve. Je me retire au couvent, auprès de ma tante Edwige, à Darmstadt, et je vous supplie de m'y laisser mourir en paix. Ne vous emportez pas, Guillaume ; nous avons été le jouet de la fatalité, et quelle qu'ait été notre tendresse mutuelle, nous n'étions pas faits l'un pour l'autre. Mes parents le pressentaient, lorsque, dans leur suprême divination, ils ne voulaient pas nous unir. Aussi bien, je ne me plains pas : je l'ai voulu. Puis, que de fois, quand j'étais jeune fille, encline à la mélancolie, ainsi qu'on l'est chez nous, je me disais : Être heureuse un an, et puis mourir !

» Et j'ai été heureuse trois ans, presque absolument heureuse. Je dirais que je l'ai été tout à fait, si vos hostilités avec mes parents ne m'avaient pas attristée tout de suite. Depuis la mort de ma mère, j'ai cessé d'exister. Je ne vous en ai rien témoigné ; je luttais contre moi-même loyalement, essayant de me reprendre au devoir, puisque le bonheur s'était pour jamais enfui. La mort de mon père m'a porté le dernier coup. J'ai eu beau me dire que, quoique m'aimant mal, vous m'aimiez, cependant, j'ai été votre avocat contre moi-même inutilement. Je ne puis plus vivre que pour regretter et souffrir, c'est-à-dire pour l'irréparable...

» Dieu lui-même n'a pas béni notre union : nous n'avons pas eu d'enfants. Je n'ose dire à quel point j'en souffre. Pourtant, qui sait si, plus tard, ma fille ne m'eût pas laissée mourir seule, comme j'ai laissé mourir ma mère ? J'ai vingt ans : ma prime jeunesse ne peut donc être invoquée contre ma résolution inébranlable. Je suis atteinte moralement et physiquement, et j'éprouve une telle lassitude que je n'aspire plus qu'au repos du couvent comme au bonheur suprême, au seul que je puisse goûter, désormais.

» Vous vous étonnerez, sans doute, que la petite fille asservie que j'ai toujours été ose parler ainsi à son maître et vous écrive une aussi longue lettre, elle qui ne pouvait pas tracer, jadis, quatre lignes sans effort, sans fatigue ; c'est que la vie s'est révélée subitement à moi, avec une intensité telle qu'il m'a semblé, jusqu'ici, avoir été aveugle. Pour vous, il peut y avoir un renouveau. Vous avez été impie envers vos parents, comme, sans le vouloir, je l'ai été avec les miens. Vous pouvez encore tout réparer avec votre père et votre mère, puisqu'ils vivent. Mon père et ma mère, à moi, sont morts. Je vais, dans la paix recueillie du cloître, me rapprocher de leurs âmes.

» J'ai voulu me marier avec vous envers et contre tous, beaucoup parce qu'on s'y opposait, un peu parce que je vous aimais. Nous ne nous convenions pas. Il fallait demeurer respectueux de la volonté de ceux qui en savaient plus long que nous, puisque les événements leur ont donné raison. Au lieu de cela, qu'avons-nous fait ? Nous nous sommes excités réciproquement contre eux, pour arriver à nous prouver ce qui n'était pas, ce qui ne pouvait être, ce qui était presque sacrilège : que nous les détestions.

» C'est un mauvais jeu. Il commence en riant, il finit par des pleurs. Du reste, dès les débuts, quand j'ai vu que vous y alliez bon jeu, bon argent, rendez-moi cette justice, j'essayai de détourner la conversation. Pour com-

prendre mon caractère, il faut savoir que j'ai toujours été
dominée. Mes parents m'adoraient, mais il y avait entre
nous quelques divergences de goûts, et je suis une preuve
à l'appui des théories contre l'atavisme. Ainsi, ils aimaient Francfort; j'en détestais le séjour. Je leur repro-
chais d'avoir quitté Berlin, qui, dans mes souvenirs d'enfant, était resté une cité merveilleuse. Mes parents étaient
actifs et studieux. Mon père, même retiré des affaires,
s'occupait sans cesse. Moi, j'étais paresseuse avec délices.
Je n'avais mordu à aucune étude, tout m'ennuyait. Je détestais même la broderie dans laquelle ma mère excellait,
composant de véritables tableaux avec ses laines et ses
soies. La seule chose qui me plût, c'était de lire. J'avais
une clef s'adaptant à la bibliothèque de mon père. Seulement, il arrivait souvent que mes livres disparaissaient
au moment où ils m'intéressaient. Bref, je m'ennuyais
irrémédiablement, mortellement. Le théâtre ne me diver-
tissait pas davantage. Commençant à six heures pour finir
à minuit, il me fatiguait par sa durée.

» J'aurais voulu voir un autre bout de terre que celui
sur lequel nous vivions. Il me semblait qu'ailleurs il y
avait un remède contre cet ennui qui me paralysait, et
contre lequel personne ne pouvait réagir, pas même mes
parents, dont je méconnaissais l'indulgente bonté. Sur ces
entrefaites, on me présenta trois ou quatre pretendus.
Aucun d'entre eux ne me plut. Ils avaient l'air aussi en-
nuyés que moi. Du moins, je pris pour de l'ennui ce qui,
m'expliqua-t-on, était de la timidité et de l'émotion.

» Je ne dirai pas que votre vue me produisit un coup de
foudre, mais je vous connus d'une façon gaie ; un éclat de
rire, chose bien inusitée chez moi; nous lia, et je dis oui
tout de suite quand on me consulta. Papa voulut attendre
mes dix-sept ans révolus. Ce fut l'origine de nos grandes

colères en commun. Vous en souvient-il de cette année
passée à maugréer, alors que notre amour mutuel eût pu
la faire si charmante, si poétique?

» Ce que je ne comprends pas, maintenant, c'est comment votre père ne vous a pas envoyé faire un voyage au
long cours, comment le mien ne m'a pas mise au couvent.
Je reviens sur le passé, parce que les remords qu'il m'a
laissés sont, peut-être, l'origine de ma résolution d'aujourd'hui.

» Donc, lorsque je vous épousai, je ne demandais pas
mieux que vous fussiez le maître. Vous étiez le premier
homme qui m'aviez murmuré à l'oreille une parole d'a-
mour. Je vous aimais, vous me séduisiez. Je me mis donc
à approuver tout ce que vous faisiez, tout ce que vous disiez. Je me ployai à vos habitudes, à vos préférences; en
tout, pour tout, depuis ma toilette jusqu'à ma nourriture.
Je ne me donnai même plus la peine de penser : vous
pensiez pour nous deux. Quand vous ne voulûtes pas me
laisser voir mes parents librement, quand je compris que,
jamais, je ne pourrais causer cinq minutes avec eux, je
vis subitement quels torts avaient été les miens en déblaté-
rant, par enfantillage, contre eux, pour vous amuser, le
plus souvent, ou pour me mettre à l'unisson avec vous,
quand vous déblatériez contre les vôtres.

» J'avais forgé, inconsciemment, une chaîne dont les
anneaux allaient m'étrangler. Je fis contre fortune bon
cœur, et je témoignai à mes parents une froideur que je
n'éprouvais pas. Plus tard, quand vous fûtes en délicatesse avec papa, je sus que vous lui écriviez des lettres
dans lesquelles vous mêliez mon nom, à moi, innocente,
qui devais demeurer dans l'ignorance de toute question
d'intérêt quelconque entre vous et lui. Je n'osai pas pro-
tester ; je sentais bien dans l'étreinte de mes parents

qu'ils savaient que je n'y étais pour rien. Ils me connaissaient trop pour s'en affliger un seul instant. Vous fîtes
plus : vous me fîtes écrire des choses que je ne pensais
pas, donner un avis qui n'était pas le mien, que je ne devais pas me permettre de donner. Je ne recevais pas une
lettre de mes parents sans que vous ne la lussiez d'abord.
Moi qui n'avais que le mérite d'être franche et primesautière dans mes billets, vous m'en dictiez de compassés,
que je n'avais plus le courage de copier. Je ne trouvai pas
la force de vous prier de cesser ce vilain jeu. Ah! que n'a-
vez-vous épousé une femme moins faible que moi de caractère? Je n'ai su que vous aimer tendrement, aveuglé-
ment dans les commencements; mais, sans m'en rendre
compte, j'ai toujours eu peur de vous, non que vous
m'ayez rudoyée, mais quand je vous entendais vous que-
reller avec l'un, avec l'autre, toujours mécontent, toujours exaspéré sous les plus futiles prétextes, ayant toujours besoin de quelqu'un pour vous calmer, je vous trouvais bien malheureux et je vous plaignais. Il semblait que
vous perdiez le meilleur de votre jeunesse à des emporte-
ments sans issue, mais je n'avais pas la force de caractère
nécessaire pour vous faire rentrer en possession de vous-
même et vous guérir.

» Je laissai aller les choses, soit par paresse, soit parce
que mon tempérament le veut ainsi, car j'ai besoin de
calme. Un mot dit trop haut me fait tressauter, comme
un choc, une porte fermée brusquement me font tressaillir. Combien ai-je souffert, même tremblé, quand je
vous voyais, comme un fauve, arpenter ma chambre ou
votre bureau! Votre colère était passée, que ma crainte
subsistait encore, que mon cœur battait à tout rompre.

» Je songeais à ce que nous racontait M. F... d'un ambassadeur de Madrid qui avait un caractère comme le

vôtre, et dont la femme, qu'il aimait, cependant, avait
les cheveux tout blancs à vingt ans. Je m'étonne qu'il
n'ait pas neigé sur ma tête.

» Aujourd'hui, mon père et ma mère ne sont plus. Mon
cœur est parti avec eux. Je ne suis plus de ce monde où,
par ma faute, je n'ai passé que pour souffrir. Ma résolution est irrévocable. Elle compte pour toutes celles que
j'eusse dû prendre.

» Les sources de la vie sont taries en moi. Quand je ne
serai plus, épousez une femme pouvant vous rendre heureux, car, vraisemblablement, je n'ai pas su faire votre
bonheur. D'ici là, expiez envers vos parents les fautes
commises envers eux et envers les miens. Ne troublez pas
la retraite que je me suis choisie. La femme s'est reprise
et n'appartient plus qu'au passé. Adieu, Guillaume, ou
plutôt, à Dieu !

                          » MARGUERITE. »

Quand Guillaume eut pris connaissance de cette longue
lettre, il jeta feu et flammes, courut chez le bourgmestre,
demanda sa femme à tous les échos, pleura comme un
enfant, rugit comme un fauve. Il courut d'une traite à
Darmstadt. Tout fut inutile, Marguerite fut inflexible.
Les tempes creuses, le regard brillant de fièvre, elle s'at-
tacha aux barreaux et supplia Guillaume de la laisser là
où elle se sentait pardonnée, là où tout près de Dieu elle
revoyait ses chers défunts, prête, décidée, s'il insistait, à
se briser la tête contre les murs.

Plusieurs fois Guillaume revint à la charge, plus inutilement chaque fois. De désespoir, il vendit tous ses
biens, il ferma sa maison, y fit apposer des scellés, et il
loua une chambre auprès du couvent où vivait Marguerite. Jamais il n'en sort, jamais il ne s'occupe d'aucun

détail de la vie extérieure. Sa propriétaire pourvoit à
tout. Sans elle, il irait en haillons. Il passe sa vie à sa
fenêtre, les yeux fixés sur les hauts murs desquels s'é-
chappent, parfois, des chants de femmes d'une infinie
douceur. Alors, quand son oreille les perçoit, ses regards
s'élèvent vers le ciel.

D'aucuns disent qu'il est fou. Ne serait-il pas plutôt
touché à son tour de la grâce du repentir?

Lorsque mon ami F... nous conta cette histoire si na-
vrante dans sa simplicité, nous étions réunies cinq ou six
femmes, toutes mères, dont, par un singulier hasard, les
fils, les filles, les brus, les gendres étaient des modèles
d'affection et de piété filiale, des êtres idéals, en un mot.
Moins frappées, puisque nous étions heureuses, que nous
ne l'eussions été en d'autres circonstances, nous nous re-
gardâmes, cependant, émues, une larme aux yeux.

Quel drame, songions-nous, sera jamais aussi cruel,
aussi vécu, aussi douloureux, que ceux qui, parfois, se
jouent en silence dans le cœur d'un père et d'une mère?

LA CHANOINESSE

Ce mot évoque une image aristocratique entre toutes. La chanoinesse est doublement femme aux yeux des raffinés, quand elle est belle surtout. Autour de son titre flotte une vapeur légère d'encens fleurant la poudre à la maréchale. Ses amours sont romanesques, contrariées le plus souvent, et ce mélange singulier de piété et de mondanité est d'un attrait si réel, qu'être chanoinesse est un titre à être aimée, primant souvent toutes les autres raisons d'inspirer l'amour.

Le salon de la comtesse Sophie de Lambert, chanoinesse, était donc particulièrement couru à Rennes, où la vieille noblesse de robe tient si fort à ses privilèges et forme une coterie qui a toutes les apparences et renferme toutes les menaces d'une ligue.

L'hôtel de Lambert était un des plus beaux de la ville. D'aspect sévère et grandiose, datant d'une autre époque, les réparations qu'il nécessitait extérieurement étaient fort intelligemment faites et n'avaient jamais amoindri son caractère architectural. Restauré fréquemment sans

surcharges d'aucune sorte, il passait pour être merveil-
leusement conservé.

Les Rennois en étaient fiers comme d'une propriété
nationale. Ils savaient que, plus tard, la comtesse Sophie
le leur léguerait, ainsi que la bibliothèque qu'il contenait.
D'avance ils lui en étaient reconnaissants, et il n'était
pas un Breton, vieux ou jeune, qui ne portât la main à
son béret lorsque la chanoinesse côtoyait lentement la
Vilaine, sous la longue allée qui borde la rive.

A l'intérieur, l'hôtel de Lambert était de ce joli rococo
que nos goûts actuels inventeraient s'il y avait autre
chose à faire que de le ressusciter. Tout était gai, d'un
goût légèrement disparate, ainsi qu'il arrive chaque fois
qu'un propriétaire, amoureux de sa demeure, en fait le
reliquaire de tous ses souvenirs.

Mme de Lambert, confinée depuis une vingtaine d'années dans son hôtel, y étant née, y ayant grandi, ne s'en
étant que très rarement absentée, l'avait orné de mille
façons, toutes artistiques, cela va sans dire. C'était un
musée augmenté à chaque voyage, aux anniversaires, aux
jours de l'an, aux morts de collatéraux, laissant un souvenir à leur cousine, nièce ou alliée ; un musée qu'on ne
pouvait parcourir sans émotion, malgré la gaieté qu'y
répandait la lumière entrant à profusion. Mme de Lambert s'y trouvait parfaitement heureuse, et, jeune encore
relativement, elle dédaignait les plaisirs que lui eût
offerts un séjour à Paris, apparentée comme elle l'était
avec les plus nobles familles du faubourg Saint-Germain.
Aucun mystère dans sa vie, rien qui pût être le prétexte
de la plus légère médisance. Il y avait trente ans environ
— un siècle — la chanoinesse avait disparu durant un
assez long laps de temps. Nul ne l'avait rencontrée, elle
n'avait dit à personne le secret de cette pérégrination,

mais on s'en était fort peu préoccupé. On avait pensé à
quelque beau et long voyage, entraînant dans des recherches nouvelles une femme douée d'un tempérament
artistique exceptionnel, riche, indépendante et peu faite
pour un ensevelissement claustral éternel. Un ou deux
ans, puis cinq, puis huit s'écoulèrent ainsi. L'intendant
de la comtesse, vieilli au service de la famille, répartis-
sait les aumônes, donnait, sans doute d'après les ordres
reçus, un air habité à l'hôtel et ne répondait aux questions qui lui étaient posées que tout juste assez pour qu'on
sût que la comtesse Sophie n'oubliait pas ses concitoyens
et reviendrait parmi eux au premier jour. Fin autant que
discret, M. Aubergier sut répandre adroitement le bruit
d'un voyage en Terre Sainte, vœu accompli tardivement
par la jeune femme. Ce fut donc sans étonnement, mais
avec une joie sincère, qu'un matin les Rennois virent
descendre de voiture, appuyée sur son fidèle Aubergier,
Mᵐᵉ la chanoinesse, de retour enfin. Deux jours plus tard,
les réceptions, si longtemps interrompues, reprenaient
leur cours. Quelques-uns parmi les fidèles de jadis étaient
morts. Quelques autres avaient vieilli et s'appuyaient
plus pesamment sur le bras du serviteur les amenant. De
nouveaux élus remplirent les vides laissés par leurs
aînés, et l'hôtel de Lambert fut plus que jamais ce qu'il
avait été : l'ornement et l'orgueil de Rennes.

La comtesse Sophie avait à ce moment soixante-cinq
ans bien sonnés, et l'on s'étonnait de ne lui voir s'en
attribuer que cinquante-sept, bien que la rumeur du pays
lui donnât effectivement son âge réel. Ses cheveux d'un
blanc mat, comme poudrés à frimas, l'accusaient seuls et
faisaient ressortir plus beau, plus profond encore, l'éclat
de ses yeux bruns. Elle avait dû être fort jolie, d'une
beauté fine, distinguée, intelligente, sur laquelle les ans

avaient peu de prise, car elle résidait surtout dans la physionomie, mobile à l'excès.

Elle s'habillait simplement, portant de préférence, comme Mme Récamier, sa tante par alliance, des robes blanches, parure seyant également à la jeunesse qui éclôt et à la jeunesse qui s'en va.

Très instruite, d'une rare intelligence, elle avait cette vivacité qui séduit, qui avive tout autour d'une femme, prête de l'esprit à ceux-là mêmes qui en manquent, sans que, pour cela, il soit fait une grande dépense d'intelligence. Obligeante, ayant le bras long, connaissant la ville et la cour sur le bout du doigt, elle casait les uns, obtenait des pensions pour les autres, choisissait une carrière pour ses protégés et faisait, en un mot, le plus de bien possible en y mettant une sorte de coquetterie un peu profane.

Évidemment, le bon Dieu le lui rendrait plus tard... le plus tard possible, mais à titre gracieux, sans qu'elle l'y crût forcé, puisqu'un sourire, une larme de joie l'avaient déjà amplement récompensée ici-bas. Expansive, causant volontiers en femme qui pratique un art qu'elle connaît à fond, elle était pourtant extrêmement réservée sur tout ce qui concernait ses sentiments intimes. On avait remarqué aussi que son ardeur charitable s'exerçait moins vivement quand il s'agissait de mariages. Elle exhortait volontiers les gens à réfléchir, à ne pas se hâter, à envisager l'avenir. On en concluait que son cœur avait abrité jadis un amour malheureux, et on la vénérait comme on l'aimait doublement pour cette douleur cachée qui faisait d'elle, non plus une femme, mais la femme avec son charme, ses faiblesses, ses douleurs inavouées, restées lancinantes et jeunes dans un cœur vieilli.

Une seule imperfection, — si légère! — mettait une

ombre au tableau. La chanoinesse cachait son âge, c'est-à-dire sautait à pieds joints par-dessus une dizaine d'années, huit au moins. Ce n'était pas par coquetterie, puis-qu'elle avouait un chiffre respectable et qu'à une certaine époque de la vie, dix ans de plus, dix ans de moins, ne signifient plus rien. Ce n'était pas par crainte de perdre ses fidèles, puisque aucun parmi eux, robins, anciens gardes du corps, chevaliers de Saint-Louis, n'eût éprouvé moins de plaisir à baiser la belle main parfumée, voilée d'une mitaine de soie blanche, qu'elle leur tendait à tous, le soir, au moment du départ.

Alors pourquoi cette obstination cadrant mal avec ses allures de marquise de l'ancien régime, prenant spirituel-lement son parti de vieillir, c'est-à-dire subissant gaiè-ment le mal qu'elle ne pouvait empêcher ?

Au moment où se passe mon récit, j'étais, malgré ma grande jeunesse, admis aux soirées de l'hôtel de Lambert. Breton bretonnant, me destinant aux ordres, vocation qui se changea plus tard en celle de marin, je faisais mes études au séminaire de X... et venais passer mes vacances auprès de mon oncle, M. de T..., président de la cour d'appel de Rennes.

J'étais alors un grand dadais de jeune homme, embar-rassé de mes bras et de mes jambes, honteux de ma gaucherie et de mon inexpérience, timide et naïf, avec des effarements risibles et de soudaines frayeurs. La première soirée que je passai à l'hôtel de Lambert fut un supplice pour moi. J'eusse voulu me cacher sous terre quand la comtesse, appuyée au bras de mon oncle, fixa sur moi son insupportable lorgnon — un lorgnon qui était l'effroi de bien des gens.

Elle sourit avec une bonhomie qui me sembla remplie de malice. Les jours suivants, mon trouble se dissipa un peu ; je m'étais pris de passion pour cette maison plus belle à mes yeux que tous les palais des *Mille et une Nuits*. Dans mon cœur d'adolescent et de séminariste, une part immense était réservée à l'idéal. La femme ne m'était encore apparue que sous les traits d'une mère ou d'une sœur, c'est-à-dire comme un être sacré que j'aimais de moitié avec la sainte Vierge, ma mère de là-haut.

La comtesse Sophie de Lambert, dans sa robe blanche flottante, garnie de dentelles ivoirines, avec sa chevelure argentée, avec le parfum léger qui s'exhalait autour d'elle et flottait sur ses pas, m'apparut comme un être à part qui me troublait étrangement. Que l'on rie de moi, si l'on veut. Elle fut, évidemment, mon premier amour, amour empreint de poésie et plus charmant que beaucoup d'autres. Plus tard, grand garçon, marin, exposé sans cesse à mille dangers, il m'arriva souvent de passer de longues heures de quart à regarder là-bas danser sur la crête des vagues une forme falote, vêtue de blanc, née de mon esprit, fée, ombre, rêve, dont la gracilité et le charme insaisissable étaient empruntés à la comtesse Sophie de Lambert.

Donc je prenais un goût extrême aux soirées de la chanoinesse. Je m'asseyais dans une encoignure, tendue d'un lampas céladon, et j'écoutais, je regardais, je rêvais tout éveillé, oubliant mon oncle et le séminaire, et me disant que la Vierge de notre chapelle serait bien plus belle si elle portait une des robes blanches de la comtesse Sophie.

Un soir que le cercle était restreint aux seuls amis de la maison, sans autre étranger que moi, qui ne comptais guère — la question palpitante vint aux lèvres de mon oncle.

— Comtesse, fit-il après une boutade contre la coquetterie féminine, quand nous étions petits, nos mères
disaient que nous étions nés à trois mois de distance.
Quand nous devînmes grandelets, votre première robe
longue coïncida avec mon baccalauréat. Ne me dites pas
comment vous êtes restée parée de toutes les grâces, de
toutes les séductions. Elles proviennent de votre esprit
resté alerte, de votre cœur demeuré enthousiaste. Dites-
moi plutôt comment vous êtes devenue ma cadette et si
nos mères avaient la berlue.

— Nos mères n'avaient pas la berlue, non ! mon
vieil ami, répondit-elle en souriant. Seulement, j'ai rayé
de ma vie huit années que *je ne veux pas avoir vécues,*
dont le souvenir est banni de ma mémoire et de mon
calendrier.

— Oh ! oh ! ce sont les années de votre voyage inexpli-
qué.

— Oui, et, grâce à Dieu, rien ici ne peut mes les
rappeler. Aussi suis-je revenue chez moi comme un
oiseau blessé accourt à tire-d'aile vers son nid, et, depuis mon retour, il y aura vingt-cinq ans à Pâques, je
n'ai pas quitté l'hôtel où votre amitié abrège des heures
qui, parfois, s'écouleraient trop lentement.

— Quel est donc ce mystère, comtesse ? Vous devriez
bien nous en faire la confession. Après trente années on
peut tout dire.

— Après trente années, mon cœur saigne peut-être
encore... Cependant il me semble que je vous dois bien
cette confidence, et si un jour nous nous trouvons d'humeur, vous à l'entendre, moi à la faire...

— Eh bien ?

— Nous verrons.

— Voyons vite. Vous nous avez assez fait attendre.

11

— Y tenez-vous tant que ça ?

— Pouvez-vous nous le demander, comtesse ?

— Eh bien ! je vais vous satisfaire. Mais vous avez appelé vous-même mon récit une confession. Vous savez qu'il y a un secret pour les choses ainsi révélées. Vous me le promettez ?

— Nous sommes six hommes ici. Nous saurons nous taire aussi bien qu'un seul prêtre. Je vous en donne ma parole. Toi, Raoul, qui n'as pas l'âge où l'on peut être confesseur, présente tes respects à la comtesse et rentre vite.

Je me levai lentement, envoyant mon oncle à tous les diables, bien étonnés de s'entendre invoquer par un séminariste.

— Non, restez, Raoul, dit mélancoliquement Mᵐᵉ de Lambert. Puisque vous voulez remplir la mission divine du prêtre, vous devez en prendre dès maintenant la pitié discrète et tranquille. Ceci vous donnera une première idée des secrètes misères des âmes que vous aurez plus tard à consoler et à guérir.

Je m'inclinai et m'assis le plus loin possible de mon oncle, le plus près possible de la comtesse Sophie, dont je dévorais le visage devenu rêveur.

« Donc, il y a longtemps, commença-t-elle, l'hôtel de Lambert était habité par un fier gentilhomme, mon père, et par une mignonne petite fille que vous connaîtrez quand je vous aurai dit qu'elle était gracieuse et vive, tout juste ce qu'il fallait pour qu'on la trouvât passable.

» J'étais l'enfant gâtée, la plus heureuse qui se pût voir. Mon père m'adorait et ne vivait que pour moi, depuis que, boudant les gouvernements qui se succédaient, il s'était retiré de la politique et confiné dans notre bonne vieille ville de Rennes.

» J'atteignis ainsi ma seizième année, m'épanouissant

comme une fleur poussée en plein soleil. Je ne désirais
rien au delà de ce qui m'entourait. Née avec une tendance romanesque prononcée, je rêvais parfois de l'a-
mour comme en rêvent toutes les jeunes filles. Seulement mon chevalier portait un pourpoint, jouait de la
guitare, montait une « cavale Isabelle », et, quand il se
découvrait devant moi, la plume de son feutre balayait la
terre. Vous voyez que j'eusse pu attendre longtemps
avant de le voir se convertir en un épouseur sérieux et
que papa pouvait dormir sur ses deux oreilles. — Papa
et ma tante, devrais-je ajouter. Depuis que j'étais une
demoiselle, portant des jupes longues, Mᵐᵉ d'Agmon,
sœur de mon père, me servait de chaperon. Je l'adorais.
J'avais bien vite démêlé la bonté de son cœur sous ses
apparences brusques et sa physionomie un peu revêche.

» Nous ne nous quittions jamais. Je lui faisais part de
mes chimères. Elle avait gardé une âme d'enfant, et
n'avait pas de plus grand plaisir que de m'entendre
raconter, ce que, devant papa, elle appelait mes bille-
vesées. Bien entendu, elle croyait ce plaisir caché à tous
les yeux, même aux miens; mais je ne jurerais pas qu'elle
aussi n'eût rêvé pour moi d'un chevalier, d'un prince
Charmant, taillé sur le modèle de mon héros.

» Ma tante Adélaïde avait été mariée fort peu de temps
à un gentilhomme qu'elle adorait et dont elle ne pouvait
prononcer le nom sans que les larmes lui vinssent aux
yeux. Selon elle, c'était l'être le plus noble, le plus déli-
cat, le plus épris qui eût existé, et il n'y avait pas assez
de louanges dans son répertoire, pour le célébrer. Une
seule chose me chiffonnait dans cet éloge : c'est que
jamais elle ne me souhaitait de rencontrer un second
marquis d'Agmon et qu'elle rougit beaucoup un jour où je
le lui fis observer.

» Pauvre chère tante !... Plus tard je sus pourquoi. Son roman n'était vrai qu'en ce qui la concernait. Elle seule avait aimé, elle seule avait souffert. Son mari l'avait trahie, torturée de mille façons. Ma tante, reconnaissante de l'amour qu'elle avait éprouvé pour lui, avait caché ses déceptions aux regards du monde, dissimulant ses amertumes sous un sourire.

» C'était le secret de Polichinelle ; elle ne s'en douta jamais. Moi-même je ne la tirai point de son erreur. Je la soignai dans sa dernière maladie, et, peu de temps avant qu'elle expirât, je voulus lui faire un plaisir suprême. « Je me marierai, lui dis-je, je te le promets, tante ; je » trouverai un marquis d'Agmon, moi aussi, et nous t'en-» tourerons de soins. »

» Ses longues mains rendues transparentes par la maladie cherchèrent les miennes, ses regards se fixèrent avec anxiété sur mes regards. J'y vis passer le regret du mensonge admirable de sa vie. J'éclatai alors en sanglots, et je baisai avec amour, avec la vénération qu'on a pour une sainte, le corps agonisant dans lequel vacillait, comme une lueur prête à s'éteindre, une âme de martyre.

» On comprendra que mon horreur du mariage fût plus que jamais enracinée en moi ; je me jurai de demeurer fille. J'étais très gaie de caractère, ainsi que je vous l'ai dit, et la chasse que me firent les épouseurs m'amusa assez pour laisser espérer à mon père que, quelque jour, j'en distinguerais un qui mettrait tous les autres en fuite. Mon père, beau cavalier, aimant le plaisir, mon adorable tante sentimentale et vertueuse à ignorer même l'apparence du mal, me laissaient ma liberté d'allures s'accordant avec l'indépendance de mon esprit et, je puis le dire sans fausse modestie, l'élévation de mon caractère. Je n'étais pas née naïve. Une sorte de double vue me permettait de voir au delà de ce que l'on me disait. Je distinguais l'homme sous son masque conventionnel, et je portais à ses espérances des coups droits qui passaient pour de l'esprit aux yeux des gens superficiels.

» Les années s'écoulaient cependant. Mon père, désireux d'abord de me marier, « dans mon intérêt », s'était rendu à mes raisons, bonnes ou mauvaises. Je lui tenais compagnie depuis qu'il s'était assagi. Nous allions chasser en automne dans nos terres du Midi, nous faisions des voyages charmants. Mon père était le plus aimable compagnon du monde, et je ne m'aperçus guère de la marche du temps jusqu'au jour où il me fut enlevé par une apoplexie foudroyante. Je le pleurai très amèrement. Il me semblait que Dieu eût dû me le laisser plus longtemps encore. Je continuai à vivre dans notre vieil hôtel. Je m'adjoignis seulement une dame de compagnie d'un âge respectable. J'étais devenue chanoinesse ; quoique jeune, je rentrais dans la catégorie des vieilles filles ; néanmoins il me paraissait peu convenable de vivre seule, même entourée des respects de ma ville natale.

» Mme Gabrielle Blandin, ma dame de compagnie, n'a joué qu'un rôle épisodique dans ma vie. Néanmoins je lui dois un bon souvenir. Elle n'était ni trop fausse, ni trop perverse, ni trop familière, ni trop adulatrice, et valait certainement mieux que ses pareilles.

» Je ne sais combien de temps elle fût restée auprès de moi sans un voyage que je dus faire à New-York pour y recueillir la succession d'un parent éloigné et durant lequel je me fis accompagner par elle.

» A vrai dire, j'eusse pu me dispenser d'aller en Amérique et charger mon intendant de régler mes intérêts. Mais, sans m'en rendre compte, j'éprouvais le besoin de voyager, de voir des êtres nouveaux, des choses nouvelles, et nous partîmes, Mme Blandin et moi, laissant le vieil Yvon garder l'hôtel de Lambert, que je croyais revoir quelques mois plus tard.

» Je restai dix ans absente ! »

A ces mots, pressentant le dénouement du récit, nous rapprochâmes nos chaises de Mme de Lambert avec un ensemble qui la fit sourire.

« Oui, fit-elle après une pause et passant sur son front sa main fluette que j'eusse voulu baiser, dix ans ! dix ans, pendant lesquels je passai par toutes les alternatives de bonheur et de tristesse qui peuvent faire battre ou briser nos cœurs. Dix ans, où je fus tour à tour ivre de joie et terrassée d'angoisse .. Ah ! pourquoi vous ai-je parlé de ce temps-là ?

— Pardon, comtesse. Si nous avions pu songer qu'il y eût au fond de vos souvenirs une telle douleur, nous l'aurions respectée. Nous avons pour vous autant d'amitié que de respect, et...

— Ne vous excusez pas. Au contraire, je veux tout vous dire. Puisque vous avez pénétré dans le secret de ma vie, il faut que vous le connaissiez tout entier.

— Je m'étais toujours dit qu'il devait y avoir eu un drame dans votre existence.

— Oui, un drame, le drame banal, mais cruellement douloureux, de celles qui ont été heureuses et qui voient détruits un beau jour non seulement leur bonheur présent, mais leur bonheur passé. Oh ! c'est bien simple, allez ! J'avais aimé... Mais je vous ai promis mon histoire. Procédons par ordre.

» Mise en goût par mon voyage à New-York, j'avais résolu de flâner le plus longtemps possible et de visiter l'Italie avant de retourner en Bretagne, réalisant ainsi toute seule, hélas ! le projet formé avec mon père l'année précédente.

» Une amie de mon père, la comtesse Lacci, qui habitait Florence, m'invitait depuis longtemps à aller la voir. J'acceptai, heureuse de parler du cher disparu et de le retrouver vivant dans des cœurs restés fidèles. J'arrivai par un jour d'automne, mélancolique, presque froid, qui jetait sur l'Arno de grandes ombres grises et noyait de brume les Cascines. Je subis ce charme poétique d'une exquise tristesse, et ce fut les joues baignées de larmes, le cœur serré d'une angoisse indicible, que j'embrassai la comtesse Lacci. La nuit, à peine précédée d'un court crépuscule, était tombée. L'immense salon du palazzo était éclairé discrètement d'une façon bizarre. Je ne voyais, çà et là, que quelques ors des tableaux, quelque éclair jailli des collections de bijoux enfermés dans les hautes vitrines. Suivant le jeu des lumières, tout rentrait dans l'ombre par instants, pour étinceler quelques instants après.

» Je suivais cette fantasmagorie, pendant que ma vieille amie égrenait, d'une voix singulièrement mélodieuse, le chapelet des souvenirs. Il y en avait de gais, d'autres tristes. Tout cela se mariait avec ces reflets capricieux, et telle était l'harmonie des êtres et des choses m'entourant, que je crus un instant rêver, tant était grand l'apaisement descendu dans mon cœur.

» Soudain un grand jeune homme apparut en pleine lumière sur le fond de la salle à manger brillamment éclairée, que le maître d'hôtel ouvrait à deux battants.

» C'était Philippe, le fils de la comtesse Lacci. Depuis, jamais je n'ai songé à lui sans le revoir dans cette flambée, à l'éclat de laquelle s'envolèrent tous mes rêves.

» Je ne ressentis aucun coup de foudre, je l'avoue, —

et ce disant, la chanoinesse me regarda, ce qui me fit rougir jusqu'aux oreilles, — mais j'éprouvai une douce surprise. Il y avait de l'inattendu pour moi à retrouver sous les traits de ce grand jeune homme le petit Felipe que j'avais vu tout enfant. Il était de mon âge, ce qui vous expliquera que lorsque j'avais quinze ans et qu'il en comptait quinze également, je le traitais en très petit garçon. Je ne l'avais jamais revu depuis, et je lui savais gré de ne pas s'être mêlé de loin à la bande d'épouseurs qui me cerna plus tard.

» Mince, élégant, très brun, avec un teint mat rempli de distinction, l'œil vif, les dents blanches, il était charmant, même après examen. Il n'attirait pas les regards, mais il les retenait quand on l'avait entrevu une fois. Sa modestie, son instruction très variée, ses manières exquises, son amour touchant pour sa mère, me ravirent.

» Voilà un homme qu'on peut aimer sans en être amoureuse, pensai-je le soir, quand je fus rentrée dans mes appartements. Et je m'endormis, rassurée par cette belle raison qui me permettait de penser avec plaisir à un camarade retrouvé.

» J'abrègerai les détails. Quelques jours plus tard, Felipe m'aimait, me le disait, me gagnait à sa cause, triomphait de mes appréhensions, de mes résolutions que tout le monde à Rennes, à commencer par moi, croyait insurmontables, et... je l'épousai.

» Je dois à la vérité d'ajouter que, n'ayant jamais aimé, j'étais fort inexpérimentée en tout ce qui concerne ce sentiment. J'éprouvai simplement une certaine surprise à constater que l'amour emplissant mon cœur était très calme, très doux et très profond; qu'il y entrait beaucoup d'estime et de sympathie, de confiance surtout.

» Ce fut l'âme sereine, le cœur inondé d'une joie indi-

cible, que je m'appuyai sur le bras de Felipe au retour de
la cérémonie nuptiale. Ce fut avec une satisfaction orgueil-
leuse que je l'écoutai me dire que j'étais belle, qu'il m'aimerait et me serait fidèle éternellement; que si jamais —
par impossible — une tentation quelconque lui venait, il
me l'avouerait immédiatement. Puérile comme le sont
les femmes qui ont économisé leur jeunesse et la retrou-
vent cachée dans un coin de leur cœur, je l'écoutai flatter
mon secret désir et je poussai l'enfantillage jusqu'à lui
faire signer un papier bien curieux... que j'ai brûlé depuis,
avec le reste. Aussitôt après la messe, célébrée dans la
plus stricte intimité, nous partîmes pour une villa que la
comtesse Lacci possédait à Fiesole. Mon mari avait tenu
à me faire garder ma robe d'épousée. Nous fîmes ce court
trajet en chaise de poste, à travers une campagne embaumée, parée à la fois de toutes les richesses de l'été et de
toutes les poésies de l'automne.

» Longtemps nous demeurâmes accoudés à la fenêtre
de notre chambre, dominant les jardins remplis de fleurs
et de chansons, respirant les brumes chargées d'odeurs
légères, nous enivrant des beautés, des splendeurs de
cette nuit.

» — Vous m'aimerez toujours ? demandai-je à Felipe.

» Pour toute réponse, il baisa aussitôt ma main et me
jeta un regard dans lequel passa toute son âme.

» Vous ne me trahirez jamais, même si vous ne m'aimiez plus, même si je ne vous paraissais plus la plus
belle, la plus désirable des femmes ?

» Il scella mes lèvres d'un baiser, premier anneau de la
chaîne qui, cinq ans durant, nous unit étroitement d'une
façon indissoluble.

» Oui... ce fut un enchantement sans nom que ces
cinq années, durant lesquelles nous ne nous quittâmes

pas un jour, nous suffisant à nous-mêmes, abritant notre
bonheur dans la villa qui devait ne voir à l'origine que le
premier quartier de notre lune de miel. Mille liens nous
unissaient davantage encore chaque jour. Nous avions les
mêmes goûts, la même égalité d'humeur ; nous aimions
les mêmes choses, de la même façon. C'était non seulement un mariage d'amour, mais un mariage d'affinités.
Et il faut bien avouer que cette conformité de goûts et de
caractères est un des grands auxiliaires du bonheur. Que
de gens épris l'un de l'autre se trahissent au bout de
quinze jours de solitude à deux ! Que de séparations im-
médiates ayant pour unique cause l'incompatibilité d'humeur ! La divergence des habitudes, les aspérités, les difficultés de la vie commune sont la cause de la plupart
des séparations, de ces éloignements, de ces antipathies,
de ces révoltes qui jettent la haine entre gens disposés à
s'aimer s'ils n'avaient pas vécu ensemble. Quelle pierre
de touche que cette épreuve ! Et nous l'avions tentée ! Et
elle avait réussi au delà du possible ! Nous semblions faits
l'un pour l'autre ; nous n'avions qu'une âme, qu'une intelligence, qu'une sensation, eût-on pu dire.

» Que de fois, après un silence un peu prolongé, — car
nous étions silencieux l'un et l'autre, — l'un de nous prenait la parole pour dire ce que l'autre pensait ! En dépit
de notre retraite voulue, nous avions dû conserver, malgré nous, quelques relations, très choisies et très rares,
du reste. Mon mari avait pour amis intimes le docteur
Pacini et le premier secrétaire de l'ambassade de France
en Toscane, Jean de Boigne.

» Le mariage avait féminisé mes goûts. Moi qui, jadis,
adorais le cheval, le tir et la chasse, je ne trouvais plus
le moindre plaisir à ces exercices. Felipe, grand Nemrod
devant le Seigneur, m'avait fait le sacrifice de refuser

toute partie à laquelle je n'assistais pas. Ce fut moi qui
le contraignis à se joindre, de temps en temps, à ses
amis. Il est vrai que, sans me l'expliquer, je lui eusse été
reconnaissante peut-être de refuser ces invitations, malgré mon insistance à les lui faire accepter. Mais il ne faisait que ce que j'avais voulu. Il partait donc battre la
plaine, me rapportant des témoignages de son habileté
et de son amour. C'était du gibier et des fleurs sauvages,
des cyclamens dont il dévalisait la montagne et qu'on ne
trouve que dans ces bois. Je remarquai que, chaque fois
qu'il allait à une de ces fêtes cynégétiques, il me revenait
plus amoureux, plus ardemment épris, plus désireux que
jamais de ma présence, de mes caresses. Je le lui dis une
fois en riant; mais je ne recommençai pas en voyant son
regard se rembrunir et un pli triste barrer son large front;
je n'y fis d'abord pas attention, cela me revint plus
tard.

» Vous savez, ainsi que moi, que l'Italie, qui est le pays
de toutes les beautés, est aussi la patrie de toutes les épi-
démies. Elles éclatent comme la foudre, propagées par la
malpropreté, le manque de soins et de nourriture. La
fièvre scarlatine surgit tout d'un coup à Florence et en
quelques jours elle fit des progrès effrayants. Nous vou-
lions partir dès la première alerte. Mais la comtesse Lacci
était légèrement atteinte. Nous ne pouvions la laisser
seule. Le matin même du jour où nous comptions rentrer en France, Felipe s'alita.

» Après une semaine d'alternatives sans nom, d'angoisses mortelles, d'espoirs fous, il s'éteignit dans mes
bras, à trente-cinq ans, les yeux fixés sur les miens, murmurant des lèvres et du regard :

» — Merci pour le bonheur que tu m'as donné ! »

» Comment je résistai à ma douleur ! c'est ce que je ne

saurais vous expliquer, car je ne le comprends pas encore. Je voulus me tuer, j'appelai la mort qui nous séparait ; gardée nuit et jour, je ne rêvai plus qu'à m'affran-
chir de la vie, bien inutile maintenant que l'être doué de
toutes les perfections, que j'avais aimé si tendrement, s'en
était allé avant moi. Puis, ma surexcitation tomba. Je ne
pus plus bouger de mon lit. De longs mois durant je vécus
dans un état de rêve, ne laissant arriver à mon corps af-
faibli que la perception très faible de ce qui, jadis, faisait
vibrer tout mon être de fièvre et de douleur. On me transporta à Venise. La comtesse Lacci m'y accompagna et m'y
laissa sous la garde d'une de ses nièces, personne fort aimable, dont la grâce spirituelle m'avait charmée dès notre
première rencontre.

» Je me remis lentement. Ainsi qu'il arrive souvent
après les secousses terribles, quand elles ne sont pas
mortelles, le corps semble y puiser une vigueur nouvelle.

» Un jour vint où j'eus faim, où mes jambes me portè-
rent, malgré moi, vers la fenêtre par laquelle, dans ma
chambre de malade, entraient le soleil et la brise tiède.
Je m'en voulais, il me semblait que c'était là une défaillance, et j'en conçus une indignation presque méprisante
pour ma guenille humaine qui ne voulait pas mourir, qui
luttait de toute sa vigueur contre le désir de mon cœur et
de mon esprit.

» Flora, — ainsi se nommait la nièce de la comtesse
Lacci, — m'était précieuse. Elle s'était prise d'amitié
pour moi, et son scepticisme mondain m'arrachait parfois un sourire. Elle aimait son mari et elle en était tendrement aimée. Néanmoins elle lui laissait toute liberté
et professait les plus étranges théories. Un jour que nous
parlions de fidélité et que je lui disais ma confiance
ardente en mon mari, ma persuasion qu'il ne m'avait

jamais trompée, persuasion qui rendait surtout si amers
mes regrets et si insurmontable mon désespoir, elle eut
un sourire énigmatique qui glissa légèrement sur ses lèvres
charnues, et, mi-souriante, mi-mélancolique, elle s'efforça
de détruire ma théorie avec une énergie singulière.

» — Qu'importe, me dit-elle, une infidélité que vous ne
soupçonnez pas, qui vous ramène votre mari plus épris,
plus désireux de vous ? La nature est-elle infaillible ?
Qu'une femme ne trompe pas son mari, cela va de soi.
Elle est dépositaire de l'honneur du foyer ; puis il y a les
enfants ; puis encore, à part quelques exceptions, elle est
de mœurs plus douces, elle a en elle-même une portion
d'idéal qui corrige la brutalité des appétits. En un mot,
il lui est plus facile d'être vertueuse qu'à l'homme appelé
au dehors par ses occupations, en contact journalier avec
toutes les tentations. Enfin, conclut-elle avec une douce
philosophie, n'est-il pas plus flatteur d'être préférée que
d'être aimée ?

» — Ainsi, lui dis-je, vous ne croyez pas à la fidélité
absolue d'un homme ?

» — Nullement, et en ce qui me concerne, je m'en em-
barrasse fort peu. Mon mari est le modèle des maris, au
moins en ma présence, et il sait qu'il ne peut pas faire
de dauphin sans moi. Le reste ? Le reste doit rentrer et
rester dans l'inconnu.

» — Alors Félipe ?

» — Ne parlons pas des morts. Félipe vous a chérie
avec toute la tendresse dont il était capable, il ne vous a
pas déplu une heure, il a fait de vous une créature heureuse entre toutes, et pour ces raisons seules vous ne
devez pas chercher à sonder l'inconnu, — un inconnu qui
n'existe peut-être pas, du reste, Félipe tenant plutôt de
l'ange que de l'homme.

» Nous portons en nous-mêmes notre bonheur et notre malheur. Une force invincible et irrésistible nous pousse au-devant de la destinée que nous devrions éviter au prix même de notre vie. Un soupçon vague s'était emparé de moi. J'allai au-devant de la mienne sans hésiter, sans sourciller. Un doute lancinant m'opprimait, grandissait d'instant en instant dans mon esprit. Au lieu de croire à ce que j'avais vu, senti, éprouvé, distillé, disséqué, et de m'en tenir au souvenir du bonheur sans mélange que j'avais goûté, je voulus savoir, savoir absolument. Quoi ? Je n'eusse pu le définir. Je voulais me pencher sur cette âme morte, comme le savant se penche sur un cadavre pour lui arracher le secret de la vie. Seulement, c'était ma condamnation que je préparais, car je savais bien qu'au moindre doute, mon amour pieusement gardé, les illusions, jeunesse éternelle de mon cœur, ma foi, mon bonheur passé, s'enfuiraient sans retour.

» Et cette chose qui me paraissait gigantesque, hérissée de difficultés sans nombre, se fit tout simplement, en une seconde. Je sus ce que je voulais savoir à tout prix ; j'appris qu'en ces cinq années passées ensemble, sauf quelques heures de séparation dont j'eusse presque pu dire le nombre, j'avais été trompée avec des femmes perdues et repoussantes qu'il jugeait plus que sévèrement et dont il me faisait le plus épouvantable portrait. Quand par hasard nous les rencontrions, je ne pouvais m'imaginer qu'il les connût. M'ayant à son bras, il ne les saluait pas, n'osait pas les saluer. L'une était une cantatrice sans talent qu'il disputait à un chef d'orchestre de petit théâtre ; l'autre, une grosse modiste ridicule, épave de trois générations ; une autre, la sœur même du docteur, une traînée que celui-ci lui-même désavouait, une créature ignoble, ni jeune, ni jolie, ni soignée, montrée au doigt partout,

dévorée par des maladies, et qui empoisonnait, dit-on, ses
amants d'un jour ; la dernière enfin, ma seconde femme
de chambre, une pauvre fille qu'il trouvait blême et anti-
pathique, qu'il me suppliait continuellement de renvoyer,
l'accusant en riant de le « reluquer », de le poursuivre
avec des regards pâmés. Un de ces jours, si je n'y met-
tais pas bon ordre, il allait bel et bien être violé. Le bon
rire qu'il avait en me disant tout cela ! Et je me gardais
bien de renvoyer ma soubrette ! Oui, j'avais été trompée,
sans excuse, banalement, parce qu'une créature quelconque passait, quêtant une étreinte, parce qu'un camarade
plaisantait sa fidélité, peut-être encore parce que, m'aimant absolument, il lui plaisait de se prouver à lui-
même que j'étais la femme la plus désirable qu'il pût
aimer.

» Quels qu'eussent été ses entraînements, leur banalité,
les circonstances atténuantes même, je sentis que c'en
était fait de son souvenir dans mon cœur. Je le vis en une
seconde tel qu'il était réellement, tel que mes yeux aveu-
glés n'avaient pu l'apercevoir durant nos cinq années de
bonheur sans nuage. Mille détails rétrospectifs surgirent
de l'ombre. J'avais épousé un être charmant, doux, bon,
facile à vivre, mais banal, en somme. Si, au lieu d'être
riche comme il l'était, il eût eu besoin d'une carrière, il
eût essayé de tout, en littérature, en affaires, en politique,
en art, mais il n'eût jamais réussi en rien. Une chose lui
eût toujours manqué, sans laquelle on n'est rien : le caractère. Doué de qualités de second ordre, c'était une nature
inférieure, aussi décevante qu'elle était adorable, pleine
de grâce et de charme, sympathique à chacun et à tous,
n'ayant pas un ennemi, n'inspirant aucune défiance, aucune malveillance, mais ayant encore moins inspiré de
ces amitiés à l'épreuve, de ces camaraderies robustes, qui

donnent la mesure d'un homme et consolent de tout, même de la calomnie, même de la haine.

» Je lui avais prêté une valeur exagérée que, dans sa modestie (que je jugeais exquise), il me reprochait souvent de lui attribuer. J'en avais fait quelqu'un ; si nous avions été dans le monde, au lieu de nous confiner dans notre solitude amoureuse, j'aurais prouvé au monde qu'il était en effet quelqu'un ; je lui avais soufflé au cœur des ambitions plus grandes que celles conçues par lui jusque-là. Et voilà comment ma folie avait trouvé sa récompense ; comment moi qui, sans orgueil, lui étais supérieure, j'avais été trompée, bafouée ; comment j'avais partagé avec ces misérables créatures des caresses dont le plus grand charme à mes yeux, le charme unique peut-être, était qu'elles n'appartenaient qu'à moi ; en ma foi absolue, j'avais écouté avec ravissement des mots d'amour murmurés à d'autres, peut-être avec la même voix, la même intonation, la même chaleur ! Ce qui me faisait plus souffrir encore, c'était de ne pouvoir me rappeler une occasion, un jour quelconque dans lequel j'eusse pu trouver une défaillance de sa part, un changement d'humeur ; non, je ne pouvais me dire : ce fut ce jour-là ou cet autre. Je l'avais toujours trouvé également épris, tendre, empressé, câlin, soumis, adorable, en un mot ; jamais l'ombre d'un remords n'était apparue dans ses yeux. Alors, quand, à quel moment m'avait-il trahie ? Comment cela était-il arrivé ? Je ne pouvais le préciser, cela m'enrageait. Il me quittait, un regret sur les lèvres ; il me revenait, un sourire dans les yeux. Lorsque nous étions séparés une journée par hasard, il trouvait le moyen de m'écrire deux fois dans cette même journée, de m'envoyer des exprès, et tout cela pour me dire des riens charmants, des déclarations passionnées, des serments de fidélité éternelle, des

mots enfantins et solennels à la fois : « A toi pour la vie
et après. » Bref, les enfantillages des plus vulgaires bana-
lités, auxquels mon cœur jadis si défiant se laissait toujours prendre. Nul doute qu'il n'eût jeté par la fenêtre,
sans une seconde d'hésitation, mes rivales de passage.
Mais il ne savait pas refuser une femme qui s'offrait, repousser une avance ; il n'osait pas dire : « J'aime uniquè-
ment, passionnément ma femme ; je ne la trahirais pour
rien au monde. » Il m'avait blessée dans le plus intime
de mon être, par inconsistance, par lâcheté. Il n'était pas
lâche au sens vulgaire du mot. Il y avait même quelque
courage à jouer comme il le faisait avec le danger d'être
surpris. Il devait savoir qu'à la moindre preuve je serais
impitoyable. Mais il se laissait aller avec l'insouciance de
l'enfant qui danse au bord d'un précipice.

» Je ne me plaignis à personne. J'allai au cimetière et
jetai violemment sur sa tombe mon alliance, gage men-
teur d'une constance violée. Je brûlai tout, lettres, portraits, cheveux, souvenirs quelconques. Plus rien ne de-
meura de lui près de moi. J'avais bien fait la solitude
autour de mon cœur révolté, et je ne sentais plus que
l'immense dégoût d'avoir, tant d'années durant, vécu de
cette tromperie, dans cette atmosphère menteuse.

» Je suis née implacable, et le temps, ni l'expérience, ni
la vieillesse même n'ont pu me changer. Ma détermination
prise, je ne regrette rien, même si j'ai eu tort. Je ne me retourne jamais pour embrasser du regard le chemin parcouru.

» Je ne dirai pas que je ne souffris point. Oui, je souffris, et cruellement, de m'être ainsi abusée moi-même ;
d'avoir pu être assez sotte pour endormir mes méfiances
invétérées et me livrer ainsi tout entière, malgré mes révoltes et mes répugnances. J'en vins un instant, Dieu me
pardonne ! à regretter de n'avoir pas rendu œil pour œil,

dent pour dent à l'infidèle, de façon qu'il l'apprît là-haut, comme moi, trop tard pour se venger, mais assez tôt pour en souffrir.

» J'arrachai de mon cœur ce souvenir à jamais odieux. Je le bannis sans pitié de ma vie, et, une fois guérie, je tâchai de me reprendre, comme si ces huit ou dix ans n'avaient été qu'un cauchemar sans réalité, sans témoin.

» Au moment de mon mariage, j'avais remercié ma dame de compagnie, en la dédommageant au delà de ses espérances. Je lui avais demandé de ne jamais revenir à Rennes. Elle avait tenu parole. Nul ne savait donc rien de ce qui s'était passé. Mon cœur redevenu tranquille, je pouvais moi-même l'ignorer.

» Je quittai brusquement *Firenze*, la ville des fleurs, désormais triste et maudite pour moi. Je repris le chemin de Rennes, et j'arrivai inopinément à l'hôtel de Lambert un beau matin, sans crier gare, reçue par mon vieil Yvon, qui pleura de joie en revoyant « Mademoiselle ». Le mot dont il n'avait jamais pu se déshabituer en dépit de mon titre de chanoinesse m'émut comme une caresse d'outre-tombe. Je ne pouvais me lasser de l'entendre. C'était le charme délicieux de l'oubli berçant ma douleur et ma colère. Il avait blanchi, s'était courbé sous le poids des ans ; quelques-uns de mes serviteurs étaient morts ou avaient disparu. A part cela, j'étais toujours Mlle de Lambert, et je retrouvai ma broderie commencée, mon livre favori ouvert à la dernière page feuilletée par moi, tous les objets auxquels j'étais accoutumée, m'attendant et m'accueillant comme si je n'avais jamais quitté mon vieux et cher logis.

» J'avais trente ans lorsque je partis de Rennes, j'en avais quarante lorsque j'y revins : il y a vingt-cinq ans de cela. Jamais autour de moi personne n'a rien surpris de

mon secret. Pas un portrait, pas une fleur fanée pieusement gardée, rien ne m'est resté de celui qui traversa ma
vie, l'embellit quelque temps et l'assombrit ensuite de la
façon la plus cruelle.

» J'arrivai ainsi, non pas seulement à l'oubli complet
de l'infidèle (je ne me souvenais même plus de son visage),
mais à l'apaisement de ma souffrance. Je vieillis ma mise,
mes façons d'être, et prématurément je devins vieille fille
du jour au lendemain pour me faire pardonner l'oubli des
huit années que, d'un trait, je supprimais radicalement
de ma vie. Ce qu'on prit pour une faiblesse féminine, une
manie, un besoin de me rajeunir, ne fut qu'une vengeance
posthume que je poursuivrai jusqu'à mon dernier jour.

» Vous savez tout maintenant. Mon histoire n'est, en
somme, ni très romanesque, ni très intéressante, et peut-
être eût-il mieux valu vous laisser sur votre curiosité.
Vous eussiez tout rêvé, tout supposé, tout cru, hormis la
vérité.

» Mais il se fait tard, et notre séminariste me semble
tomber de sommeil... Ma confession est finie. Je vous
demande pardon de l'avoir faite si longue. Mais j'avais
rompu le silence. J'ai voulu tout vous dire. Je suis sûre
que vous me saurez gré de vous avoir confié ce secret de
mon cœur et de ma vie, et que, semblable au prêtre, qui
oublie aussitôt les aveux entendus, chacun de vous l'a
déjà oublié. Demain, nul n'a le droit de le savoir. »

*
* *

Sans un mot, nous baisâmes chacun, à tour de rôle,
la belle main que nous tendait la comtesse de Lambert.
Mon oncle y appuya longuement ses lèvres minces.
J'eusse voulu le tuer ! Quand vint mon tour de prendre

congé, je n'osai poser ma bouche sur cette main parfumée, veinée de bleu ; mais, d'un mouvement plus rapide que la pensée, je la portai à mes yeux que mouillait une larme.

« Chacun de vous a déjà oublié, » avait-elle dit. Il m'était impossible d'oublier jamais ce que je venais d'entendre. Je rentrai chez moi, en proie à une étrange émotion. Cette histoire, tombée sur mon cœur d'enfant que l'expérience n'avait pas encore blasé, y avait laissé une empreinte ineffaçable. Bientôt après je renonçai à la vie du prêtre pour celle du marin. J'ai vécu, j'ai souffert. J'ai connu des drames autrement poignants et douloureux que celui de la comtesse. Mais aucun n'a laissé en moi d'impression aussi profonde.

Voilà pourquoi j'ai si souvent revu Mme de Lambert nous contant son histoire en son salon coquet et vieillot, tendu de lampas céladon, et pourquoi j'apercevais, pendant les heures de quart, une forme blanche, gracieuse comme elle, danser au loin sur les vagues.

LE PARRICIDE

> On la croit toujours à vingt ans, car
> elle n'a que l'âge de ses impressions, et
> ses impressions ont l'éternelle fraîcheur
> de son éternelle virginité d'esprit.
>
> (CAMÉLÉON.)

Claire de Chantepleure était une douce et charmante
femme, restée très simple, malgré sa vive intelligence,
ayant gardé une native timidité, même après avoir passé
du mauvais côté de la trentaine. Rien au monde ne me
ferait dire qu'elle voisinait avec les quarante ans, tant sa
démarche était d'une jeune fille, tant son sourire ingénu
proclamait l'absurde mensonge des chiffres. Dix longues
années, elle avait porté le deuil de son premier mari, un
grand peintre, qu'elle avait pleuré très sincèrement, réfugiée dans l'éducation de sa fille unique. Et, au bout de
ces dix ans, la petite fille était devenue Mlle Marguerite,
espiègle adorable en ses treize printemps fleuris.

Mais un ami du preintre disparu, son meilleur camarade d'art, le compagnon de sa gloire précoce, le fameux
paysagiste Marcel de Chantepleure, ne s'était pas laissé

rebuter par le noir des voiles de veuve. Pas un jour il
n'avait fait trêve dans le siège de cette femme qu'il convoitait. Et elle, touchée sans doute, mais obstinée en son
veuvage, avait, par trois fois en trois ans, répondu *non* à
toute demande précise. Un jour enfin, émue plus qu'elle
ne voulait se l'avouer, devant cette tendresse tenace, elle
avait prononcé le *oui* que Marcel n'espérait presque plus,
encouragée d'ailleurs par la formelle permission de Marguerite, qui avait dit tout simplement de sa voix d'enfant :
« Mais si ! maman ! Prends-le pour mon papa ! Il nous
aime tant ! Et je ferai avec lui de si bonnes parties ! » Et
Claire, absoute ainsi d'avance, s'était abandonnée à
l'amour qu'elle ressentait, ce dernier amour qui doit nous
suivre dans la tombe, quelle que soit l'époque de la vie où
on l'éprouve. On le reconnaît, cet amour, à la mélancolie
extrême dont il nous pénètre, au charme qu'il exhale, à
l'indifférence profonde que nous éprouvons pour tout ce
qui n'est pas lui...

*
* *

Depuis un an Claire était la plus heureuse des femmes,
la plus idolâtrée, surtout. Marcel, follement épris, ne
voyait qu'elle dans le monde. Pour être mieux à elle, il
avait rompu ses relations de club, renoncé à ses amitiés
artistiques, bornant l'horizon de sa vie à sa Claire et au
petit tyran Margot. Bonheur absolu, sans mélange, bonheur égal, bonheur parfait. On était aux premières
pousses de juin, et déjà on se promettait les joies du
tête-à-tête dans la solitude intime, aux champs ou au
bord de la mer bleue. En attendant, le soleil faisait
épanouir les roses dans le jardin de l'hôtel de l'avenue de
Villiers, derrière le célèbre atelier du maître.

Toutes les femmes jalousaient Claire, émerveillées de cette passion légitime qui commençait à dater aux yeux des curieuses de Paris. Mais Claire et Marcel ne voyaient même pas les coups d'œil de reproche lancés par les moins heureux, au passage, et ils continuaient à marcher dans l'enivrement de leur rêve ensoleillé.

Un matin, pourtant, Claire la bienheureuse se leva tout attristée. La veille, au sortir de la messe de Saint-Augustin, comme Marcel marchait devant elle avec Marguerite, elle avait surpris un bout de dialogue, dans l'ombre du baptistère : «Elle est vraiment étonnante, cette madame de Chantepleure ! — Et jolie ! — Elégante ! — Svelte ! — Oui, admirablement conservée, » conclut une voix aigrelette que Claire reconnut pour celle de la générale X... Ce banal propos avait empêché Claire de dormir. Ces deux mots venimeux, Marcel ne les avait-il pas entendus comme elle ? Son baiser du matin, il semblait à Claire qu'il le lui avait donné d'un air tout distrait.

Claire prit son miroir. « Quels traits fatigués ! Et cette joue alourdie ! Ces yeux cernés ! Oh ! mon Dieu ! Est-ce donc vrai ? Va-t-il falloir dire adieu à la jeunesse, à la beauté ? Et Marcel, qui m'a choisie entre toutes, va-t-il s'apercevoir que je ne suis plus la plus belle ? »

Claire était de celles qui se découragent aisément, qui ont peur de la souffrance morale, redoutent le chagrin, s'épouvantent à l'idée d'une lutte quelconque. Douce, tendre, timide, sensitive qui frissonne au moindre coup de vent, qui vit de bonheur et ne saurait vivre sans lui ; un simple doute effleurant ce bonheur pouvait le faire sombrer et la briser avec lui. Un souvenir surgit tout à coup dans sa pensée. Claire avait passionnément adoré sa grand'mère, qui l'avait élevée. La semaine même de sa mort, la vieille douairière avait dit à la jeune fille, de

sa voix blanche : « Je ne regrette pas la vie, mais je re-
gretterai de te quitter, ma Claire, surtout parce que, moi
partie, on ne te dira plus la vérité. Tu es belle, charmante, adorable, adorée, mais crédule... Un jour — oh !
dans bien longtemps ! — tu seras moins belle ; puis, tu
ne le seras peut-être plus du tout ; et cependant toutes
les bouches menteuses continueront à te répéter que tu
es la reine de beauté... ton miroir même ne te dira plus
la vérité, et ton ignorance prêtera au sourire. Ah ! ce
jour-là, je te manquerai, en effet, mon enfant. »

Et la grand'mère soupira...

Brusquement, Mme de Chantepleure voulut savoir. Elle
souffrait d'ignorer, de douter. Il fallait qu'on lui dît la vérité,
la vraie vérité, l'inexorable vérité. Mais qui ? Un domestique ? Non. Un ami ? Non encore. Son miroir ? Il était là,
devant elle, brisé d'un mouvement nerveux, et elle venait
de lire le matin dans un auteur latin un aphorisme bien
cruel, traduit et transcrit par ce poète ardent et puissant
qui s'appelle Richepin...

Dans le salon-boudoir où Claire était assise, tout à son
pénible monologue et à sa lecture — un joli salon ovale,
au plafond arrondi en dôme, tout embroussaillé de lui-
sants éventails que formaient les palmiers et les fougères,
— par la verrière ouverte sur le jardin de l'hôtel, une
voix fraîche entrait, la voix de Margot. Mme de Chantepleure chercha du regard qui, à travers les dentelles
blanches des panaches de lilas, rencontra la mouvante
silhouette de Marguerite sur le tapis vert du gazon ras
tondu, lancée dans une fantastique danse à la corde,
qu'elle accompagnait de sa voix grêle de fillette.

Une idée subite vint à la mère :

« La vérité ? Voilà celle qui va la dire ! Celle dont la bouche pure ignore le mensonge, parce que son cœur ingénu ne pourrait le concevoir. — Marguerite ! Marguerite ! »

L'enfant entra en coup de vent, gaie comme un pinson, ses jolies mèches blondes ébouriffées, les joues rosées par l'exercice au grand air ; petit diable joyeux, espiègle, débordant de vie et de santé. Sous le velouté savoureux de ses quatorze ans circulait la sève vivante d'un sang vermeil, mais où dormait encore le germe de la femme à venir. Elle n'avait rien de la beauté de madone de sa mère, mais elle était pire. Le nez se retroussait avec malice, avancé en point d'interrogation ; elle était blanche et vive, de la poudre de riz au salpêtre ! mais la prunelle d'un bleu limpide, transparent, loyal comme l'azur du ciel, s'arrondissait, naïve et futée à la fois, sous le regard maternel, tandis que, de la bouche trop grande, des lèvres charnues, un peu trop fortes peut-être, et rouges comme des cerises sur des quenottes étincelantes, sortit cette demande : « Tu m'appelles, m'man ? » Elle s'arrêta : « Qu'as-tu, mère ? Tu es tout émue ? » — « Je n'ai rien, mignonne, » dit Claire de sa voix très douce. Et, par un effort, elle sourit : « Ferme la porte, et viens t'asseoir ici près de moi, » reprit-elle, très calme. L'enfant courut, obéit et, tout en gambadant, se trouva aux côtés de sa mère, presque perdue dans la montagne de coussins empilés sur le sofa, où Claire donnait audience à ses mélancolies. La main de la mère, sans trembler, haussa la tête aux boucles blondes jusqu'à ses lèvres minces, qui déposèrent une douce caresse au front de la petite.

Marguerite rendit à sa mère deux baisers sonores. Alors Claire, l'attirant vers l'embrasure de la large baie, où les

vitraux en ogive filtraient en pourpre et or les rayons déjà
chauds du soleil presque à son zénith : « Regarde-moi, ma
petite Margot, prononça Claire lentement. Regarde-moi
bien, oui, comme cela ! Et dis-moi ce que tu penses de
ma figure. Est-ce qu'elle est jolie ? Enfin, comment me
trouves-tu ? »

Anxieuse, sous son rire poignant, Claire attendait, ses
yeux sur les yeux de l'espiègle enfant.

La fillette prit un air comique et grave à la fois, capable
et mutin, l'air d'un singe improvisé juge, qui va rendre
son arrêt : « Attends un peu, que je voie, dit-elle. Je vais
te dire ! » Et, saisissant avec ses deux menottes la tête de
Claire, elle l'amena en plein soleil, au grand air du jour
entrant par la baie. « Là !... » Elle considéra le doux
visage une bonne minute. « Eh bien ! voilà. Tu es belle.
Oh ! oui ! Tout le monde le répète, bien belle, et c'est
vrai ! La peau de ta figure est veloutée, fine comme du
satin. Tes yeux sont profonds comme la mer. Seulement... » Elle fit une petite pause. « Seulement, tu es un
peu vieille... »

Et s'échappant, toute fière d'avoir trouvé cette réponse,
dont elle ne comprenait, ne pouvait comprendre la terrible portée, elle gagna la porte d'un bond, et disparut
vers le jardin, en faisant voltiger sur sa nuque la nappe
d'or de ses longs cheveux poudrés d'argent.

Claire avait senti tout son sang refluer à son cœur. Une
mélancolie sans nom... immense comme une mer sans
rivage, grise et froide comme un ciel d'hiver, l'envahit
tout entière ; son cœur battit plus lentement, quelque
chose obscurcit sa vue ; elle souffrit partout, demeurant
comme écrasée sous le verdict naïf et inconscient, jugement cruel et sans recours, sentence sans appel, prononcée par celle qu'elle avait choisie pour juge. C'était donc

vrai ! Vieille ! elle était vieille ! C'était son enfant qui
l'avait condamnée, une enfant qui l'aimait, qui l'admirait, qui l'avait trouvée jusqu'alors la plus belle, plus encore que la plus belle, — la beauté même, dans ce qu'elle
a de plus idéal, de plus complet, de plus absolu !

*
* *

A Dieppe, sur la plage, à l'heure du bain.

Depuis la veille, Claire est arrivée avec Marguerite et
Marcel. La mère et la fille sortent de leur cabine, jolies à
croquer, semblables à deux sœurs, sous leur costume
blanc bordé de rouge. Elles entrent dans le flot vert. Le
mari, resté sur les galets, suit du regard. Elles nagent.
Avec quelle grâce ! Claire en avant, Marguerite à vingt
brasses par derrière. « Mais elles vont trop loin ! Revenez ! revenez ! » C'est Marcel qui crie. Elles n'entendent
pas : « Revenez, Margot ! revenez, Claire ! Rentrez donc ! »
Mais les nageuses poussent vers le large, Claire en tête,
Margot en arrière. Eperdu, fou, Marcel appelle les bai-
gneurs, demande les barques. Et, sans attendre, n'y tenant plus, il met habit bas, s'élance à demi vêtu, nageant
furieusement dans le sillage des deux imprudentes. Il
atteint enfin Marguerite, la saisit, lui enjoint presque
brutalement de retourner au rivage et, la poussant, sans
s'arrêter, d'un effort, il poursuit sa course vers la mère,
dont on aperçoit la tête comme un point à demi sub-
mergé qu'entraîne le courant vers la haute mer. Marcel
est à bout, haletant. Il nage, appelle avec angoisse :
« Claire ! Claire ! » d'une voix plus faible. Nulle réponse.
Il se rapproche pourtant. Claire est devant lui, à dix
brasses seulement. Il va l'atteindre, il l'atteint ! Puis, dans
son cerveau, la nuit se fait... Il s'abandonne...,

Quand il se réveille dans la barque, Marguerite pleure sur le cadavre de sa mère.

. . . .

Jamais l'innocente parricide n'a soupçonné que son mot d'enfant a poussé sa mère au suicide. Claire n'a pas voulu survivre à sa beauté, à son bonheur ; elle n'a pas voulu connaître le jour où elle serait moins aimée. Cette mère ardente et tendre n'était qu'une amoureuse.

Marcel jamais ne s'est consolé. Il vit en sauvage, retiré du monde ; Marguerite même ne peut le rattacher à la vie ; il la fuit instinctivement, sans se rendre compte pourquoi. Aussitôt qu'elle sera mariée, il partira pour un long voyage ; jamais il ne remplacera l'épouse, l'amante, la seule femme qu'il ait aimée !

LE DROIT DE PUNIR

I

Mon colonel, tu n'as pas l'air content.
(Scribe.)

Le colonel Raymond est aujourd'hui un homme de cinquante-sept ans, grand, robuste et portant haut la tête ;
vrai type de *soldat*, il jure, sacre et tempête, tant qu'il se
trouve en compagnie d'officiers. Il vide sa chope d'un
trait, fume dans une pipe d'écume, montée en vermeil,
qu'il a gagnée à une poule militaire, car il s'est battu
comme un lion à toutes les affaires auxquelles il a
assisté. Sa poitrine est constellée de décorations et de
médailles. Il est fort comme un Turc, — si toutefois il
soit vrai que les Turcs soient des hercules privilégiés ! —
Il est adroit à tous les exercices du corps : à l'épée, ses
dégagements passeraient dans l'alliance d'une jolie
femme, et il abat les hannetons à tous coups avec ses pis-

tolets d'arçon. Sa voix est rude : quand il crie *marche!* sur
le Champ-de-Mars, il y a toujours un ou deux carreaux de
brisés à l'Ecole militaire. Il est veuf, et il a mis sa fille
unique, une charmante blonde de douze ans, dans une
bonne pension de province, à Besançon, je crois. Il vit en
véritable officier. Le service et le café, il n'a pas d'autre
occupation. Quoique âgé de cinquante-sept ans, il ne se
pique pas de sagesse, et comme sa fortune lui permet
d'être généreux, il se pose encore de temps en temps en
Céladon. Un bracelet à la petite Z..., de l'Eden ; une
broche à la grosse X..., des Bouffes ; une robe de mérinos
à la petite marchande de violettes Y..., et quelques sou-
pers chez Maire avec la gourmande Z..., qui dévore si
galamment ses huit douzaines d'huîtres d'Ostende : tous
ces cadeaux prouvent le faible du colonel pour les brebis
égarées qui ont laissé leur laine candide à tous les buis-
sons... d'écrevisses... de Paris. — Cependant, au milieu
de sa vie si bien remplie, il a quelquefois des moments de
rêverie passagère... Ainsi, au milieu d'une manœuvre,
entre deux carambolages ou même dans un doux tête-à-
tête, on l'a surpris plongé tout à coup dans une complète
distraction, les yeux fixes et comme absorbé par un souvenir fâcheux ; mais cela ne durait que fort peu de
temps... Il secouait bien vite la tête, passait la main dans
sa longue barbiche, et, suivant la circonstance, s'écriait :
« Bah ! au diable : c'est fait ! c'est fait ! Par quatre batte-
ries attelées, en avant ! — Passez-moi le blanc, capitaine.
— Tu es la plus jolie fille que je connaisse ! »

Ses amis, et ils sont nombreux, car, à part sa brus-
querie, c'est le plus gai compagnon de la terre, ses amis,
disons-nous, sont habitués à ses petites absences et n'y
attachent aucune importance : seulement ils l'ont surnommé *le colonel c'est fait ! c'est fait !* mot qui sert tou-

jours de conclusion à la petite crise que nous avons
signalée.

Mais nous qui cherchons partout des sujets d'étude,
nous avons attribué ce « c'est fait ! c'est fait ! » à quelque
action passée du colonel Raymond, et nous avons eu la
curiosité de remonter en arrière et de nous renseigner à
ce sujet. Comment avons-nous su ce que nous allons raconter ? c'est là notre secret... qu'il suffise de savoir que
nous n'inventons rien et que, hormis les noms, — bien
entendu ! — tout est de la plus scrupuleuse exactitude.

En 18.., M. Raymond n'était que capitaine d'artillerie
et beaucoup moins viveur qu'aujourd'hui. Il travaillait
alors à un traité sur je ne sais plus quel canon de son invention, un canon merveilleux, paraît-il, et qui devait
tuer dix fois plus vite, et dix fois plus que tout autre, une
quantité donnée de gens dressés à cet effet. Il allait peu
au café, ne courait pas la prétentaine et songeait à se
marier. Quoi de plus naturel ? Il avait quarante-deux ans,
dix mille livres de rente, cinq campagnes, trois hono-
rables cicatrices, était capitaine et s'occupait de l'amélio-
ration du genre humain par la voix harmonieuse des
pièces de vingt-quatre. C'était le moment où jamais de
prendre femme. Il rêvait un joli petit intérieur... Il se
voyait, l'hiver, au coin de son feu où bouillotait un grog
éternel, travaillant à sa petite machine, tandis qu'une
jeune et charmante femme à lui, à lui tout seul ! coupait,
de sa blanche main, les zestes de citron et lui bourrait sa
pipe d'écume montée en vermeil ! Tout cela dans un petit
salon bleu, — qui est-ce qui n'a pas rêvé un petit salon
bleu ? — en robe de chambre, en calotte grecque et les
pieds dans une chancelière en peau d'ours ! Le capitaine
n'en resta pas au projet ; il résolut d'arriver le plus tôt
possible à l'exécution... Il aimait à ce que les choses, une

fois décidées, marchassent promptement et sûrement; son canon le prouve du reste! Une seule chose le retarda de quelques jours. Il ne savait pas avec qui se marier. Il allait quelquefois dans le monde; mais, jusque-là, il n'avait remarqué aucune femme.

Le capitaine Raymond se promit de faire attention au *beau sexe*, — il disait le *beau sexe*! — la première fois qu'il irait au bal du préfet de Besançon; et, comme c'était un loyal militaire, il se tint parole. Il arriva chez le préfet à dix heures, en sortit à minuit, et décida, à son petit coucher, qu'il était amoureux fou de Mlle Virginie Poulet, fille unique de M. Augustin Poulet, notaire, veuf, et qui donnait 200,000 francs de dot à sa fille. Le lendemain, le capitaine Raymond, en grande tenue, pénétrait dans l'étude de M. Poulet et lui demandait la main de Mlle Virginie, qui ne se doutait pas de son bonheur. Le notaire, ayant attentivement lu les divers papiers dont s'était muni le capitaine et ayant constaté que les dix mille livres de rente annoncées étaient bien réelles, serra cordialement la main du brave militaire, en le nommant son gendre. Au dîner, le notaire apprit à sa fille qu'elle allait se marier; Virginie voulut répliquer; son père la pria gracieusement de se taire. Aussi promptement que le capitaine avait décidé qu'il adorait Virginie, aussi promptement le notaire décida-t-il que sa fille adorait le capitaine.

Mlle Virginie Poulet avait vingt ans à peine. Elle n'était pas ce qu'on appelle une beauté; mais elle plaisait tout d'abord par sa douceur et sa placidité. De taille moyenne, mais fine et ronde, elle avait, sans excès toutefois, une opulence de formes qui devait la rendre désirable à une certaine classe d'hommes; de beaux yeux, d'un bleu douteux, mais qui étaient assez séduisants et dont elle savait habituellement se servir ; une bouche trop grande, mais ornée de dents magnifiques ; un nez quelque peu retroussé et un menton à fossette formaient un ensemble piquant, et sa coiffure à la Sévigné lui allait à ravir : des boucles blondes se jouaient sur son visage blanc et rose, laissant par instants à découvert de petites oreilles pleines de finesse et de transparence. Les pieds et les mains étaient ordinaires. Quant à son caractère, il n'était ni bon, ni mauvais. Elle avait perdu sa mère fort jeune et avait été élevée jusqu'à dix-sept ans au couvent, où elle n'avait jamais mérité de reproches bien sérieux, tout en n'y remportant aucun succès éclatant. Depuis trois ans qu'elle était revenue chez son père, elle subissait le joug d'une vieille servante-maîtresse, à qui M. Poulet, le notaire, laissait toute autorité dans la maison. Elle ne voyait son père qu'aux heures de repas et quand il la conduisait au bal ou en soirée. Le reste du temps, elle faisait ce qu'elle voulait... de la tapisserie, du crochet, ou de la gymnastique sur son piano... D'autres fois, elle lisait des romans...

Elle sortait quand elle voulait, toujours suivie d'un domestique, soit pour aller à la messe, soit pour faire des visites à ses bonnes amies ; mais, pour tout ce qui regardait l'administration de la maison, elle n'avait aucune voix au conseil. La vieille servante régnait despotiquement chez le notaire. Virginie avait le cœur tendre, selon l'expression usitée ; elle avait déjà ébauché trois ou quatre innocents romans avec les jeunes clercs de M. Poulet... mais elle possédait au suprême degré l'art de dissimuler son petit manège. Sa figure ne disait jamais rien des aspirations de son cœur. — Privée des soins d'une mère, elle avait toujours renfermé ses impressions en elle-même et, il faut l'avouer, sa petite tête ne conseillait

13

pas très bien son petit cœur. Je ne dis pas qu'elle fût capable de gros péchés mortels... mais elle était bien légère et elle avait certaines tendances à l'abandon qui devaient souvent exposer sa sagesse à de singuliers combats. Nous n'insisterons pas longtemps à ce propos. Virginie était une femme comme il y en a beaucoup : son cœur n'était pas vaillant dans le danger, ne savait pas où ne voulait pas se défendre ; mais s'il était souvent vaincu, il se consolait facilement de ses défaites et s'exposait bien vite à de nouveaux périls, car elle n'avait jamais réellement aimé : peut-être un amour profond l'eût-il guérie de cette faiblesse, peut-être y avait-il en elle un foyer tout prêt à s'enflammer ; mais était-ce bien le capitaine Raymond qui devait y porter l'étincelle sacrée ?

Virginie, quoiqu'elle n'eût aucun goût pour son futur mari, n'opposa pas de résistance aux volontés de M. Poulet. Elle n'eût pas eu le courage de lutter contre qui que ce fût, à plus forte raison contre son père !

Un mois après la demande de Raymond, Virginie Poulet faisait son entrée dans le petit salon bleu du capitaine. Celui-ci était enchanté de son acquisition. Sa femme ne le contrariait en rien : elle lui coupait son zeste, lui bourrait sa pipe, la lui allumait même au besoin et lisait silencieusement quand son mari ruminait, écrivait, dessinait, corrigeait, grattait et suait à grosses gouttes sur son fameux canon modèle. Le rêve du capitaine était réalisé ! Il avait dix mille livres de rente de plus et, sous la main, à sa portée, toujours à sa disposition, une jeune femme gentille et complaisante, sans volonté et toujours disposée à lui être agréable. Quelle heureuse vie c'était que celle-là, pour un capitaine de quarante-deux ans, qui avait des goûts tranquilles ! Quels plaisirs variés il trouvait, le soir, dans son petit salon bleu, passant tour à tour de sa pipe à son grog, de son grog à sa femme et de sa femme à son canon : le capitaine Raymond s'estimait le plus heureux des hommes ! Toute sa personne avait subi une transformation... Il semblait avoir grandi d'un pied, tant il se tenait droit...

Il avait pour ses subordonnés augmenté encore la collection de ses jurons. Les canonniers tremblaient en entendant, de loin, la voix du terrible capitaine, qui n'était terrible qu'en apparence, car il était juste et bon pour les soldats ; mais sa justice et sa bonté affectaient des formes tellement rudes, qu'on le craignait comme le feu. Dans les commencements, Virginie s'effraya un peu des blasphèmes du capitaine ; mais elle était femme et elle vit bientôt que derrière le soldat brutal et grossier il y avait un homme qui devenait tous les jours plus amoureux d'elle, et, au bout de deux mois, Virginie aurait pu mener par le nez l'inventeur du canon à jet continu. Mais Virginie était trop paresseuse pour se donner la peine d'exprimer une volonté ; elle aimait bien mieux se laisser conduire que de conduire les autres. Elle n'avait aucune velléité de dominer. Née impersonnelle, elle avait beaucoup de la chatte, moins les griffes. C'était une de ces natures molles, insignifiantes, nonchalantes et égoïstes qui ne sont pas méchantes, mais qui ne sont pas bonnes non plus. Ses horizons, de même que ses désirs, étaient bornés ; elle n'avait point de défauts saillants, mais des qualités négatives. Elle ne s'intéressait pas à grand'chose en ce monde, mais elle se laissait ennuyer volontiers sans révolte. Elle n'aimait guère son mari, elle n'aimait, au surplus, personne au monde, mais elle le subissait sans trop d'ennui... Il la dorlotait, la soignait, la câlinait, et elle se laissait faire avec plaisir, comme la chatte fait son ronron, en fermant les yeux, sans regarder seulement qui

la caresse. — Elle n'embrassait pas souvent le capitaine,
— elle n'était pas embrasseuse, — mais elle se laissait
embrasser, tant qu'il le voulait. Raymond, lui, l'adorait,
la prisait très haut, croyait en être aimé et lui supposait
des qualités qui n'existaient qu'à l'état latent, pas même
en germe ; il fallait l'étudier longtemps, l'observer attentivement, pour se rendre compte combien cette enveloppe, gracieuse en somme, était décevante. Ce qui n'avait
été pour le capitaine qu'une affaire agréable et commode
dans le commencement devint, peu à peu, une véritable
passion. Jusque-là, il n'avait connu que les amours de
garnison, amours passagères s'il en est, où le cœur n'entre
pour rien, ni d'un côté, ni de l'autre ; amours qu'on oublie
au bout de huit jours et qu'on traite par-dessous la
jambe. Dans la vie des camps il n'avait jamais pensé
qu'à son métier, qu'à son devoir. Officier modèle, guerrier
intrépide, toujours occupé de stratégie, d'armes et de cal-
culs abstraits, le capitaine Raymond était arrivé à quarante-deux ans sans se douter que, vis-à-vis d'un amour
vrai, il faut baisser pavillon. Son cœur, de bronze jusque-là, se fondit tout à coup. Il était touché, bien touché,
lui, le soldat, l'inventeur du canon-revolver, touché par
une enfant de vingt ans et percé de part en part. Mais à
mesure que son amour grandissait, à mesure que la passion l'envahissait, à mesure aussi le capitaine jurait-il,
tempêtait-il et était-il ravi ! Virginie était toujours présente à sa pensée. Il ne savait pas rentrer dîner sans
lui apporter un bouquet ou des bonbons, ou autre chose
qui prouvât à la jeune femme qu'il avait pensé à elle, et
il cherchait mille prétextes pour expliquer sa galanterie.

— Tonnerre... une marchande de fleurs idiote, une...
une... qui m'a fourré ce bouquet dans les mains ! Vieille
sorcière ! Puisque je l'ai, mille mortiers ! il faut qu'il me

serve... Le veux-tu, Virginie? Ah! fichtre de...! tu le
porteras à table, ma chérie, ma petite ravigote .. Ah!
bigre! j'ai une faim à fendre l'arche!

Les choses en étaient là, quand le capitaine reçut une
lettre encadrée de noir... Il la lut tout pensif. Quand il
releva la tête, Virginie vit une larme dans ses yeux.

— Qu'y a-t-il? Tu pleures, toi, mille bombes! dit Virginie qui s'amusait à cueillir, de temps en temps, une
fleur modeste dans le jardin des jurons du capitaine.

— Un vieux brave! Il a été un père pour moi! Fichtre!
Enfin il est mort à cheval, mille squelettes de Bédouins!
Son fils m'écrit... Il est triste... il me demande à passer
un semestre avec nous... Il est de mon âge, sambleu! Je
l'aime comme un frère! Je vais lui écrire que nous l'atten-
dons, mille millions de bombardes! Nous ferons notre
piquet le soir... Tu le recevras bien... c'est un frère! Sacré
nom! Un vrai, celui-là!

II

Et puisque je retrouve un ami si fidèle,
Ma fortune va prendre une face nouvelle.

Tout fut mis en l'air pour recevoir dignement le frère
d'armes du capitaine! On meubla, on tapissa une chambre au second étage, qui lui fut destinée pour tout le
temps de son séjour... Et, pendant que le capitaine Raymond versait des torrents de blasphèmes sur ses obscurs
décorateurs, M. le lieutenant en premier, Edouard Launoy, traversait la Méditerranée et prenait le chemin de
fer à Marseille!

Quel était ce lieutenant en premier, qui avait nom Édouard Launoy?

Nous vous le dirons en quelques lignes.

Le lieutenant Launoy n'avait pas quarante-deux ans, comme l'annonçait Raymond dans un petit accès de vanité pardonnable à un capitaine amoureux fou de sa femme. Édouard n'avait que trente-sept ans. Cette différence de cinq années en faisait un tout autre homme que le mari de Virginie.

C'est surtout passé la trentaine que, de même que pour les femmes, l'on s'aperçoit que quatre ou cinq ans de plus ou de moins comptent dans la balance. Un jeune homme de vingt ans est du même âge aujourd'hui qu'un autre de vingt-cinq... mais un homme de trente-six n'est plus le même qu'un homme de quarante. — Pourquoi? Je n'en sais rien! mais cela est. — Il est vrai que, plus on avance dans la vie, moins cette différence est sensible : une fois la soixantaine sonnée, le vieillard de soixante-cinq ans n'est pas plus jeune que celui de soixante-dix. Entre une femme de seize ans et une autre de vingt, il y a un monde ; aucune différence entre vingt et vingt-cinq ; une génération presque entre quarante et quarante-cinq, etc., etc. Les jeunes gens aiment le plaisir, les vieillards aiment le repos, et ce ne sont pas cinq ans de plus ou de moins, tant qu'ils sont dans l'une ou l'autre de ces périodes, qui les empêchent de se livrer aux goûts particuliers à chacune d'elles. Mais à ce *pont de la vie* qui s'appelle la maturité et sur lequel on paie des deux côtés : en illusions pour entrer, en résignation pour sortir, — à ce *pont* si dangereux à franchir, chacun se dispute ardemment la voie... C'est le pont d'Arcole de l'existence! Or nos deux officiers y étaient entrés d'une manière différente... Le capitaine Raymond, qui n'avait

jamais eu d'illusions, avait passé sans payer ; mais
Édouard avait laissé au guichet fatal un premier et
unique amour. Il avait aimé, passionnément aimé, une
femme qui s'était joué de son amour... Il avait possédé
cette femme, et elle l'avait quitté, sans pitié, pour se
prostituer à un ténor en renom. Alors il avait scellé son
cœur et s'était dit : « Je n'aimerai plus ! »

Il ne faut pas dire *jamais*, comme chante la chanson,
et ceux qui prétendent qu'on n'aime réellement qu'une
fois dans la vie m'ont toujours fait l'effet de superbes
égoïstes. — J'ai interprété cette phrase ainsi : — Si c'est
une femme qui parle, *on n'aime jamais qu'une fois* veut
dire simplement ceci : « J'ai inspiré une profonde passion
à X... Il *s'étourdit*... Je l'ai trompé... bafoué... Moi, je
ne l'aimais pas ! Mais Lui il est frappé au cœur... Je suis
son premier et son dernier amour : on n'aime jamais
qu'une fois ! » — Si c'est un homme, au contraire, cette
formule peut s'expliquer de cette manière : « Je suis
son premier amant, moi, qui ai eu plus de maîtresses
qu'Alexandre Dumas n'a de décorations ! Elle m'a planté
là ! mais elle *s'étourdit*... ELLE ne pourra jamais m'oublier : on n'aime jamais qu'une fois ! »

Cet axiome m'a toujours fait sourire dans la bouche
de la plupart de ceux qui l'emploient : *On n'aime jamais
qu'une fois !* Au paradis, il y avait Adam qui était beau
comme l'antique ! — Ève, qui était assez gracieuse, au dire
de ceux qui l'ont vue... Eh bien, ELLE s'est fait cueillir des
pommes par un affreux serpent... *On n'aime jamais
qu'une fois !* — Si ç'avait été une vipère, ce serait lui qui
aurait commencé ! — *On n'aime jamais qu'une fois !*

Donc, le lieutenant Launoy avait dit : « Je n'aimerai
plus ! » Il avait dit cela d'une petite voix flûtée, en dégus-
tant un verre de malaga chez le chef d'un bureau arabe...

Mais je m'aperçois que je ne vous ai pas encore tracé le portrait d'Édouard, le lieutenant en premier d'artillerie montée, qui ne doit plus aimer jamais, jamais !

Vous savez son âge : trente-sept ans... Mais trente-sept ans blonds et bleus. Voilà pour les yeux et les cheveux... Une taille bien prise, quoique annonçant une légère tendance à l'obésité, pour plus tard ! de jolies dents, moustaches en crocs et impériale menue, mais fine comme de la soie cardée... Épaules larges, bras nerveux, mains fines et petits pieds, voilà l'homme physique.

Au moral, il jouait de la flûte, cultivait *les muses* et était aussi bon soldat que le capitaine, mais d'une autre façon... Il était doux, ne jurait jamais et avait quelque chose de féminin dans sa manière de juger les choses. Du reste, brave et d'une loyauté indiscutable, il n'avait jamais eu d'ennemis... Il n'empêchait personne de jurer, buvait un peu moins que ses camarades et croyait à l'amour immuable et éternel. Personne ne le raillait. Les officiers, pour la plupart, préfèrent les amours faciles, mais ils respectent tout ce qui ressemble à une passion vraie... Ils comprennent tous le *parfait amour*; seulement, ils n'ont pas le temps de se livrer à cet exercice. Édouard Launoy avait pratiqué le parfait amour et on lui pardonnait bien des petites choses à cause de cela.

— Ce diable d'Édouard, disait un jour le gros major Güttmann, il m'inquiète... Il change à vue d'œil... Je n'ai jamais été amoureux, et j'en remercie Satan... Ce gaillard-là n'aura jamais un ventre comme nous !

Et il allongea une tape fraternelle, coup de seconde, au capitaine-trésorier.

La mort de son père avait achevé de rendre Édouard Launoy intéressant, et ce fut d'un air vraiment sentimental qu'il aborda son vieil ami, le capitaine Raymond, en arrivant à Besançon.

— Pauvre Édouard, sacré nom... Ton père, vois-tu ! ah ! ton père ! Cornes du diable !-Bon soldat ! ah ! gueux de Bédouins... quand mon canon sera fini ! Sacré mille boulets... nous rirons ! Ici, Virginie... Embrassez-vous ! Plus fort ! Hein, c'est à moi, ça... un trésor... mais un trésor numéro un... Tu vas goûter le vin blanc, nom d'un tonnerre... Virginie, si Victoire rate le salmis, je lui crève l'œil gauche avec sa dernière dent ! Pauvre vieux !... et le cœur ?... ah ! je vois ta mine... toujours déconfit... pour une... suffit ! Pas mauvais, le blanc, hein ? Viens voir ta chambre.

Et il emmena son ami dans son nouveau logement. Virginie avait été surprise de l'arrivée du jeune et blond officier, qui paraissait avoir dix ans de moins que son mari... Elle l'avait *dévisagé* en un seul coup d'œil, coup d'œil de femme ennuyée, c'est tout dire... et elle l'avait trouvé charmant !... Et puis, son mari lui avait tant de fois parlé de ce pauvre ami, son frère d'armes, le fils du meilleur des hommes et qui avait été trompé par une drôlesse... une... une... une *scélérate*, enfin, à qui il avait donné sa vie tout entière, qu'elle avait soudain pris intérêt à ce pauvre blessé de l'amour, cœur doublement orphelin, et qu'elle se promit de faire tout ce qu'elle pourrait pour lui rendre son séjour à Besançon agréable.

On était, en ce moment, en plein été... Le lieutenant en premier, le capitaine et Virginie ne se quittaient point. Le deuil de Launoy lui interdisait de trop longues stations au café des officiers, mais des promenades aux environs de la coquette ville de Besançon, la patrie de mon vieil ami Spicrenaël... les visites aux antiquités architecturales dont regorge la Franche-Comté, les dîners

improvisés dans les fermes, les déjeuners au jardin du
capitaine, faisaient un dérivatif suffisant aux douleurs
d'Édouard. Souvent, le soir, le capitaine Raymond se sentait pris d'un fougueux désir de travail...

— Nom de..., s'écriait-il, je crois que je le tiens, cette
fois... Fichez-moi le camp tous les deux... allez courir
les champs. Je veux donner un coup de lime à mon canon.

Il s'enfermait alors dans le salon bleu, écrivait, corrigeait, dessinait, gravait, grattait, et sa femme et le lieutenant, bras dessus, bras dessous, allaient faire des cou-
ronnes de bluets et de chrysanthèmes... C'était bien, tant
que le jour éclairait les champs ; mais peu à peu la nuit
tombait, chaude, embaumée, mystérieuse, et, assis sur
quelque talus, ou au pied de quelque taillis, les jeunes
gens causaient... Or, de quoi causer quand on est jeune
tous deux, seuls tous deux, que la nuit est tiède et que les
derniers chants du rossignol viennent caresser votre
oreille ? Virginie et Launoy causaient donc d'amour... ou
plutôt Launoy... car Virginie écoutait attentive le récit des
péripéties diverses de cette passion qui avait *tué* le cœur
d'Édouard. Jamais elle n'avait entendu pareille musique...

Elle avait bien lu des romans, nous l'avons dit ; mais
quelle différence du roman écrit au roman parlé ! Launoy
avait l'organe suave et sympathique, et, quand il lui racontait sa première rencontre avec celle qu'il devait aimer plus tard, quand il lui disait comment il avait senti
soudain tout son être remué par une commotion élec-
trique, et comment une voix intérieure lui avait dit :
« C'est celle-là, c'est celle que tu aimeras toujours ! » —
alors, Virginie était troublée, émue, agitée ! Jamais ni les
clercs de maître Augustin Poulet, ni le capitaine Raymond, ne lui avaient dit rien de semblable. Quand elle
revenait de ces promenades à deux, elle était oppressée,

elle avait envie de pleurer, son cœur lui faisait mal dans sa poitrine, et elle rêvait, derrière un rideau, dans l'embrasure d'une croisée, de serrements de mains furtifs, de billets roses glissés au bal, de fleurs tombées par la fenêtre et de toutes ces petites choses qui sont les confitures dont les amoureux du genre Launoy couvrent les premières tartines de l'amour. Pauvre lieutenant ! sa tartine, à lui, était tombée du côté beurré ? Il ne pouvait s'en consoler ! — Si elle avait été aimée ainsi ! elle ? Si au lieu du capitaine Canon, elle avait rencontré tout d'abord le lieutenant joueur de flûte, poétique et sentimental, qui paraissait avoir dix ans de moins que son mari, et qui était bien plus joli garçon que tous les clercs de l'étude de son père ! si ! si !...

De son côté, Edouard Launoy, sans se rendre compte de ses sentiments, éprouvait un grand charme à se trouver seul avec Virginie ; il ne l'eût, certes, pas choisie, mais l'occasion est une grande entremetteuse aussi, et c'était toujours avec plaisir qu'il entendait son ami les prier de lui *ficher* la paix pendant la soirée. Ils s'enfuyaient alors comme deux écoliers en vacances, et les causeries reprenaient leur train... Ils ne se trouvaient à leur aise qu'ensemble. La société du capitaine les gênait. Il jurait, parlait machines de guerre, avancement, promotions... et cela les agaçait profondément. Ils auraient voulu continuer leurs entretiens sur l'amour sans bornes et l'union immortelle des cœurs. Mais le capitaine, — s'il aimait passionnément sa femme, — était complètement étranger à toutes les petites théories marivaudées de Launoy : il aimait sincèrement, mais à la façon d'un soldat bourru quoique bon, tandis qu'Edouard avait des tendances à la mythologie, à la bergerie, devrais-je dire, qui touchaient les cordes sensibles de Virginie.

Le capitaine Raymond ressentait pour Launoy l'affection la plus réelle et la plus dévouée : aussi lui ouvrait-il
son âme en pleine liberté et, mari amoureux, commettait-
il, à chaque instant, des indiscrétions, auxquelles ses jurons accoutumés donnaient plus de saveur encore. Ces
indiscrétions ne laissaient pas que de faire rêver le lieutenant en premier. Le capitaine, tout loyal qu'il fût,
n'avait pas la pudeur de son bonheur. Il poussait quelquefois à l'extrême ses confidences conjugales, et Launoy lui
disait souvent :

— Ah ! capitaine, tu vas trop loin !

— Eh ! fichtre ! *Donne-moi* donc la paix ! Tu es mon ami,
nom d'un pétard ! mon frère, mille coulevrines ! Il n'y a
pas d'indiscrétion avec toi, mille chameaux ! Tu es le
vieux de la vieille des vieux, nom d'une batterie enclouée
aux Cosaques. Figure-toi donc que......

Et, une fois parti, le capitaine ne s'arrêtait plus, et
Dieu sait jusqu'où il allait, tout ce qu'il disait de croustil-
leux, de folichon, d'alléchant, d'excitant...

Il résulta de tout cela que, la fin du semestre approchant,
Edouard Launoy était amoureux fou de la femme de son
ami, tous ses sens étaient en ébullition, et que celle-ci était
toute prête à adorer le lieutenant ! Mais rien ne trahissait
au dehors cette double éclosion de leurs désirs surchauffés.
Les deux jeunes gens ne s'étaient jamais dit un mot sur
ce sujet périlleux, seulement leurs regards avaient parlé ;
il était grand temps que Launoy partît.

Le capitaine Raymond devait être aveugle jusqu'au
bout. Un jour, à déjeuner, on lui remit une lettre qui le
fit bondir sur sa chaise. Il lança, à bout portant, cinq ou
six jurons... ! Et, sautant au cou du lieutenant ébahi, il
lui dit, en l'étranglant presque :

— J'ai réussi ! Nom d'un tonnerre, embrasse-moi ! Em-

brasse Virginie... plus fort que ça. Tiens, animal, brute !
Tiens, mon vieux ! Voici ton brevet de capitaine... et
dans mon régiment encore !... Hein ! Tu remplaces, au
choix... entends-tu ? *au choix !... au choix !...* le capitaine
Croisé, de la quinzième. Ah ! animal ! nous ne te quitte-
rons plus... Ventre de moine ! Barbe de capucin ! Mais ris
donc, vampire ! — Ris donc, Virginie !... C'est le plus
beau jour de ma vie depuis que je t'ai épousée, ma petite
ravigote... Tu auras un crêpe de chine blanc pour ma
peine... Tonnerre !... Mille cartouches !... Sabre du
diable !... Mitraille de l'Etna, de l'Hécla, du Vésuve et de
l'ophicléide ! Si tu n'as pas la rosette dans un mois, mille
pintes de vitriol, je ne m'appelle plus Raymond !

III

La prit trop jeune, bientôt s'en repentit.
(*Le sire de Framboisy.*)

. . . .

— Non, nous n'avions jamais aimé jusqu'à présent.

. . . .

IV

Caïn, qu'as-tu fait de ton frère ?

Trois ans se sont passés !
Rien n'est changé dans la maison de Raymond ; il est
commandant, voilà tout ! — Toujours jurant, travaillant

au fameux canon incomparable, le commandant se regarde comme le plus heureux des mortels. Sa femme vient de lui donner une jolie petite fille, son ami, et son commensal Edouard Launoy a été le parrain de l'enfant, et Virginie, parfaitement remise, est plus aimable pour lui que jamais. Une grosse nourrice du Jura est venue demeurer à la maison. Le soir d'hiver, où nous revoyons nos personnages, les trouve, tous trois, dans le petit salon bleu.

Le grog bout, les pipes fument; Raymond et Launoy jouent dix sous en cent cinquante, et Virginie surveille les pipes et les verres, tout en lisant un livre nouveau.

Voilà l'existence publique.

Mais il se passe des scènes navrantes dans la coulisse. Launoy est, depuis longtemps, l'amant de Virginie. Cet homme, jusque-là loyal, honnête et droit, a commis ce crime hideux de déshonorer la maison de son meilleur ami !.. Il se repent, il méprise Virginie; il ne l'aime plus, il s'aperçoit qu'il ne l'a jamais aimée : il se fait horreur à lui-même ! Mais cette femme lui a dit un jour : « Si tu me quittes jamais, je dis tout à Raymond et je me tue *avec ta fille !* » Et il a peur,.. non pas d'un duel, non pas de la mort ! Il a peur du désespoir de son ami; il ne veut pas que cette enfant, que Virginie dit être de lui, soit la victime d'une révélation. Il connaît sa maîtresse : il la sait capable de tout dans sa folie, et il continue à jouer un rôle misérable, honteux, entre ce mari confiant et cette femme affolée. Car Virginie l'aime : oui, cette petite créature si facile, si légère, si dénuée de sens moral... elle aime pour de bon, cette fois! Elle aime de toutes les forces de son âme... Elle aime avec passion, avec délire, le capitaine Edouard Launoy, et rien ne lui coûtera pour le conserver.

En vain lui répète-t-il qu'ils sont infâmes tous deux ; que ce qui n'a été qu'un égarement passager devient un crime en se prolongeant... qu'il faut en finir. Elle ne veut rien entendre. — Elle est femme et elle aime ! Que lui importent les scrupules tardifs de la conscience de son amant ?... Elle ne voudrait pas qu'il eût une maîtresse, et elle le tuerait sur la preuve d'une trahison. Cependant elle trouve tout naturel d'appartenir, à la fois, presque en même temps, toute chaude des caresses de celui qui a précédé, à ces deux hommes, qui sont constamment ensemble ! Qui sait ? elle éprouve peut-être une jouissance malsaine à cette promiscuité, à ce partage répugnant. — Elle ne comprend pas que Launoy ne lui soit pas reconnaissant de ce qu'elle fait : elle hait son mari... oui, elle le hait, depuis qu'elle aime Edouard, et, chaque fois qu'elle se montre attentive, passionnée, caressante pour lui, elle s'imagine faire un immense sacrifice à son amant, et elle s'étonne qu'il ne la remercie pas à genoux des bontés qu'elle a pour son mari !... Le cœur de certaines femmes est aussi illogique qu'insondable. Une fois qu'il est envahi par ce qu'elles croient l'amour, l'amour vicieux surtout, il ne reconnaît plus de lois morales ! La femme vulgaire qui aime ou s'imagine qu'elle aime ne raisonne plus qu'au point de vue de son amour : c'est tout pour elle, le reste n'est rien. Elle met, selon une locution vulgaire, tous ses œufs dans le même panier. Cette existence de mystère, ces craintes continuelles de surprise, tout ce qui désole et humilie Launoy, lui est presque indifférent. C'est elle qui trouve tous les moyens, qui invente toutes les ruses, qui prévoit tous les dangers et qui écarte tous les obstacles. S'il est parfois gêné, mal à l'aise en présence du commandant, Virginie, elle, est toujours calme et souriante dans sa perfidie inconsciente.

Quant à Edouard, il change à vue d'œil... Le remords le ronge, et parfois il reste la nuit entière dans sa chambre, la tête dans ses mains, les yeux fixes, et il pense :

— Ainsi, voilà où j'en suis venu, à quarante ans ! à voler la femme, une femme qui ne me plaisait pas cependant, de mon frère d'armes, de celui que mon père me donna pour compagnon dès ma jeunesse... cet homme qui m'aime et qui se jetterait dans le feu pour moi... cet homme à qui je dois mon avancement, ma croix d'officier... Officier sans honneur, faux ami... Judas et Caïn à la fois ! Voilà ce que je suis, moi, Edouard Launoy, trois fois porté à l'ordre du jour de l'armée ! Dérision ! tout le monde m'honore, et cependant bien des gens qu'on dégrade sur la place publique l'ont moins mérité que moi ! C'est affreux ! Je suis maudit !

— Non, tu n'es pas maudit ! Je t'aime ! oh ! je t'aime. C'est la lascive Virginie qui a trouvé le moyen de venir passer une partie de la nuit auprès de son amant. Quelques gouttes d'opium lui ont procuré quelques heures de liberté.

— De l'opium ! s'écrie Edouard effaré, mais à quelle dose ?

— Oh ! très peu. N'aie pas peur, méchant ! Tu l'aimes donc mieux que moi, cet homme ! Il n'en mourra pas ; non ! ajoute-t-elle en serrant les poings, non ! il n'en mourra malheureusement pas !

Edouard est interdit devant cette rage concentrée... il a peur de Virginie... mais elle est déjà à ses genoux, ivre d'amour effréné, et, ses yeux fixés sur les siens, elle le fascine, le grise de ses caresses savantes ; il la méprise, elle lui répugne, mais il s'abandonne, elle sait les moyens d'enflammer ses sens émoussés et attiédis, si glacés tout à l'heure.

V

Amour, beauté, le temps moissonne !
Après le sourire, les pleurs...
On aime un jour, le glas résonne :
Adieu, l'amour ; adieu, les fleurs.

— Fichez-moi le camp tous les deux ! s'écriait le commandant, un soir du mois de juillet. Je vais agrandir la bouche de Tranche-Montagne !

Le canon avait été baptisé d'avance de ce nom harmonieux.

Les deux complices sortirent et se retirèrent précipitamment vers la route... puis, tournant la maison, ils rentrèrent par le jardin et s'enfermèrent dans un petit kiosque, où des rideaux épais ne permettaient pas aux regards indiscrets de pénétrer.

— Enfin, nous pouvons causer librement, mon bienaimé ! dit Virginie en jetant son châle et son chapeau sur une table.

— Mais es-tu sûre ?

— Tu es fou ! Jamais *il* ne se dérange quand il travaille à son canon... As-tu réfléchi à ma lettre ?

— Oui... mais c'est une folie, songes-y donc... Fuir tous les deux, emmener l'enfant ! Quel scandale ! Ce pauvre Raymond est capable d'en mourir.

— Ne t'occupe pas de lui.

— Silence ! on marche dans l'allée...

— Tu te trompes... Regarde plutôt...

Elle souleva le rideau ; il n'y avait personne aux alentours du kiosque.

— J'ai toujours peur... Ah ! quelle vie misérable !

14

— Je te comprends... Oui, notre existence est affreuse,
et c'est pour cela qu'il faut y mettre un terme... Ecoute-
moi bien... J'ai cent mille francs à moi, dans ma poche.

— Comment ! c'est impossible !

— Je les ai, voilà le fait... J'avais deux cent mille
francs de dot. Je n'en prends que la moitié... c'est généreux... Tu as cinq mille livres de rentes... nous serons
riches... Nous partirons, cette nuit, si tu veux, et quand
il se réveillera, — il se réveillera tard, je t'en réponds...
— nous serons à Lyon. Nous prendrons le train, et nous
serons dans la nuit à Turin... Tu enverras ta démission ce
soir même... L'enfant couche à côté de la nourrice ; nous
l'emporterons sous ton manteau.

— Mais, Virginie... c'est insensé, je ne puis...

— Ne me dis pas que tu refuses... Edouard, je t'aime !
je ne puis vivre ainsi... Je suis ta femme à toi, à toi seul !
Ton enfant t'appelle... Veux-tu donc le laisser élever par
un autre ?... Nous serons heureux tous les deux... bien
heureux... Je t'aimerai tant !

Larmes, baisers, sanglots, tout fut mis en œuvre...
Launoy réfléchissait... Mais Virginie, se jetant, éperdue,
au-devant de lui, s'écria :

— Tu consens, tu consens ! Ah ! qu'un baiser scelle
cette promesse.

Un baiser retentit dans le kiosque ; mais en même
temps la porte vola en éclats, et le commandant Raymond
parut sur le seuil... Il était pâle comme la mort... Sa voix
était ferme cependant et, pour la première fois de sa vie,
presque douce.

— Ah ! vous partez ce soir ? dit-il en se croisant les
bras.

VI

Votre vie ou la mienne !

L'entrée du commandant avait foudroyé les deux jeunes gens. Incapables d'un mouvement, ils restaient enlacés, quand Raymond, s'approchant, les sépara doucement et continua ainsi :

— Et ma fille n'est pas à moi ! C'est-à-dire que, là-dessus, Dieu seul sait la vérité ! Ah ! vous avez fait de belles affaires... Mon amour et mon amitié se sont tournés à la fois contre moi, et, comme une fichue bête... je n'ai rien vu ! Eh bien, comment ça va-t-il s'arranger ? Ça n'est pas réparable, et, entre deux officiers, un duel est inévitable... C'est là-dessus que vous comptiez, peut-être... Je ne parle pas de toi, Edouard... je parle d'elle ! Elle se dit : « Si Edouard tue Raymond, si Raymond tue Edouard, il en restera toujours un, et celui-là, j'en fais mon affaire... Si le survivant est Edouard, la tâche est facile... Si c'est Raymond, il y aura un cheveu... Mais il a vingt-deux ans de plus que moi, et je ne suis pas bête ! » Voilà ce qu'elle pense ! — Toi, qui vaux mieux qu'elle, tu ne saurais, malgré ce que tu as fait, aimer la femme qui t'aurait poussé à tuer ton meilleur ami... Moi, je ne l'aime plus, car elle est cause que deux frères vont s'égorger pour une... Vrai, ça me contrarie... J'étais plus à mon aise le jour où j'ai reçu mon premier coup de sabre, en te préservant avec mon corps ! Tu vois... je n'ai pas de colère... Je souffre pour toi et pour moi... Quant à elle, est-ce qu'elle compte ? Mais comment arranger ça !..

Parle, Edouard, l'aimes-tu assez pour te battre avec ton
frère... l'aimes-tu assez pour ne pas comprendre aujour-
d'hui dans quelle impasse abominable elle nous a fourrés
tous les deux ?... Voyons, parle ! nous n'avons pas peur
l'un de l'autre... Causons, mon ami... Assieds-toi, Virginie... n'aie aucune crainte... Je jurais quelquefois, c'est
vrai ; mais je ne t'ai jamais ni frappée, ni insultée...
Assieds-toi, entre ton mari et ton amant... c'est ta
place... Parle, Edouard, aide-moi à sortir de là, mon
vieux !

Et le commandant, après avoir installé Virginie, à
moitié morte de peur, sur l'ottomane, montra un siège à
Edouard et s'assit lui-même sur un fauteuil. Pendant
quelques secondes, tous trois gardèrent le silence ; Virginie avait laissé tomber sa tête dans ses mains.

— Commandant, dit le capitaine Edouard, prenez ma
vie.

— Non, je ne tuerai pas le fils de celui... Ah ! cristi ! il
a eu de la chance de mourir en pleine bataille, celui-là.
Nous ne mourrons peut-être pas ainsi... Il n'aurait pas
fait ça, ton père !...

— Commandant, je suis à vos ordres...

— C'est tout ce que tu trouves ?... Ça n'est pas riche
d'invention... Mais je t'aimais comme mon frère, comme
mon enfant, malheureux ! Et tu as déshonoré ton nom...
pas le mien ! Comprends donc que si on savait ça... les
vieux, les vrais... ils ne te toucheraient plus la main.
Mais, moi ! ils me tendraient les bras... Ils me diraient :
« Tu as eu affaire à un faux, à un hypocrite, à un ingrat,
à un sans-cœur, à un misérable enfin. Nous te plaignons !
Prends tes invalides, mon commandant, et viens dîner à
la mess commune... Tu as voulu tâter du mariage... Tu
en avais le droit... Une vipère s'est glissée sous ton toit...

Reviens aux vieilles culottes de peau et buvons à la
santé des honnêtes gens ! » Voilà ce qui me désole : j'ai
le beau rôle, moi... et ta mauvaise mine me le dit bien...
Tiens, Virginie va se trouver mal... mène-la à la maison... Moi, je vais faire un tour... Je trouverai quelque
chose... Il faut que nous sortions convenablement de
cette situation-là ! C'est curieux, mon ami... j'ai adoré
cette femme-là... Eh bien, elle me répugne tant aujour-
d'hui que je ne sens plus rien pour elle ! Je ne la touche-
rais pas avec des pincettes. — Je ne blague pas... rien !
— Toi, c'est autre chose... Tu avais du cœur, tu étais
un brave. Mais nous sommes des hommes !... Emmène-la,
et jusqu'à demain, ou jusqu'à cette nuit, n'en parlons
plus... Je vais réfléchir... C'est embêtant, tout ça !

Ce pauvre commandant, ce commandant Tempête, ce
jureur émérite avait parlé tranquillement, ne lâchant un
mot qu'après l'avoir trituré à sa guise... Il semblait plus
étonné que furieux ! La lividité de sa face prouvait bien
que son cœur était inondé du sang de la jalousie ; mais
il devait y avoir en lui un autre sentiment encore qui
combattait celui-là et lui permettait de conserver son
sang-froid !...

La seule chose qui effrayât Virginie et Edouard, c'est
qu'il ne proféra pas un seul de ses jurons ordinaires, dans
cette espèce de réquisitoire improvisé. Cependant, une
fois qu'il eut quitté le kiosque, Virginie, s'élançant vers
Edouard, lui prit les deux mains avec passion, en
s'écriant :

— Partons tout de suite... il va sortir... il l'a dit...
Partons, sans l'enfant.

Sans l'enfant !

Ce dernier mot fit tressaillir Edouard ; cette femme
n'avait que des sens... elle n'avait pas de cœur.

— Jamais, dit-il froidement. Nous appartenons à Raymond... nous ne sommes plus maîtres de nous-mêmes !

Et, pour éviter une scène, il sortit à son tour, gagna sa chambre et, barricadant sa porte, il se jeta sur son lit, résolu à n'ouvrir qu'à son ancien ami.

Virginie était morte à tout jamais pour ces deux hommes !

Elle resta longtemps encore dans le kiosque, espérant toujours qu'Edouard reviendrait ! — Espérance vaine, car minuit sonna sans que personne la relevât de sa faction pleine d'angoisse ! Vaincue par la fatigue, elle se couvrit de son châle et s'endormit sur l'ottomane, en murmurant le nom d'Edouard.

A la même heure, le commandant frappait à la porte de celui-ci et lui criait :

— C'est moi ! ouvre, j'ai une idée.

Voici comment le commandant avait passé sa soirée.

VII

Ils sont là-bas qui dorment sous la neige...

Raymond, en quittant le kiosque, avait été revêtir son uniforme et était sorti pour prendre l'air et ruminer un plan de conduite. Le cigare aux lèvres, il se promenait depuis une bonne heure dans les rues de Besançon, rendant les saluts réglementaires et poursuivant le cours de ses réflexions. Il se trouva tout à coup sur la place, vis-à-vis d'un musée de figures de cire. La musique infernale qui se faisait à l'extérieur l'arrêta court et il leva machinalement les yeux sur la baraque peinte en blanc et dont

le vestibule, ouvert à tous les vents, était le théâtre d'une
comédie fantastique.

Un pierrot, au masque blafard, tournait avec furie la
manivelle d'un orgue ; à ses côtés, un paillasse faisait
brimbaler une cloche fêlée pendue au plafond, dont la
corde était fixée à un de ses poignets, tandis que l'autre
main frappait à coups redoublés sur une grosse caisse mal
bouclée ; un Tyrolien, en costume irréprochable et son
mousquet sur l'épaule, tournait en mesure sa tête expres-
sive, tandis que ses yeux, s'agitant en sens contraire du
mouvement donné, prêtaient à sa physionomie un cachet
diabolique ; un homme et une femme, habillés à la vieille
mode Louis XV (M. et Mme Denis, sans doute), tournaient
en cadence, l'un devant l'autre, avec des contorsions
bizarres dans les bras et dans les jambes ; au-dessus, dans
une niche, un magnifique lion tenait un enfant dans sa
gueule et regardait une femme, à genoux, qui, les deux
bras en l'air, semblait le supplier d'abandonner sa proie ;
un homme en habit noir, gilet blanc, cravate blanche,
levait alternativement les deux bras et présentait au public des cartes sur lesquelles était écrit : « 1res, 1 fr. —
2mes, 50 cent. » ; au fond, à la porte de l'entrée du musée
intérieur, un superbe grenadier de la vieille garde croisait la baïonnette, tandis qu'un zouave, dans l'équipe-
ment le plus correct, sac au dos surmonté d'un angora de
toute beauté, présentait les armes aux *personnes qui ho-
noraient le musée de leur faveur !* Ce spectacle avait quelque chose de profondément triste. Tous ces automates,
qui n'ont que l'apparence de la vie, m'ont toujours causé
un serrement de cœur inexprimable.

Ces mannequins qui sautent, ces têtes qui remuent, ces
bras qui battent l'air, ces soldats immobiles, ces yeux à
mouvement de pendule semblent une raillerie de la

mort... On dirait des cadavres galvanisés : une orgie à la morgue ! — C'est à donner le frisson aux plus sceptiques.

Le commandant prit, dans la main du *personnage* en habit noir, un billet de *Premières*, *1 franc*, et celui-ci n'eut pas plutôt senti la carte s'échapper de ses doigts qu'il s'inclina, avec un bruit semblable à celui d'un pistolet qu'on arme, et se releva de la même manière. Ce *cric-crac*, cette musique infernale de l'orgue, de la cloche et de la grosse caisse, les soubresauts de M. et Mme Denis, le regard vacillant du Tyrolien, l'immobilité complète du zouave, du chat, du grenadier, du lion de Florence et de la femme aux bras étendus... tout cela bouleversa presque le cerveau du brave commandant.

Il franchit le seuil du sanctuaire, et, après avoir donné le *franc* porté sur son billet, il sentit comme un froid glacial envahir tout son être. Là, en effet, plus de musique, plus de cloche, plus de mouvement ! Toutes les figures de cire étaient admirablement modelées et peintes ; mais on sentait le néant sous le velours et sous la soie qui couvraient ces corps de carton. Tout se trouvait dans ce bazar immobile, depuis la sirène des îles Fidji, inventée par Barnum, — *Tom Thumb*, le fameux général *Tom Pouce*, — Gabrielle Bompard, — Prado, — Pranzini, — les trois empereurs, Guillaume, Alexandre et Napoléon, — Wellington sur son lit de parade, Henri VIII et ses six femmes, — Louis XVI, Marie-Antoinette, Mme Elisabeth, la princesse de Lamballe, — Fieschi, La Pommerais, Eyraud, — Lally Tollendal, jusqu'à *monsieur de Paris*, autrement dit le bourreau Sanson ! — Molière, Iffland, Goldoni, Schiller, Gœthe, Shakespeare, Calderon, Alfieri, Castelar, Etchegaray, Ponsard, Dumas, Augier, Novo y Colson, Parodi, Guimerea, Ennès, Jean Reibrach, Tolstoï, le père Coloma, Mme Adam, Emilia Pardo Bazan,

Sarah Bernhardt, le sâr Peladan, Séverine, Georges de Peyrebrune, le docteur Papus, Cervantes, Lesage, Beaumarchais, Regnard, etc... : empereurs, bouffons, rois, assassins, auteurs, voleurs, acteurs, singes, peintres, bourgeois, philanthropes; idiots, reines, courtisanes, saintes, femmes de lettres et empoisonneuses, tout s'y croisait, sans ordre préétabli. Et la voix monotone du *bonnisseur*, c'est le terme technique employé pour désigner le cicerone des musées de ce genre, ajoutait encore à la lugubre impression que produisait ce lieu sinistre.

Le commandant Raymond en sortit dans un singulier état de prostration.

Il lui était venu une idée!

Il acheva sa soirée au café, et, au retour, il monta directement à la chambre de Launoy. Celui-ci, qui ne dormait pas, lui ouvrit aussitôt, et le commandant commença en ces termes :

— J'ai réfléchi à l'affaire... Il faut que l'un de nous quitte ce monde, mon vieux !

— Ce sera moi, s'écria Edouard, et tout de suite encore, si tu le veux ! Je suis un misérable !

— Pas de ça, Lisette ! Point de scandale... Voici ce que nous allons faire... Je ne peux pas te tuer, c'est plus fort que moi, et tu ne peux pas me tuer non plus, c'est clair ! Mais voici mon plan... Donne-moi ta parole d'honneur de faire ce que je voudrai.

— Je te la donne... je t'appartiens.

— C'est bon ! — J'ai été un vieux fou ! J'ai mis le loup dans la bergerie... Ça devait arriver... N'en parlons plus. Donc, nous allons écrire notre nom chacun sur une carte de visite... Nous les brouillerons dans un chapeau et nous jouerons à pile ou face celui qui y fouillera le premier.

— Et après?

— Après? Voilà! Celui dont le nom sortira du chapeau se brûlera la cervelle, *dans six mois,* jour pour jour. Voilà mon duel...

— Mais!...

— J'ai ta parole... Je te donne, à mon tour, la mienne d'accomplir mon devoir.

— Et pourquoi ces six mois?

— J'ai mon idée... j'ai mon idée! Allons, mon ami! L'un de nous deux a fait une grande faute... mais la mort lave tout... Il vaut mieux charger le hasard d'en finir... Nous aurons encore six mois pour oublier le passé... Nous nous verrons toujours et nous ne nous occuperons pas plus de Virginie que de la cinquième roue d'un carrosse. Dans six mois, l'un de nous deux restera pour décider du sort de l'enfant... et celui-là sera son père pour toute la vie... J'ai ta parole?... Oui... Voici des cartes blanches... Écris ton nom sur celle-ci, — moi, sur celle-là... Bon! maintenant, ton shako... Là!... Pile ou face?

— Pile!

— C'est pile! Tire, mon ami, tire!

Il y eut un grand silence... Les deux amis se regardèrent. Toute leur jeunesse, passée ensemble, leur monta au cœur : ils eurent chacun une larme dans les yeux : l'un des deux allait gagner la mort dans cette suprême loterie! — Ils se serrèrent la main, et Launoy prit une carte dans le chapeau :

— Dieu est juste! s'écria-t-il.

La carte portait ce nom : EDOUARD LAUNOY!

Le commandant saisit le shako; l'autre carte portant son nom y était encore. Il avait craint que, dans un accès de folle générosité, Édouard n'eût pris les deux billets et dissimulé le sien.

— Nous partirons dans trois jours pour Paris, dit le commandant. Je demanderai un congé pour nous deux.

— Et qu'irons-nous faire à Paris?

— Tu le sauras... Allons! à demain!... Tu me jures de ne rien dire à Virginie?

— Je te le jure!

— A demain donc! Que rien ne soit changé ici. Pas de scandale. Il ne faut pas compromettre nos noms!... Nous sommes des soldats; conduisons-nous en soldats.

Et le commandant alla se coucher.

— Ah! que ces six mois vont me sembler longs! dit Launoy. — Pauvre ami, il ne s'est pas aperçu que j'avais corné ma carte! Je lui devais bien cela. Bah! Encore six mois et tout sera dit! La petite fille est-elle à lui ou à moi? C'est tout ce qui me préoccupe maintenant.

Il s'endormit assez calme. — Pour ces deux hommes, Virginie n'était définitivement plus qu'une savate, pour se servir d'une des expressions favorites du capitaine. Elle avait déshonoré l'un, et elle venait de tuer l'autre, de les briser tous les deux.

Ils partirent pour Paris trois jours après, sans avoir dit un mot à Virginie, qui prenait ses repas dans sa chambre et qui ne comprenait rien à la double conduite de son mari et de son amant:

— S'ils s'étaient battus, au moins, disait-elle en mordant ses draps, il l'aurait peut-être tué!

Quand elle les vit prêts, quand elle entendit son mari lui dire, un matin, sans colère:

— Nous nous absentons pour un mois. Tiens la maison en ordre... Nous avons une mission à remplir à Paris!

Elle se dit à elle-même:

— C'est cela! Ils ne peuvent pas se battre à Besançon... Ils vont organiser leur duel à Paris...

— Vous n'irez pas ! ajouta-t-elle tout haut.

— Pas un mot de plus, Virginie, lui dit alors Raymond d'un ton méprisant, en la regardant froidement en face et en lui prenant le poignet pour la repousser... Je ne vous ai pas encore permis de parler devant nous !

Son œil, en ce moment, darda sur la fille de M. Poulet un éclair si fauve, que cette créature sans cœur et sans personnalité baissa la tête et se tut ; mais elle glissa une lettre dans la main d'Édouard, comme son mari avait le dos tourné :

— Raymond, dit Launoy sans la regarder, du même ton dédaigneux, ta femme vient de me passer cette lettre,

— Ah ! dit le commandant ! donne !

Et, approchant le papier du feu, il alluma lentement son cigare avec la lettre.

Tous deux partirent sans lui accorder un coup d'œil, sans lui dire « au revoir ! » Elle passa tout ce mois dans une anxiété profonde. Elle aimait toujours Édouard, et elle haïssait Raymond : mais ils revinrent au bout du terme fixé, sans que rien parût changé dans leurs relations.

Ils amenaient avec eux une énorme caisse qui ne put entrer dans la maison que par la fenêtre, et qu'on déposa dans un petit salon du premier étage. Deux serrures de sûreté furent ajoutées à la serrure primitive, et Raymond seul se réserva le droit de pénétrer dans cette pièce, où il restait souvent des heures entières.

Vainement Virginie et sa femme de chambre essayèrent-elles de savoir ce que contenait la caisse mystérieuse... Vainement regardèrent-elles par le trou des serrures et cherchèrent-elles à s'emparer des clefs que Raymond portait sur lui : tout fut inutile !

Cinq mois se passèrent de la sorte. Virginie, sur les ordres de son mari, avait repris sa place à la table commune, et, comme autrefois, elle passait la soirée à lire, pendant qu'ils faisaient leur partie. Tout semblait complètement oublié entre les deux officiers. Ils riaient, buvaient, fumaient et se disputaient pour un coup douteux, comme au beau temps des amours de Virginie. Mais ni l'un ni l'autre ne lui adressait plus la parole que pour lui dire :

— Un peu de feu... un peu de citron, du sucre, ou du tabac !... Quelle heure est-il ?

Et autres paroles d'une insignifiance recherchée.

Elle était toute dépaysée entre ces deux individus dont elle avait été l'idole et qui ne semblaient plus se souvenir qu'elle existât.

— Quelles âmes ont donc ces deux êtres ? se demandait-elle souvent.

Elle avait quelquefois essayé de prendre la main de Launoy, en cachette ; mais celui-ci l'avait alors regardée si singulièrement, en lui demandant d'un ton méprisant : « Est-ce que vous êtes folle ? » qu'elle n'osait plus renouveler ses tentatives. La pauvre créature attendait tout du temps, et murmurait, en se couchant :

« Il dissimule pour endormir la jalousie de Raymond... mais il me reviendra. »

Non ! il ne devait jamais lui revenir !

VIII

> Ceci vous représente, etc.
> (CURTIUS.)

Le jour fatal allait sonner. Le commandant était allé s'asseoir à côté du lit de la petite fille, et il la contemplait avec une attention soutenue.

— Je n'en puis plus douter... c'est ma fille... Oui, ce sont là mes yeux bruns, — or, ma femme et lui ont des yeux bleus ! — Cheveux châtains, comme moi ! Et ils sont blonds tous les deux ! — C'est mon sang, c'est ma fille ! — Dieu m'est témoin que si j'avais douté, je me serais fait sauter la cartouche aujourd'hui, en défendant à Édouard de tenir sa promesse demain : sa fille l'aurait sauvé ! Mais, c'est ma fille ! Que la destinée s'accomplisse !

Le lendemain, Raymond et Édouard dînèrent, comme d'habitude, avec Virginie... Après le dîner, et comme elle préparait les cartes :

— C'est inutile, dit Édouard... Je vais au café ! Attends-moi, un peu tard, mon vieux !

— A quelle heure ?

— A minuit et demi.

— Ah ! c'est à minuit...

— Assez ! Embrasse-moi... Mort ou vivant, je t'aimerai toujours, va... Adieu !

Ils se jetèrent dans les bras l'un de l'autre et s'étreignirent furieusement. Virginie les regardait avec stupéfaction... Édouard sortit, sans lui faire l'aumône d'un regard. Elle pressentait un événement grave, et ce ne fût pas sans un grand serrement de cœur qu'elle obéit au commandant, qui lui dit :

— Mets-toi au coin du feu, nous allons causer !

En effet, le commandant lui parla de la famille Poulet, de son canon, de sa fille et de mille choses insignifiantes. Puis, quand il vit la pendule approcher de minuit, il prit la main de sa femme dans les siennes, et lui dit tristement :

— Que t'avais-je fait pour me trahir, pour me déshonorer ainsi que tu l'as fait

Virginie baissa les yeux sans répondre.

— Sais-tu où mènent le mensonge, la perfidie, l'inconduite et la déloyauté, le vice enfin ? A ceci, Virginie : c'est que tu as fait notre malheur à tous deux, et que tu as tué Édouard.

— Édouard tué... qu'est-ce que cela signifie ?

— Écoute ces bruits confus qui se rapprochent, dit-il en ouvrant la fenêtre... Vois ce corps enveloppé d'un manteau, sur cette civière...

— Eh bien, quelque accident, sans doute.

— Non, c'est Édouard qu'on rapporte ici et que tu as assassiné.

A ce moment précis, on frappait en bas. Raymond descendit, après avoir fermé la porte à double tour ; précaution inutile ! Virginie venait de tomber sans connaissance.

Le corps fut déposé sur un lit de camp, dans l'antichambre. Édouard était bien mort... La balle lui avait traversé la cervelle !

Quand tout le monde se fut retiré, Raymond vint prendre sa femme par la main et la traîna auprès du cadavre :

— Regarde....., il est mort !

Et il lui raconta l'histoire de leur duel à terme. Elle n'écoutait pas : elle était plongée dans un hébétement voisin de l'idiotisme. Quand son mari cessa de parler, une réaction s'opéra en elle ; elle se dressa toute droite, l'œil ouvert, la narine palpitante, et, se jetant sur le cadavre, elle le pressa sur son sein :

— Mon Édouard ! Reviens à la vie ! Je t'aimais, voilà mon crime !... Oui, je t'aimais... autant que je vous hais, dit-elle en regardant fixement son mari. Tuez-moi donc, lâche ! Tuez-moi donc, misérable !... Je l'aimais !...

Je l'aimerai toujours... Mais, ajouta-t-elle en sanglotant, je ne le verrai plus !

— Si, vous LE REVERREZ ! lui dit gravement le commandant !

Virginie le regarda avec stupeur ; mais ses forces étaient à bout... Une seconde crise la terrassa, et Raymond la transporta sur son lit. Le médecin, appelé à la hâte, constata une fièvre cérébrale.

Le suicide d'Édouard resta un mystère pour tout le monde : nul ne soupçonna la vérité, et tous les officiers accompagnèrent le cercueil... Raymond conduisait le deuil et pleurait en silence.

Au bout de quelques mois, Virginie était rétablie, et il ne lui restait plus qu'une profonde mélancolie. Le commandant avait attendu sa parfaite guérison pour commencer l'œuvre de sa vengeance si longtemps préméditée.

Un dimanche, il la prit par la main, après dîner, et lui dit :

— Nous prendrons le café dans le petit salon du premier.

Elle suivit machinalement, mais, à peine le commandant eut-il ouvert et refermé la porte, qu'elle poussa un grand cri et tomba à genoux, en s'écriant :

— ÉDOUARD !

En effet, c'était bien Édouard Launoy, avec ses cheveux blonds, ses yeux bleus, sa petite barbiche et sa main blanche... et, à côté de lui, le commandant Raymond. Tous les deux debout, en grand uniforme, la main appuyée sur l'épaule l'un de l'autre : ils la regardaient en souriant !

— Voilà comme nous étions. Voyez ce que vos vices ont fait de nous ! s'écria le commandant.

. . . .

Si nous avons mis cette ligne de points, c'est pour nous dispenser de raconter trois ou quatre cents fois peut-être la même chose. Car, à partir de ce jour, Raymond traîna, tous les dimanches, sa femme dans le salon des deux figures de cire et la fit s'agenouiller devant ces physionomies immobiles, toujours souriantes, mais du sourire de la statue inanimée... Sourire plus triste que la mort; sourire que la contemplation finit par rendre douloureux, insupportable !

La pauvre Virginie subit cette torture pendant quelques semaines, sans opposer de résistance... Mais, un dimanche, elle osa dire hardiment :

— Je n'irai pas !

— Le cas était prévu, dit le commandant.

Et, saisissant sa femme à bras le corps, il l'emporta dans la salle funèbre et la déposa dans un fauteuil, où elle se trouva tout à coup prisonnière. Une ceinture de cuir la maintenait assise, et un collier de fer, — oui, un collier ! — délicatement bourrelé de velours, la forçait à tenir la tête droite devant les deux officiers de cire... et, comme d'habitude, le commandant lui répéta :

— Voilà comme nous étions. Voyez ce que vous avez fait de nous !

. . . .

Du reste, Raymond était aux petits soins avec Virginie toute la semaine. — Il ne la tutoyait plus, il ne jurait plus, mais il ne parlait jamais du passé.

Virginie espéra quelque temps que cette vengeance aurait un terme... Un jour même, elle se risqua de dire au commandant :

— Raymond, quand finira cette atroce comédie ? Quand obtiendrai-je mon pardon ?

15

Et elle lança à son mari un de ces regards qui l'eussent enivré autrefois. La pauvre Virginie était bien femme en tout et pour tout ! Elle croyait qu'elle pourrait retrouver un jour son influence perdue, et qu'à défaut d'amour, Raymond pourrait encore éprouver pour elle un entraînement passager des sens ; et comme elle comptait mettre à profit la moindre défaillance de sa part ! — Mais Raymond avait un cœur d'airain : il se serait cru déshonoré s'il avait cédé à la voix impure qui lui parlait quelquefois à l'oreille ! — Aussi lui répondit-il froidement :

— *Cette comédie* finira le jour où, devant moi, Edouard vous aura dit à qui, de lui ou de moi, appartient votre fille.

Virginie comprit que tout était bien fini pour elle et que ce jugement était sans appel.

Son châtiment dura longtemps ! Immobile sur son fauteuil, chaque dimanche, elle n'avait pour toute distraction que la vue de ces deux automates terribles. Quant au capitaine, il fumait, il lisait son journal, et finissait par lui dire, avant de la délier :

— Aujourd'hui, les honnêtes femmes se promènent sur le cours, au bras de leurs maris ; — les honnêtes femmes embrassent leurs enfants ; — elles reçoivent leur famille, et, le soir, elles dansent ou jouent aux petits jeux avec leurs amis... Nous faisions ainsi jadis ! Mais vous n'aurez plus jamais une de ces joies : l'enfant est en pension, vous ne la reverrez pas ! — Je ne vous donnerai jamais le bras et vous ne quitterez plus la maison ! — Si votre père vous demande la raison de cette réclusion, c'est moi qui lui répondrai !... Allons, à genoux maintenant ! dites adieu à Launoy jusqu'à dimanche, et allons dîner ! Pauvre ami ! Voilà comme nous étions, voyez ce que vous avez fait de nous !

. . . .

Telle fut la vengeance du commandant Raymond. Virginie était lâche ; elle n'eut ni le courage de se tuer, ni la force de s'enfuir. Elle succomba à la peine.

Aujourd'hui Raymond est colonel. Il a repris ses jurons favoris, considérablement revus et augmentés. Il ne voit sa fille qu'une fois l'an, et la mariera le plus tôt qu'il pourra, pour se débarrasser de ce témoignage de sa malheureuse excursion au pays du mariage. Il va au café, fume, fait des armes, casse des poupées de plâtre, et espère oublier. Mais de temps à autre il baisse la tête... Il revoit son ami, sa femme, et « il se reproche » d'avoir laissé accomplir le suicide d'Edouard et d'avoir abrégé l'existence de Virginie. Mais cela dure peu... Il relève le front, et, chassant ces nuages au loin, il s'écrie : *C'est fait !* après tout, *c'est fait !*

Mot des sceptiques, consolation des esprits forts... qui ne prouve rien... si ce n'est que le lecteur sait maintenant pourquoi le colonel Raymond a été surnommé par ses amis *le colonel c'est fait ! c'est fait !*

Maintenant, si l'on nous demandait quel a été notre but en publiant cette esquisse, nous serions fort embarrassé de le dire. Nous laissons à chacun le droit d'en tirer la conclusion qu'il lui plaira... Advienne que pourra :

« *C'est fait ! c'est fait !* »

LE BAISER QUI TUE

On tient souvent, chez la souriante douairière de C...,
des manières de modernes cours d'amour, dans le goût
du siècle dernier, parlottes délicates, où, deux heures durant, les plus jolies et les plus spirituelles Parisiennes
argumentent, subtilisent, raffinent et quintessencient, en
compagnie d'aimables philosophes de salon, sur certains
« cas » de haute morale mondaine ou de casuistique amoureuse, des « devinettes », comme dit l'incorrigible petite
baronne, de ces scrupules d'esprit ou de cœur que le *Fi-
garo* littéraire a si bien nommés les « problèmes du sentiment. »

L'autre semaine c'était, pour Guy de Maupassant, un
succès véritable à propos de la question, tant de fois dé-
battue : « Votre femme et votre maîtresse tombent à l'eau
en même temps sous vos yeux, laquelle des deux sauver
la première ? » Avec tout son esprit, si paradoxal, le brillant écrivain avait su laisser fort habilement la solution
au choix de chacun.

Lundi dernier, la « devinette » était cette question, plus simple à la fois et plus compliquée — comme on voudra :

« Que penser d'une femme avouant à un homme qu'elle l'a distingué, alors que celui-ci ne l'a même pas remarquée ? »

Depuis une heure on n'avait guère rompu de lances qu'en faveur de ce sentiment de réserve naturelle, qui est, sans contredit, l'un des plus puissants charmes de la femme. Et les plus audacieux champions de l'*aveu* n'avaient rien trouvé de mieux que l'autorité de Dumas père, et des commentaires sans fin s'engageaient sur sa fameuse définition de la pudeur, qui n'est, selon lui, que le *sentiment d'une imperfection*. Le tournoi n'avançait pas.

Mais voici la belle marquise de L... — dont les jugements sont reçus comme l'*Evangile* de la Parisienne par les plus fanatiques d'orthodoxie, — qui, dans la discussion languissante, laissa tomber, tout à coup, ces paroles, de sa voix lente et vibrante, avec un éclair dans son regard profond :

— Oui, cela se peut. Une femme aimant un homme qui n'a rien compris, rien deviné, rien ressenti, qui vit à côté d'elle, qui la frôle sans la voir, indifférent au magnétisme de son contact, peut, en certains cas, confesser hautement le sentiment qu'il lui a inspiré.

Mais cet aveu demande de la femme assez courageuse pour le faire quatre conditions indispensables. Que l'une d'elles, une seule, vous entendez, vienne à faire défaut, l'aveu est, pour celle qui le laisse échapper, une faute, un impair, un malheur irréparable. Elle ne sera jamais aimée ; elle sera sortie, pour n'y jamais plus rentrer, de son rôle de femme, descendue du piédestal, déchue du rang suprême, de cet être idéal dont l'essence divine est d'être toujours désirée, rêvée, conquise : la plus sublime récompense d'une victoire gagnée de haute lutte.

— Et ces conditions, marquise ? crièrent à la fois dix curieuses.

— Pour qu'une femme ait le droit ou l'excuse, comme vous voudrez, d'avouer son amour à un homme, sans honte, sans impudeur, sans manquer à sa dignité morale, il faut qu'elle soit belle, très belle, d'une haute, très haute naissance — un trône ne serait pas de trop — très jeune, incontestablement jeune, cela est indispensable, et enfin très riche, cela est de toute nécessité. Ôtez à cette femme ou sa beauté, ou sa naissance, ou sa jeunesse, ou sa fortune, elle est irrémédiablement perdue pour l'amour, si elle se trahit. Aima-t-on jamais celles qui s'offrent et viennent au-devant du désir ?

— Oh ! oh ! vous êtes un peu absolue, marquise, dit le comte de K... Les princesses au bal ne désignent-elles pas elles-mêmes leurs danseurs ? Et la vie est-elle donc autre chose qu'un bal ?

— La jeunesse ? dit le petit vicomte Chérubin. L'amour n'a pas d'âge. Il suffit d'aimer et de savoir se faire aimer.

— La naissance ? Mais n'est-ce pas surtout en amour que tous les bâtards ont bénéficié du droit de noblesse probable ? dit M. R..., un baron de la finance.

— A quoi bon l'argent ? ajouta dédaigneusement le milliardaire G...

— Je remarque, s'écria la marquise en riant, qu'il n'y a que les hommes qui protestent.

— Écoutez une histoire vraie qui vous mettra tous d'accord, interrompit la duchesse de M...

— Une histoire ?

Et le cercle se resserra autour de la brune et pâle duchesse.

— Histoire douce, touchante, très simple, mais qui n'est pas banale, continua-t-elle. C'est celle de la pauvre vicomtesse de B..., ma cousine. Vous l'avez connue, mon cher comte...

— Certes, qui pourrait l'avoir oubliée, la charmante femme, si brusquement emportée, il y a trois ans, par la phtisie galopante ?...

— Non, dit la maréchale, par la rupture d'un anévrisme.

— Mais je l'ai connue, moi aussi, dit la marquise de L..., et je la revois encore toute blanche, d'une poésie mélancolique; une créature idéale, avec quelque chose de triste dans le sourire.

— Elle-même, mes amis.

Et tout le monde de rappeler le souvenir de cette gracieuse femme qui n'avait fait que passer dans le monde, laissant après elle comme un sillon de charme, avec en plus la touchante auréole d'une mort quasi mystérieuse. De quoi était-elle morte, au fait, la petite vicomtesse Claire ?

— De bonheur, tout simplement, répondit de sa voix grave la duchesse : d'un bonheur si profond, si intense, si complet, en un mot, qu'elle n'avait pu en supporter le poids ni lui survivre.

Bonheur divin, tellement au-dessus des forces humaines, que les affres de la mort, l'horrible toilette funèbre, tous ces atroces préliminaires de la fin de l'être, ne purent effacer le radieux sourire qui illuminait ses lèvres refroidies, et qu'on la mit au cercueil, transfigurée dans sa pâleur glacée, avec ses traits amincis, ses membres rigides et cette expression de béatitude que nul pinceau n'eût pu rendre !... Oh ! ne vous impatientez pas de mes digressions ! me voici à l'histoire :

Claire avait perdu, coup sur coup, son père, puis son mari, un vieux cousin, qui était aussi le mien, qu'elle avait connu enfant, aimé d'une tendresse douce, presque filiale. Elle venait de passer sept ou huit années en province, désenchantée, dégoûtée déjà de la vie qu'elle ne connaissait pas. Instinctivement éprise d'art, d'étude, de poésie, de science même, elle avait cru aimer, ignorante d'elle-même, ignorante de l'amour.

Comment s'éprit-elle ? Comment se rencontrèrent-ils ?

Georges S..., notre poète, venait de publier son beau livre *Résurrection*. Sa pensée profonde, son vers ardent et sonore, remuèrent-ils quelques fibres secrètes en l'âme de la vicomtesse ? je ne sais. Ce qui est certain, c'est qu'elle se mit à l'aimer éperdument, follement, uniquement, après avoir lu ses vers, presque sans le connaître, se rappelant à peine ses traits, entrevus une fois. Cette passion s'empara d'elle, envahit tout son être. Elle ne vécut plus que pour l'aimer...

Manquait-il à la vicomtesse Claire une des quatre conditions essentielles énoncées tout à l'heure ? Elle apparaît, dans le souvenir de qui l'a connue, comme l'une des plus charmantes, des plus dignes d'amour, et sa situation ne pouvait faire que des envieuses. Pourtant elle en jugeait autrement, paraît-il, car elle s'enferma dans le silence, cachant son secret aux yeux de tous.

Georges, lui, n'avait conçu qu'un sentiment très calme de bienveillance, plutôt qu'un attrait réel et vivant, pour cette femme sympathique, jolie, mais timide, qu'il rencontrait au hasard des relations parisiennes et qui lui apparaissait toujours agitée d'un émoi paralysant toutes ses grâces avec des regards distraits. Il venait de loin en loin, à ses jours seulement, trois ou quatre fois par hiver, comme on accomplit une corvée mondaine. Et si, au com-

mencement ou à la fin d'une réception, le vide momen-
tané du salon les mettait seuls en face l'un de l'autre, le
trouble de Claire était tel, que Georges, surpris, se hâtait
de prendre congé, se disant avec son indifférence et son
indulgence habituelles : « Elle n'est vraiment pas amusante, la vicomtesse ! Ses amis la prétendent spirituelle !
Il faut croire qu'elle ne l'est pas tous les jours. »

Cinq ans ! vous entendez bien, cinq ans se passèrent
ainsi. Georges eut des duels, des mécomptes, des maîtresses aimées, d'autres sans amour, des succès littéraires,
des chutes bruyantes. On parla pour lui d'un mariage, de
deux mariages ; il eut un procès, il fit un héritage. Sa vie
fut la vie à outrance d'un Parisien jeune, gai, célèbre,
vivant, curieux de tout plaisir, dans le mouvement, en un
mot.

Quant à la vicomtesse, on ne parlait pas d'elle. On ne
lui proposait plus de maris : tous les prétendants s'étaient
sentis condamnés, sans espoir ; elle n'avait pas d'amant,
allait dans le monde, sans bruit, affable, aimable, charmante. Mais toujours comme perdue en une demi-veille,
ses joues avaient de subites rougeurs, ses mains des impa-
tiences qu'elle savait réprimer, ses yeux des éclairs et
parfois des roses de perles aux cils, larmes furtives aussitôt séchées. Et comme il était impossible de deviner une
cause à tout cela, on continuait à dire d'elle qu'elle était
exquise, tout simplement, sans doute un peu étrange,
quelques-uns allaient même jusqu'à ajouter, légèrement
décousue, cette femme vivant en elle-même, d'émotions
concentrées, extrêmes, lancinantes, toujours transportée
hors du réel, dans le cercle de l'imagination et du désir.
Elle paraissait ne prendre d'intérêt à rien ; mais pour qui
l'eût observée un peu moins superficiellement que ne le
fait le monde en général, ses yeux sombres, au regard in-

quiet, trahissaient une pensée contenue, ardente, unique.

Pour qui ? Personne n'eût songé à notre poète. Et lui moins qu'un autre.

Georges avait dîné deux ou trois fois à côté de Claire. Aux premières de ses pièces, il la regardait sans la voir, vaguement blottie au fond d'une baignoire, haletante, dissimulant son anxiété, réprimant l'élan de ce cœur qui volait vers le jeune homme. Et elle, la pudique, la timide, la douce taciturne, qui eût regardé comme une suprême honte de laisser deviner l'ardeur qui la consumait, détournait bravement son regard, qui allait peut-être la trahir, de peur de rencontrer le sien.

Combien de fois, épouvantée, pantelante, se sentant mourir, elle crut qu'elle n'aurait pas la force de résister davantage, se voyant déjà aux pieds de Georges, mendiant, comme une courtisane, l'amour de cet homme qui la dédaignait ! Mais alors, par un effort suprême d'honnête orgueil, elle éteignait le feu de son regard et reprenait la pose glacée, distraite, le masque d'apparente insensibilité qui lui avait valu son renom d'originale et d'indifférente.

Et tout bas elle se disait : « Non, pas cette honte ; seulement s'il pouvait, de lui-même, me voir, être ému par moi, me remarquer, m'apercevoir, me donner son cœur et ses baisers ! Ah ! je n'ose y penser ! »

Une fois, cependant, elle faillit mourir. On causait ; Georges était à table, non loin d'elle ; on parlait amour, fidélité, constance ; on eût dit qu'il prenait à tâche de dire toutes les choses qui pouvaient lui être le plus odieuses, le plus contraires à tous ses sentiments. Et, certes, le pauvre poète ne soupçonnait pas le mal qu'il faisait à celle qui l'écoutait, buvait avidement ses paroles qui lui paraissaient autant de blasphèmes.

— Je n'ai jamais compris la fidélité en amour, s'était-il écrié.

— Vous n'avez donc jamais aimé ? lui répondit banalement la minaudière baronne.

— Si, certainement, mais je n'ai jamais pu, — était-ce une infirmité de ma nature ? — parvenir à aimer exclusivement une seule femme. Puis toutes ces nuances sont des choses conventionnelles. Être préféré doit être l'ambition de tout être qui aime, ce qui doit le flatter ; mais la fidélité absolue, que signifie-t-elle ?

Et le blasphémateur continua ainsi longtemps.

La pauvre Claire plongeait sa tête dans ses mains, se sentant défaillir.

Cependant tout arrive, n'est-ce pas ? Six ans s'étaient écoulés. On était à Etretat, non loin du joli chalet de la spirituelle Mary Summer. Nous étions là, chez le docteur P..., cinq ou six personnes, se voyant journellement à Paris. La vicomtesse était en visite. On se promenait au bord de la falaise. La mer, si calme les jours précédents, déferlait avec fureur. Je ne sais comment cela se fit ; Georges se trouva en avant avec la vicomtesse. Tout en causant, il avait glissé aux souvenirs de ses débuts et il contait avec âpreté les déboires de sa première pièce. Il parlait, plein de son sujet. Elle poussait, de temps à autre, des interjections enthousiastes, d'instant en instant plus exaltées. Enfin, très émue, frissonnante, elle se mit à parler, elle aussi. Bientôt son émotion déborda ; elle admirait tout haut, analysait hardiment l'œuvre entière de l'écrivain, avec une éloquence, une passion, une clairvoyance élevée, où son âme entière se montrait, brusquement mise à nu, avec ses adorations insoupçonnées pour le dieu inconnu.

Le jour tombait. Entraînés loin de nous, Georges et

Claire n'avaient plus devant eux, au delà de la falaise,
que le fracas des vagues en furie. Tout à coup, en écoutant
parler Claire, Georges eut un éblouissement, une illumi-
nation intérieure. Cette femme, si éloquente, si poétique,
si intelligente aussi et si ardente, elle était *sienne*. Ce fut
une révélation foudroyante. Elle l'aimait, depuis longtemps ! Et lui, écrasé, anéanti, ravi, s'avança vers elle
d'un bond rapproché et d'une voix pressée, décisive, haletante : « Claire ! Claire ! vous m'aimez parce que je vous
aime. Nous nous aimons ! Je vous aimais sans le savoir !
Je vous aime ! je t'aime ! Prends ma vie et donne-moi la
tienne en échange ! »

Bouleversé, il attirait à lui, sans s'en rendre compte, la
pauvre femme affolée, cherchant ses lèvres, qu'il aspira
longuement. Alors la chaste et douce créature, défaillante,
éperdue, lui rendit ce baiser attendu six mortelles années,
répétant tout bas : « Oh ! oui, je t'aime ! » Elle aussi répondait à l'étreinte de Georges par une étreinte plus
ardente encore, plus fiévreuse, plus folle, se pelotonnant
frileusement contre la poitrine de l'aimé, les bras passés
autour de son cou.

Mais brusquement l'étreinte de Claire se desserra, le
collier de chair se détendit, les lèvres s'arrêtèrent à moitié
d'un baiser. Le corps souple s'échappa des mains du jeune
homme surpris, glissa, tomba sur l'herbe haute de la
falaise. Mais la bouche entr'ouverte avait gardé un sourire ineffable, un sourire de béatitude inexprimable, où
se révélait tout le délire exquis de l'âme enivrée. Et
Georges, tout en cherchant à ranimer sous ses baisers la
charmante femme évanouie, revivait, dans la griserie de
sa pensée de poète, tout ce charmant roman d'amour,
tombé du ciel dans sa vie : « Oh ! comme je vais l'aimer,
la chérie ! comme je vais t'aimer, t'aimer uniquement.

Claire, ma bien-aimée, ma muse, ma femme, mon inspi-
ratrice, ma récompense ! » Claire ne répondait pas, Claire
ne bougeait pas. Georges, effrayé, appela. Nous cherchions
précisément la vicomtesse. Nous accourûmes. Le docteur
saisit la main inerte, mit l'oreille sur le cœur muet. Claire
était morte, prise en plein bonheur, tuée, foudroyée par
ce baiser, cet effleurement, pour ainsi dire, anéantie par
la secousse trop violente de cette joie suprême, si longtemps attendue en vain, si ardemment rêvée, et dont la
subite et magique réalité, en dépassant tous ses rêves,
avait fait éclater son pauvre cœur. Morte, mais ayant
vécu en quelques secondes les sublimes extases, dont son
beau visage gardait, par delà de la vie, le reflet figé dans
l'immobilité éternelle... Morte, mais après une jouissance
inexprimable, surhumaine, une jouissance après laquelle
il faut mourir, car retrouver une minute semblable, est-ce
possible ?

Tout le monde se tut un moment.

Le premier, le comte rompit le silence :

— Eh bien, madame, cela prouve qu'il y a des femmes
qui peuvent mourir d'amour et que le bonheur peut tuer
tout comme la douleur.

— Et Georges ? demanda la marquise.

— On dit qu'il ne s'est jamais consolé, répondit la duchesse. Mais sait-on jamais avec les hommes ? Il poursuit
le cours de ses succès et vit beaucoup à la campagne.
Mais il a passé à côté du bonheur, car l'amour d'un cœur
vrai, n'est-ce pas une fleur rare qu'il faut garder en avare
et soigner avec de l'amour ? Et celui-là doit se croire
maudit qui passe auprès d'elle sans la voir.

L'AMOUR PERDU

LÉGENDE

... La neige tombe à gros flocons ; elle couvre les toits, blanchit les arbres. L'air est obscurci et l'on n'entend que les bruits lugubres du vent dans la forêt.

Qu'ils sont à plaindre les pauvres gens obligés de voyager par ce temps affreux ! Mais aussi quelle singulière jouissance on éprouve à entendre la tempête mugir, la nature entière se déchaîner, assis au coin d'un bon feu, les pieds sur les chenets !...

Et le mouvement cadencé de la pendule qui vous chante tous vos airs favoris et se prête complaisamment à toutes vos improvisations fantastiques !

Et votre pipe, dont l'odorante fumée s'amuse à parcourir, comme une curieuse, votre chambre entière, glisse sur tous les meubles, taquine le chat qui éternue, caresse les touches du piano, et s'envole enfin par la cheminée pour rejoindre ses frères les nuages, auxquels elle raconte ses pérégrinations !

Telles étaient les impressions auxquelles s'abandonnait mollement Hermann le peintre, qui, depuis deux mois, avait recueilli l'*Amour* sous son toit.

Tout entier au travail, l'artiste ne sortait plus de sa chambre ou de son atelier. Son chevalet avait servi de berceau à plusieurs chefs-d'œuvre. L'inspiration était en lui et il pouvait dire à bon droit : « Et moi aussi, je suis peintre ! »

Il était heureux, bien heureux ; l'*Amour* qu'il abritait sous son toit, c'était l'amour pur et sincère, qu'on ne rencontre guère qu'une fois dans sa vie, qu'on laisse trop souvent s'envoler et que toujours on pleure après l'avoir perdu !

Mais quel est donc ce bruit dans l'escalier?... On monte... C'est une femme jeune, aux manières distinguées, et richement vêtue!

La sonnette retentit... Hermann se lève, il ouvre...

Hermann a repris son œuvre d'art ; puis, fatigué, il s'est placé dans un coin du foyer. Là, il rêve à l'avenir, heureux de croire que le lendemain sera toujours aussi doux que la veille ! Il ne désire aucun changement ; il ne se lasse pas de la monotonie du bonheur... Pauvre Hermann !

Les heures ont marché. Tout est silencieux. Seul, le balancier trouble le silence de l'appartement. Le feu est près de mourir, la lampe ne jette plus qu'une clarté douteuse : la pipe d'Hermann gît, refroidie, sur le marbre de la cheminée. Hermann, étendu dans son grand fauteuil, s'est endormi, et le petit chat s'est pelotonné sur ses genoux..,

Et l'Amour, où est-il donc ? Hélas ! cette femme si séduisante l'a emporté. Il est parti pour ne plus revenir, enfant ingrat qui abandonne l'âtre paternel dont il faisait la joie, pour suivre la route aventureuse, aride, décevante de l'*inconnu !*

Lorsqu'il se rendit compte de la perte qu'il avait faite, Hermann devint presque fou. — « J'ai perdu l'Amour, s'écriait-il, j'ai perdu l'Amour ! On me l'a volé ! Pauvre enfant, où trouveras-tu un cœur comme le mien ? Je t'avais reçu comme un autre moi-même, je t'avais consacré ma vie, et tu me fuis !... Qu'es-tu devenu, et que vas-tu chercher loin d'ici que je ne t'eusse donné si tu me l'avais demandé ? Ce monde où tu entres ne saurait te comprendre ! Il souillera ta robe blanche ; il te tuera peut-être sans pitié !... Ah ! reviens à moi, si tu ne veux pas mourir ! Reviens à moi, si tu ne veux pas que je meure ! »

Hermann souffrait comme un damné ; il prit son chapeau et courut à la poursuite de l'Amour, résolu de demander à tous ceux qu'il rencontrerait s'ils ne l'avaient point vu, dût-il payer ces renseignements au poids de l'or.

— Adieu, petite chambre qui nous réunissais tous deux, dit-il, adieu ! je ne reviendrai qu'avec lui.

Hermann marchait fort vite, l'œil hagard, la toilette en désordre. On le regarda avec curiosité d'abord, avec intérêt ensuite. Il avait l'air si malheureux ! Qui ne l'eût plaint ?

Un soir, en suivant la grande route, il entendit un chœur de jeunes garçons qui chantaient des vers du grand poète Frédéric Rückert... Il leur demanda de les écrire sur son album.

Amour ! soleil tombé du paradis céleste,
Ah ! dis-moi s'il existe une plage funeste
Où mes regards, ouverts à la clarté du jour,
Puissent se dérober à tes rayons de flamme ;
Apprends-moi s'il existe un monde, un peuple, une âme, –
Qui n'ait de foi dans Dieu... ni d'hymne pour l'amour ?

Amour ! ah ! dis-moi s'il existe sur terre
Un désert, un abîme, un rocher solitaire,
Où tu n'élèves point ton autel ou ton nid !...
Puis-je, sous quelques cieux, porter ma rêverie
Sans respirer ta fleur et vivre de ta vie,
Sans te trouver partout où le Seigneur bénit ?...

Où pleure la rosée, où le vent tourbillonne,
Où s'écoule le flot, où le soleil rayonne,
Oui l'Amour est partout répandu sous le ciel !
Et là même où les flots et les vents s'affaiblissent,
Où se fanent les fleurs, où les astres pâlissent,
L'Amour est encore là, comme un Ange immortel.

J'ai passé dans les bois où le feuillage tremble,
Et les grands arbres verts faisaient monter ensemble
Leurs baisers frissonnants vers le ciel radieux.
Sous les chênes géants ou sous les grands érables,
J'écoutai des oiseaux les concerts innombrables ;
C'est l'Amour qui dictait leurs chants mélodieux !

Je parcourus la plage, où l'écume blanchie
Du joug de l'océan se déroule affranchie,
Je retrouvai l'Amour dans le baiser des flots ;
Et les fleurs s'inclinaient sur l'océan immense,
Et l'algue se tordait sous la houle en démence,
En chuchotant d'amour au pied des matelots !

Je levai mon regard vers cette immense plaine,
Où l'infini commence, où l'homme perd haleine
En s'élevant vers Dieu ; d'une poussière d'or
Les cieux étaient semés ; les mondes en silence,
L'un par l'autre attirés, se mouvaient en cadence ;
C'était la loi d'amour qui réglait leur essor !

Alors je contemplai la terre vaporeuse.
Une femme était là souriante et rêveuse ;
Elle avait dans ses yeux tous les bleus firmaments.
D'amoureuses senteurs semblaient émaner d'elle ;
Des soleils inconnus éclairaient sa prunelle :
Ils brûlèrent mes yeux de leurs rayons aimants.

Radieuse et pourtant éblouie, aveuglée,
Je penchai doucement ma poitrine gonflée,
Et sentis qu'elle était débordante d'amour.
Et ces mille rayons que j'avais vus naguère,
L'un l'autre dispersés, au ciel et sur la terre,
Mon cœur, miroir ardent, les dardait à son tour.

C'est pourquoi je voudrais bien savoir où mon âme
Pourrait tourner les yeux, Amour ! sans voir ta flamme,
Et s'abreuver encore sans goûter à ton miel,
Car je te porte en moi comme un trésor suprême !
Le chant suit le poète et tu me suis de même
Dans la nuit de la tombe et dans l'azur du ciel !

Hermann passa la nuit tout entière avec ces jeunes pan-
théistes qui chantaient Rückert... Le lendemain soir,
comme il entrait dans une capitale, il rencontra une
quantité de femmes jeunes et charmantes, rieuses et
folles, au langage hardi, à l'œil provocateur, qui éclatèrent de rire en voyant sa mine désespérée.

Mais Hermann était beau ; aussi l'une des sirènes, se
détachant du groupe, lui demanda :

— Que cherches-tu, beau ténébreux ?

— L'Amour ! répondit Hermann.

— En ce cas, viens par ici. Nous savons où il est, et
nous te mènerons vers lui.

— Soyez bénies, s'écria Hermann, ô vous qui me ren-
dez l'Amour ! Et il suivit les séduisantes bayadères. Elles
lui firent prendre une route fleurie et embaumée. Tour à
tour, il fut le cavalier de chacune de ces jeunes femmes.

Le voyage, bien que long, était agréable, et elles semblaient prendre à tâche de le prolonger... Cependant
Hermann ne voyait point apparaître l'Amour ! Hermann
se plaignit. Les nymphes le conduisirent alors sur le
sommet d'une montagne aride, au milieu de rochers noirs
et tristes comme les ténèbres. Arrivés là, elles lui dirent :

— Que nous donneras-tu pour t'avoir guidé vers l'A-
mour ?

— Il est donc près d'ici ? demanda Hermann.

— Oui, répondirent-elles... Mais, nous te le répétons,
que nous donneras-tu pour t'avoir guidé vers l'Amour ?

— Demandez ! dit Hermann, ravi de toucher au but de
ses plus ardents désirs ; demandez, et tout ce que vous
exigerez de moi, vous l'obtiendrez !

— Donne-nous ta santé ! dirent les femmes.

Hermann y consentit, et au même instant, elles dispa-
rurent comme par enchantement.

Alors il se trouva seul dans cette sombre solitude, dé-
couragé, sans force contre la douleur qui l'accablait.

Cependant, après quelques instants passés dans cette
triste situation, le galop d'un cheval le tira de l'anéantis-
sement où il était plongé. Il secoua sa torpeur et écouta
d'où partait ce bruit...

Bientôt il vit s'avancer à sa rencontre un homme à la
mine hypocrite, qui pressait les flancs d'un cheval étique
et jetait autour de lui des regards tout à la fois avides
et craintifs.

Hermann l'aborda.

— Vous venez de loin, seigneur ? dit-il, le chapeau à la
main.

Le voyageur s'arrêta court.

— Je viens en effet de très loin, répondit-il en rendant
le salut.

— Je désire quelque chose de vous.

— Et que désirez-vous donc?

Cet homme était un usurier qui prêtait aux jeunes gens, aux fils de famille, aux artistes d'avenir, l'argent que leurs parents refusaient à leurs folies ou à leur inspiration.

Hermann ignorait encore à qui il avait affaire. Il ne savait pas qu'il existe au monde de ces sortes d'êtres, véritables vampires vivant de la mort des autres, qui se bâtissent des châteaux avec les pierres des maisons qu'ils ont démolies.

— Seigneur, dit Hermann, n'auriez-vous pas rencontré l'Amour?

— L'amour! répondit le cavalier. De quel amour s'agit-il? j'en connais plusieurs: est-ce l'amour de la gloire? Il est facile à trouver; vous le rencontrerez sur toutes les grandes routes, en épaulettes de laine ou de fils d'argent; dans toutes les mansardes, tenant une plume ou des pinceaux.

— Ce n'est pas celui-là, dit Hermann.

— Serait-ce l'amour de l'or? poursuivit l'usurier, dont les yeux s'illuminèrent soudain. Allez à la Bourse, jeune homme, c'est là son temple favori. Cependant, il a des chapelles particulières un peu partout. Vous trouverez peut-être encore l'amour dans les bras de la femme que vous adorez et qui vous adore; dans le cœur de celui qui vous nomme son frère et que vous appelez votre ami... Est-ce cet amour que vous cherchez? Frappez à la première porte venue, il vous ouvrira lui-même... Ne craignez pas! il est partout, vous dis-je. Entendez-vous ces cloches qui tintent dans la vallée, elles appellent les fidèles à la prière, à la prédication sur la vertu, à la quête pour les besoins de l'Eglise? Vous entendez ces cloches? Eh

bien, c'est l'amour qui les met en branle! Voyez-vous là-
bas ce petit enclos semé de croix noires couvertes de larmes peintes en blanc? Un homme est à genoux devant la
tombe de son épouse-bien-aimée, morte hier dans ses
bras. Il pleure, il pleure amèrement, il frappe la pierre
de son front.

— L'amour que j'ai perdu est pur et désintéressé.

L'usurier se mit à ricaner. Il reprit :

— Si c'est là l'amour que vous cherchez, vous marcherez
encore longtemps, jeune homme, avant de le trouver.

— Que m'importe? j'ai fait vœu de ne pas rentrer chez
moi sans le ramener dans mes bras... et, s'il le faut, je
parcourrai la terre entière, mais je le ramènerai.

— Vous êtes donc bien riche, demanda le perfide vieillard, les narines ouvertes et l'œil au guet.

— Non! dit Hermann; mais mon père est bon, et
comme il a quelque fortune, il m'aidera.

— N'avez-vous donc pas d'amis qui puissent vous
obliger, mon enfant? Pourquoi ne pas emprunter, par
exemple, sur la succession de votre père? Au lieu d'attendre qu'il veuille bien vous envoyer l'argent nécessaire,
que ne réalisez-vous sur le champ vos espérances?

— Mais ce serait mal agir, ce me semble!

— Enfant! cette fortune n'est-elle pas la vôtre? Qu'importe à votre père que vous escomptiez l'avenir? Il peut
l'ignorer, d'ailleurs, ajouta sournoisement le tentateur, et
puis, vos démarches pourraient lui déplaire, le gêner peut-
être...

« C'est vrai, » pensa Hermann. Et il ajouta tout haut :

— Mais je ne connais personne qui puisse me rendre
un tel service ; à qui m'adresser ?

— A moi, dit le vampire, Venez chez moi, nous en
causerons pendant le dîner...

Quelques heures après, Hermann quittait l'usurier, la poche remplie d'écus, le cœur plein d'espoir, et il reprenait sa route.

— Adieu, lui dit-il, et merci !

— Adieu, répéta l'affreux vieillard, qui, d'une main frémissante et joyeuse, enferma dans une cassette les papiers timbrés aux armes nationales qu'Hermann avait signés presque sans les lire.

— Que cet homme est bon ! pensait notre jeune homme.

— Pauvre dupe ! murmurait de son côté l'usurier... Il est à moi.

Hermann, les poches garnies d'écus, continua plus gaiement ses recherches. Il fut bien reçu partout, et le nombre de ses amis augmenta sensiblement. Plusieurs jeunes écervelés, qu'il ne connaissait que depuis quelques jours, lui demandèrent bientôt le but du voyage qu'il avait entrepris, et le bon Hermann leur raconta naïvement son histoire.

— Pardieu ! dirent-ils en chœur, nous t'accompagnerons et nous t'aiderons à trouver l'Amour.

— Venez avec moi, dit Hermann : la route me semblera moins ennuyeuse à parcourir... venez !...

Notre artiste, entouré de ses gais et bruyants compagnons, ne réussit pas davantage dans ses recherches. En agissant ainsi, il avait pris le plus mauvais moyen, car le poète n'a-t-il pas dit :

> Le véritable amour, c'est une fleur cachée
> Que l'on doit découvrir sous le gazon discret.
> Le bruit la fait trembler sur sa tige penchée...
> Cherchez-la seul. La foule, hélas ! l'écraserait.

Vers cette époque, Hermann fit une nouvelle connaissance, qui se joignit à la petite caravane groupée autour de lui.

Était-ce un homme, était-ce une femme, que le nouveau personnage qui se mêlait à son existence ?

Nul n'aurait pu répondre d'une façon positive. Son nom même continuait à rendre la solution du problème assez difficile.

Hyacinthe, en effet, participait également des deux sexes. *Il* ou *elle* avait la chevelure blonde et épaisse, la taille à demi svelte, le regard langoureux et indécis, la voix mignonne et traînante, le pied petit. C'était une créature mixte, chez laquelle, par moments, on croyait trouver la force d'un homme, et qui, dans d'autres instants, tombait dans une espèce de prostration physique et même morale. Incapable d'aucun effort violent, Hyacinthe ne semblait vivre que pour le repos, mais dans une nonchalance qui aurait pu sembler être de la sournoiserie active.

Entraîné par une attraction secrète, Hermann préféra bientôt Hyacinthe à tous ses amis. Ils s'entretenaient tous deux pendant des journées entières, assis sur de riants tapis d'herbes épaisses et fumant des cigares à l'infini.

Puis le sommeil venait poser ses mains tièdes et légères sur leurs yeux, et le matin les retrouvait à la même place.

Au commencement de leur liaison, Hermann peignait en causant avec Hyacinthe, qui le regardait d'un air compatissant et lui disait même souvent :

— Mon Dieu ! Hermann, quel plaisir éprouves-tu donc à travailler lorsqu'il est si doux de ne rien faire ?

— Si tu étais peintre, répondit Hermann, tu ne me ferais pas une telle question. Tu comprendrais tout le bonheur que j'éprouve à reproduire avec mes pinceaux cette nature si belle et si riche qui semble prendre plaisir à poser devant moi ! Un peintre seul peut jouir du ciel et de la terre. Un rayon de soleil qui se joue sur une feuille de chêne me ravit ! Je vois mille choses merveilleuses dans ces petits nuages brillants qui semblent une poussière d'or emportée par le vent ; et, lorsqu'à force de patience, de soins et d'art, je puis fixer sur une toile ces éblouissants phénomènes, mon cœur se gonfle d'orgueil et de joie, et je me crois un nouveau créateur !

— Fou ! répondait Hyacinthe. Fou ! qui négliges la proie pour l'ombre, la réalité pour le rêve. Toute cette nature qui te transporte, je l'aime aussi et je la comprends comme toi, mais j'en jouis sans travail ! Je la contemple sans fatigue, je la perçois sans étude, et je me garde bien de chercher à rapetisser mon bonheur. Si tu étais pauvre, je souscrirais à ton ardeur pour la peinture ; mais dans ta position, laisse donc cela aux rapins, Hermann, imite-moi ! Ne vaut-il pas mieux mille fois admirer, dans une molle et délicieuse contemplation, ce beau ciel, ces arbres séculaires et pleins de sève que tu ne rendras jamais que d'une manière imparfaite ? Ne vaut-il pas mieux respirer sans mélange cet air embaumé, cette fleur pure, que tes pinceaux ne sauraient copier et que ton huile et tes essences nous gâtent à plaisir ?

Hermann ne savait que répondre.

Le véritable artiste ne trouve aucun paradoxe à son service.

Toutefois Hermann peignit moins souvent ; puis il finit par ne plus peindre du tout.

— Je suis content de toi, dit alors Hyacinthe. N'es-tu pas plus heureux maintenant ?

— Oui, répondit faiblement Hermann.

Cependant l'ennui venait souvent s'asseoir à ses côtés, et alors il voulait reprendre ses pinceaux... mais le travail le fatiguait plus que l'oisiveté ne l'avait ennuyé.

Hyacinthe riait; il riait comme un démon.

— Tu n'as pas de volonté, n'essaie donc pas de peindre; causons et fumons, laissons-nous donc vivre.

Hermann jetait encore de temps en temps un regard
furtif sur sa palette abandonnée.

Hyacinthe surprit un jour un de ces regards.

— Tu es donc incorrigible? Tiens, Hermann, prends
une bonne résolution. Brûlons palettes et pinceaux! Tu
hésites?... Mais c'est leur vue qui cause ton ennui !
Brûle ! brûle ! et l'ennui s'en ira avec la fumée !

Pinceaux et palettes, brosses et toiles, tout fut bientôt
en cendres.

Hermann soupira bien un peu ; mais, deux jours après
l'incendie, il n'y pensait plus.

Depuis longtemps déjà son voyage était suspendu. Hyacinthe avait ri de sa simplicité et lui avait lancé ces mots
ironiques :

— Pourquoi courir après l'Amour? Qui te dit qu'il ne
viendra pas te trouver? Tu es jeune, tu es brave, tu es
riche ; il viendra de lui-même à toi, sois-en persuadé.

Et Hermann avait attendu, aux grands applaudisse-
ments de ses nombreux amis, une multitude de paresseux, de parasites et de débauchés.

Mais l'argent, pas plus que le plaisir, n'est éternel chez
les Hermann.

Un soir, notre jeune artiste s'aperçut que sa bourse
était vide.

— Qu'importe? se dit-il, j'ai des amis sur lesquels je
puis compter.

Et le lendemain il expliqua sa position à ses amis pendant le déjeuner. Au dessert il était seul. Tous l'avaient
abandonné : quelques-uns après deux ou trois mots de

consolation hypocrite, la plupart avec l'ironie à la bouche.

Hermann se mit alors à pleurer comme un enfant. Que devenir ? Il essaya de peindre.

Hyacinthe, en brûlant ses pinceaux, avait brûlé le talent d'Hermann.

Peintre la veille, Hermann s'éveilla barbouilleur...

— Oh ! dit-il, je retrouverai l'Amour, il me consolera !

Il reprit ses voyages, mendiant presque son pain, couchant souvent à la belle étoile. Bientôt ses forces le trahirent.

N'ayant plus de santé, plus de talent, le désespoir s'empara de lui. Dans cette déplorable situation, il résolut de mourir. En conséquence, il se dirigea vers une rivière pour noyer d'un seul coup tous ses chagrins.

Quelqu'un l'arrêta par le bras au moment où il allait se précipiter dans l'eau.

Hermann se retourna et vit un vieux mendiant en cheveux blancs et en haillons. Son air était bizarre et tenait à la fois du pèlerin et du baladin.

— Pourquoi m'arrêter ? dit Hermann.

— Parce que la vie est encore belle à votre âge, répondit l'inconnu.

— J'ai perdu l'Amour, dit Hermann, et tout espoir de le retrouver s'est évanoui pour moi. Laissez-moi mourir.

— L'Amour ! dit le mendiant, mais je l'ai rencontré tout à l'heure. Il vous cherche sans doute.

A peine le vieillard avait-il prononcé ces paroles, qu'Hermann était à ses genoux.

— Vieillard, lui dit-il les mains jointes, vous avez rencontré l'Amour ! Où est-il ?

— Que me donnerez-vous pour vous le dire ? demanda ardemment le mendiant.

— Hélas ! je n'ai plus rien, dit Hermann, et pourtant je

donnerais le peu d'instants qui me restent à vivre pour
le voir, ne fût-ce qu'une seule minute !

— Je n'en demande pas tant, répliqua le vieillard ;
donnez-moi vos cheveux noirs et votre jeunesse en
échange de mes cheveux blancs et de mes soixante-dix
ans, et je vous dirai où est l'Amour.

— Prenez ! dit Hermann haletant.

L'échange proposé ayant été en un instant accompli, le
mendiant, fidèle à sa parole, lui dit en montrant l'autre
bord de la rive :

— Regardez, le voilà !

Et il disparut.

Hermann regarda et vit, en effet, l'Amour sur l'autre
rive, l'Amour, toujours jeune, avec ses cheveux blonds,
sa taille svelte et ses doigts roses.

Mais, comme il n'avait point de barque pour traverser
la rivière, il s'écria de toutes ses forces :

— Amour ! Amour ! me voilà ! attends-moi !

L'Amour se retourna, et, le fixant d'un œil de compassion, il laissa tomber de sa bouche nacrée ces froides paroles :

— Que voulez-vous de moi ?

— Enfant, c'est moi, je suis ton Hermann.

— Vous me trompez, dit l'Amour. Hermann était jeune
et beau : vos cheveux sont tout blancs et votre visage est
ridé. Je vous le répète, vous me trompez : je ne vous connais pas !

Et il s'enfuit, épouvanté par le vieillard.

Hermann poussa un cri de désespoir, et tomba, en
pleurant, sur la pierre où s'était assis le vieux mendiant.

. . . .

A quelques jours de là, un pêcheur aperçut, flottant sur
l'eau, le cadavre d'un vieillard aux cheveux blancs, in-

connu dans le pays. On l'enterra près du fleuve, et une croix noire sans inscription recouvrit sa tombe.

Depuis cette époque, l'herbe a poussé, la croix a disparu, et l'on ne parle plus guère, dans les environs, du vieillard qui est venu mourir en cet endroit.

. . . .

— « Allons, amis, s'écria Wilhem en se levant et en se rapprochant de la table, notre punch est éteint; rallumons les bougies et remplissons les verres ! La tempête est calmée, vous allez pouvoir retourner chacun chez vous. Eh bien, qu'avez-vous donc tous ? Vous paraissez mornes, abattus, désespérés. Cet effet serait-il produit par l'histoire d'Hermann ?... Ce serait plaisant ! Est-ce que nous courons après l'Amour, nous autres jeunes gens d'aujourd'hui ? Buvons !

» Et, quand l'ennui du célibat nous prendra, nous choisirons le premier venu parmi ces anges exposés aux enchères sur les tabourets des salles de bal, quelque héritière de salon, et nous l'épouserons, amis !

» Puis, nous nous endormirons tranquillement en rêvant caisse d'escompte, actions de chemins de fer et crédit mobilier... Car le lit nuptial de l'amour actuel est un coffre-fort qui a un grand livre pour sommier et un sac d'écus pour édredon. »

FIN

TABLE DES MATIÈRES

ÉMILE COLIN — IMPRIMERIE DE LAGNY

AVIS DE L'ÉDITEUR

Le but de la collection des *Auteurs célèbres*, à **60** *centimes* le volume, est de mettre entre toutes les mains de bonnes éditions des meilleurs écrivains modernes et contemporains.

Sous un format commode et pouvant en même temps tenir une belle place dans toute bibliothèque, il paraît chaque quinzaine un volume.

CHAQUE OUVRAGE EST COMPLET EN UN VOLUME

En jolie reliure spéciale à la collection, 1 fr. le vo

(ENVOI FRANCO CONTRE MANDAT OU TIMBRE

PARIS. — IMPRIMERIE E. FLAMMARION, RUE RACINE, 26.

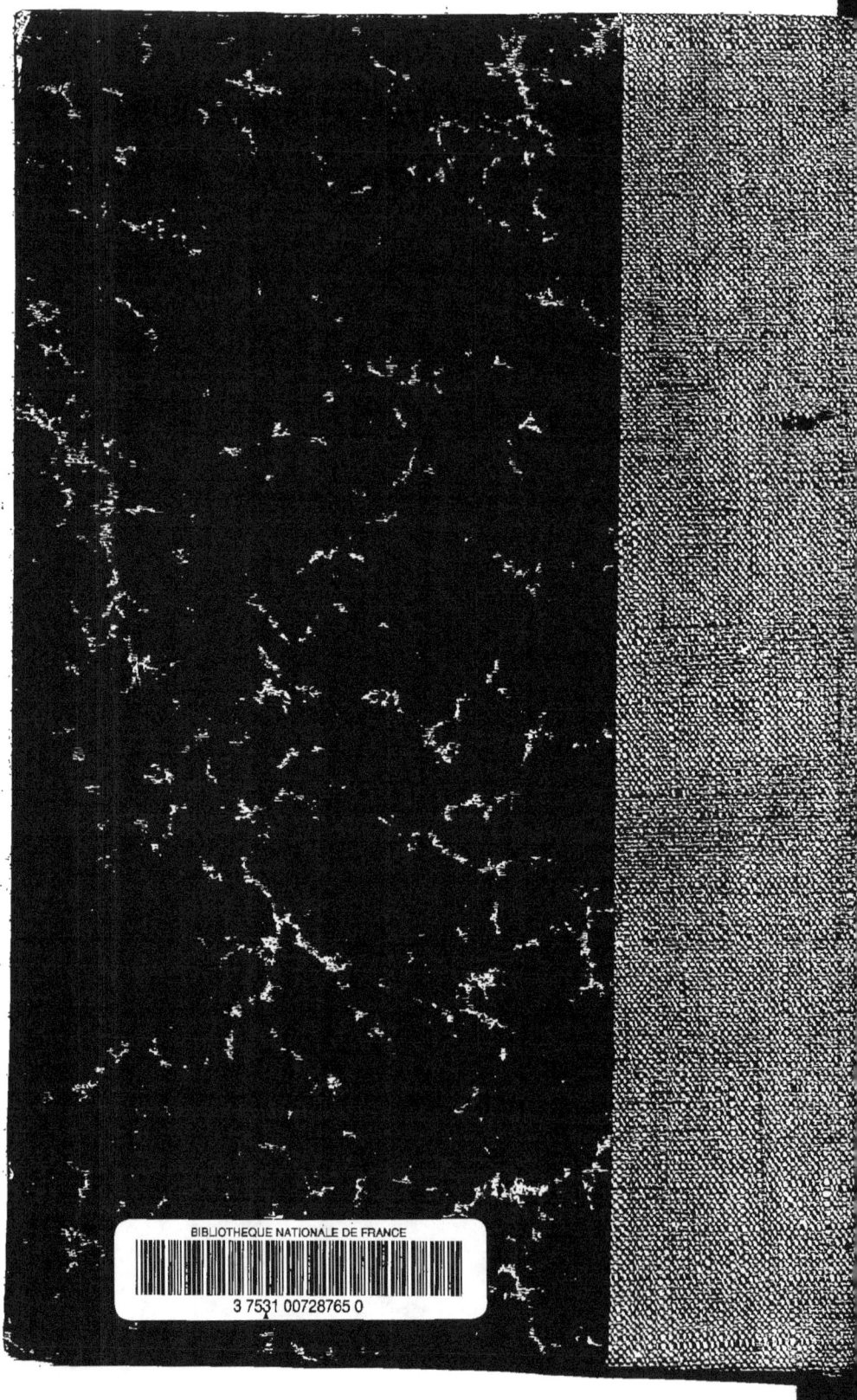